KB089406

나팔꽃
부부젤라

곽영호 에세이

나팔꽃
부부젤라

초판 발행 2014년 5월 5일
지은이 곽영호

펴낸이 안창현 펴낸곳 코드미디어
북 디자인 Micky Ahn 편집디자인 김도경
등록 2001년 3월 7일
등록번호 제 25100-2001-5호
주소 서울시 은평구 갈현로 318-1 1층
전화 02-6326-1402 팩스 02-388-1302
전자우편 codmedia@codmedia.com

ISBN 978-89-94178-92-9 03810

정가 12,000원

이 책은 수원문화재단의 문화예술 발전기금을 지원 받아 발간되었습니다.

나팔꽃
부부젤라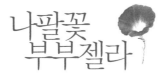

곽영호 에세이

흙처럼 푸근한 글

아동문학가 윤수천

곽영호 님을 안 지 어언 10년이 가까워 온다. 수원의 한 도서관에서 글쓰기 공부를 함께 하면서다. 그는 이미 문예지를 통해 수필가로 등단을 한 기성작가이면서도 매주 도서관에 나왔고, 작품을 부지런히 생산하는 열의를 보였다. 그만큼 그는 자기 문학에 대한 열정과 확신이 남달랐을 뿐 아니라 더 나은 세계를 향해 재충전하고자 했던 것이다.

곽영호 님의 글에서는 그의 용모처럼 푸근함이 우러난다. 마치 부드러운 흙을 주무를 때의 감촉 같은 것이라고나 할까. 여기에 사물에 대한 해박한 지식과 유머가 일품이다. 해서 한 편의 글을 읽고 나면 어느새 은은한 미소가 입가뿐 아니라 마음속까지도 스며든다.

'농심은 땅의 마음이다. 굳은 땅을 뚫고 나오는 새싹의 강인한 힘이 농심의 바탕이다. 호미질 쟁기질을 하면 할수록 부드러워지는 땅과 같이 핍박받고 고난을 당해도 반성하고 새롭게 마음 다짐하는 성품이 농사짓는 마음이다. 수고한 만큼 돌려주는 땅, 이름 모를 들풀과 수많은 잡초에게조차도 차별 않고 아낌없이 자기를 내어주는 땅의 마음과 같다.'

〈농심〉이란 작품의 한 부분이다. 그는 이처럼 자상하고 부드러운 손길로 자연과 사물을 어루만지고 있다. 하여 그의 글을 읽고 나면 누구나 편안함을 느끼지 않을 수 없다. 이는 또한 읽는 이의 행복이다. 이 험난하고 각박한 세상살이에서 이런 편안함, 구수함을 어디서 찾을 것인가? 앞으로 더욱 그의 문학이 지평을 넓히고 부드러움을 더하여 거친 세상을 다듬는 데 일조해 주었으면 한다.

2014년 봄

개구리는 올챙이 적 생각뿐이다

햇살이 달팽이 침도 말리는 봄날
바작바작 말라가는 바닥물이 싫어서
갇힌 올챙이, 다리 쏙 내밀고
꼬랑지 잘라버리고 개구리 되어 뭍으로 나왔다.
팔짝팔짝 뛰어 언덕을 오르고 들을 건너
산에서 여름을 산다.
가을 찬바람 불 때
침 뱉어버린 물웅덩이를 다시 찾아와
동면을 하고 올챙이 알을 또 낳는다.

지난날들을, 잊었다고 하면서도
개구리는 올챙이 적 기억뿐이다.
내가 개구리다.
고향, 농촌, 어머니, 아내와 가족 이야기뿐
기왕 그렇다면 농사꾼 이야기로만 묶자.
혹시 누가 읽고 낄낄 웃더라도.

문화재단에 고맙고
발문을 써주신 선생님들 감사합니다.
함께했던 동인들도.

2014년 봄 어느 날 곽영호

Contents

1   **나팔꽃** 부부젤라

—

2 종이 한 장 얻기

Contents

—

—

—

4 지지고 볶다

Contents

—

—

5 오월의 바람

—

6 천상 농부

곤혹을 치르고 살아온 지난날을 다 잊으려는지 빨간 꽃 빛깔로 시치미를 떼듯 과거를 감춘다. 너나 내나, 무엇인들 지나온 과거가 보석처럼 반짝이고 아침 이슬처럼 영롱하겠냐고 위로를 해준다.

〈나팔꽃 부부젤라〉 중

나팔꽃
부부젤라

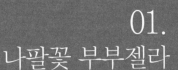

저 찬란한 몸짓

부엌 문틀 위에 말간 물로 가득 채워진 투명한 유리컵에 양파 하나를 올려놓았다. 햇볕이 가난한 곳이다. 뭔 객쩍은 놀이를 하냐고 핀잔을 준다. 겨울이 지루해서 자기 나름대로 봄을 부르는 봄의 여신상을 세우는 거라고 한다. 베란다 한쪽 구석 붉은 망태 속에서 흙냄새 풍길 때는 보잘것없던 양파가 옷을 벗으니 제단에 올라선 하얀 천사 같고, 신선이 머무는 계곡물에 목욕하는 선녀의 모습이다. 모든 것은 환경에 따라 변하고 달라진다. 양파의 표정에서 무엇을 이루려고 갈구하는 빛이 보인다. 깊은 잠에서 깨어나 새 생명을 부르는 기지개를 켜는 몸짓이다.

겉으로 드러내고 싶지는 않지만 나의 속내는 다르다. 봄을 부르고 싶지가 않아서다. 위험하니 치우라고 이런 저런 이유를 대고 티격태격해 본다. 봄을 받아들일 준비가 되어 있지도 않았는데 조바심하여 봄을 부를 필요가 뭐 있냐고, 봄을 부르지 말자고 지금처럼 조금 더 가만히 옴츠려 있자고, 약삭빠른 곰은 양지쪽에다 굴을 파고 동면을 하여 해동하면 일찍 깨어나 기지개를 펴지만, 응달에서 깊은 겨울잠을 자는 나 같은 게으른 곰은 찬바람이 부는 시절에 깨어나 봄꿈을 꾼다는 것은 사치스러운 일이다. 깊은 물에 침잠된 개구리마냥 맨 나중에 일어나고 싶은데, 엉뚱하게 양파의 몸에다 철 이른 봄의 기운을 불어넣고 있다.

며칠이 지나서다. 우연찮게 물을 받으려고 양파 여신상 앞에 섰다. 하얀 뿌리가 수도 없이 돋아나고 있다. 악착같고 야무지게 새 생명의 탄생을 준비하고 있다. 식물의 뿌리는 줄기와 가지를 떠받치고 수분과 영양분을 빨아올려 생명을 유지시켜 주는 사람으로 치면 어머니 같은 존재다. 뿌리를 길고 깊게 뻗어야 잎과 줄기가 건강하게 발육을 할 수가 있다. 튼실한 뿌리가 풍성한 열매를 맺는다는 이치를 양파는 나보다 더 잘 알고 있다. 초목에 뿌리가 있듯이 사람에도 튼실한 바탕이 있어야 한다. 나는 과연 양파처럼 건강한 뿌리를 내리고 있는 것일까? 양파의 뿌리를 보고 나의 뿌리를 다시금 비교를 해 본다.

양파는 하얀 뿌리를 가느다랗게 내리더니 기어코 일을 내고 만다. 새 순筍이 돋는다. 생명의 시작하는 빛이 찬란하고 순결하며 고고하다. 샛노란 병아리 빛으로 돋는가 싶더니 어느새 수줍은 연둣빛으로 변하다가 또 다시 풀빛으로 몸을 만든다. 싹이 돋아난 시기가 양파의 계절이 아닌 추운 겨울에 돋아난 싹이라 더욱 상서스러워 보인다. 반기는 식구들의 해바라기 같은 웃음으로 사랑을 듬뿍 받는다. 우리 가족들에게는 푸른빛을 갈구하는 목마름이 있었나 보다.

양파 새싹이 보여주는 푸른색의 매력에 나도 점점 빠져든다. 푸름은 젊음의 색이요 사랑의 색이다. 이 세상에서 제일 아름다운 것은 젊음이라고 누군가가 말을 했다. 티 없이 푸르고 청초하다. 생기발랄한 몸짓이 경이롭다. 양파는 하루하루를 즐기면서 얌전하게 자라나고 있다. 추운 겨울 양파가 만들어 낸 푸른색에서 양지바른 봄 햇살이 보이고, 시원하게 바람 부는 푸른 여름도 그려진다. 출렁이는 바다 물결도 기억하게 한다. 몇 갈래로 돋아나는 뾰족한 싹에서 앙칼진 삶을 다짐하는 정열의 빛도 보인다. 파란 양파 이파리가 푸른 꿈을 꾸고 있다.

나는 양파의 탄생을 축복하지 않았다. 양심에 찔리는 원죄가 있어 힐끔거리는 눈빛으로 바라볼 뿐이다. 예견한 것보다 훨씬 더 신통하다는 생각이 든다. 살고 싶은 양파의 속마음은 몰랐던 것이다. 얼마를 지나고 보니 양파 이파리 색이 차츰차츰 변해 간다. 고등학교 졸업하는 사내 녀석들의 턱에 몇 가닥의 수염이 돋아나듯 잎끝이 희끄무레해진다. 웃자란 줄기가 몸을 비비 꼬고 휘청거리다가 버틸 힘이 없는지 축 늘어트리고 만다. 식물에도 사춘기가 있나 보다. 상큼하고 찬란하던 몸짓이 무슨 못마땅한 고민이 있는 머슴 아처럼 투정이 역력하다. 틈으로 들어오는 손바닥만 한 햇살이 못마땅한 모양이다. 반항하듯 심술을 부리고 탈선을 한다.

언뜻 미안한 마음이 든다. 이곳은 찬란한 양파의 생명이 살아야 할 땅도 계절도 아니다. 기름진 사래밭도 아니고 만물이 차별 없이 받는 햇볕도 마음대로 못 받는 어두운 구석에서 살아간다는 것은 얼마나 원망스러운 일인가? 봄여름도 없고 벌 나비도 없으니 우담바라 꽃 한 송이 피워낼 희망도 없다. 생기발랄하고 왕성한 혈기를 쏟아 부을 곳을 찾지 못하니 어찌 원망이 없겠는가? 긴 장맛비 맞은 허수아비처럼 추레하고 후줄근하다. 그토록 찬란하던 몸짓이 슬픈 몸짓을 하니 난감하여 딱한 마음뿐이다. 양파는 꿈을 가졌지만 그 꿈을 이룰 수는 없었다. 헛꿈을 꾼 것이다.

식물이 꽃을 피우려는 이유는 무엇일까? 자신의 유전자를 널리 퍼뜨리기 위해서다. 식물이나 동물이나 생명의 목적은 존속 번영이다. 인간도 마찬가지다. 사람도 결국은 자신의 유전자를 퍼뜨리기 위하여 각고의 노력으로 삶을 이어간다. 자식을 공부시켜 경쟁에서 이기게 하려는 것이나 식물이 화려하게 꽃을 피워 벌 나비를 불러들여 열매 맺는 것이나 매한가지다. 살 수 없는 곳에서 양파를 속여 찬란한 생명을 요구한 것은 크게 죄를 지은 일이다. 양파는 더는 삶을 잇지 못하고 시들고 있다. 양파한테 받은 기쁨보다 아픔이 더 크다. 꿈을 이루지 못하면 뒷모습이 저렇게 후줄근해지는 법이지.

먹감나무와 어머니

마당 끝에 서있는 먹감나무는 오늘도 하얀 낮달을 동무 삼아 빈집을 지키고 있다. 속은 새카맣게 탔다. 속이 텅 빈 강정 같다. 손바닥만 하게 붙어 있는 껍질에 의지하고 가을나무 흉내를 내고 있다. 떨어지는 붉은 잎 하나하나가 옛이야기를 한다. 어머니가 시집오실 때 감나무는 가지가 푸르게 힘차 지붕을 덮고 온 동네를 넘겨다보는 젊은 나무였다고 한다. 청상에 홀로되신 어머니는 감나무와 반백년을 함께 살아오셨다. 휘영청 달 밝은 밤이면 감나무로부터 위안을 받고, 해 뜨는 아침이면 앙다문 입술로 삶의 의지를 불태우게 하던 나무다. 그런 나무가. 어머니 저세상으로 가실 때 삭정이 꺾여 나무비녀를 만들었고, 우듬지 잘려 나의 상장 막대기가 되어 주었다. 늙은 감나무가 이젠 가슴속에 응어리진 어머니의 모습으로 보인다.

나무 비녀를 꽂아 드리기 전 어머니는 비녀가 세 개 있었다. 그 중에서 가장 아끼는 비녀는 옥비녀였다. 변하지 않는 파르스름한 옥빛으로 간수만 하였지 꽂고 다니시는 것은 보지를 못했다. 소지한 연유는 시집올 때 예물로 받은 사랑의 징표라고 한다. 또 하나는 은비녀다. 가끔 친정에 가실 때나 외출할 때 뽀얗게 닦아 꽂고 다니시던 비녀다. 은비녀를 꽂을 때는 내가 학교나 이웃 동네에서 말썽을 피우고 돌아오면 용서를 빌러 가실 때 제일 많이 꽂으셨던 비녀로 기억이 된다. 이런저런 일로 어머니 복장이 터지고 애타는 가슴에 놀라 은비녀도 색이 변하였는지 가끔 장롱 서랍을 열어 보면 검은빛이었다. 나머지 하나는 가시는 날까지

꽂았던 누런 동 비녀다. 염습할 때 나무 비녀로 꽂아 드리고 빼낸 것을 집안 어른들이 슬그머니 아내 손에 쥐어 준 것이다. 한 많은 세상을 어렵고 처절하게 살다 가신 어머니의 유일한 유품을 아내는 지금도 간직하고 있다.

머리카락이 몇 가닥 남지 않아 밤톨만 한 어머니의 하얀 쪽머리는 동 비녀가 무거웠던지 항상 한쪽으로 삐뚤어져 있었다. 철없던 나는 그 모습이 싫었다. 그 생각을 하면 지금도 얼굴이 화끈거린다. 나를 배 속에 지니시고 징용 가시는 아버지를 배웅한 아버지의 남은 모습이 어머니에게는 남편에 대한 마지막 기억이다. 자식을 위해 희생으로 살아야 하는 삶의 원망과 비애를 옥비녀만을 보듬고 사셨다. 그런 어머니에게 감나무는 마음을 다잡을 수 있도록 위로하고 용기와 지혜를 주었다. 극심한 흉년이 들어도 감나무는 어머니에게 풍성한 열매를 안겨 드렸다. 잘 익은 감으로 한 해는 재봉틀을 사고 또 한 해는 송아지를 사게 하였다. 기울어진 가세를 새살 돋는 나뭇가지처럼 힘차게 뻗어나가게 해주었다. 뿐만 아니라 감나무 덕분에 얻은 용기로 마을 사람들 마음도 움직여 존경 받는 감나무집 할머니이기도 했다.

어머니가 먼 세상으로 가시고 나니, 혼자 남은 감나무도 어머니에 대한 그리움이 쌓이는지 아니면 외로움 때문인지 나무 기둥 밑동이 바스러졌다. 눈물로 젖은 어머니 가슴 같은 땅, 북두갈고리 같은 손으로 세워놓은 집, 어머니의 삶을 간직한 감나무가 서 있는 마당에 고층 아파트를 세우려고 사람들이 땅을 파고 들어온다. 곧 쓰러질 감나무를 보니 평생 감나무 진만 빼먹고 살아온 것 같아 볼 면목이 없다. 돌이켜 세월을 본다. 감나무와 함께한 어머니 오십년, 나 오십년. 그 중에서 옥비녀를 받고 아버지와 함께한 몇 년이 가장 아름다웠을 것 같아 세월이 야속하고 저주스럽다. 어머니가 그립다. 감나무가 베어져 흔적도 없어진다면, 혹여 어머니 영혼이 집 찾아오실 때 잘 찾아오실까 염려스럽다. 감나무 잎이 부르는 손짓 없으면 얼마나 섭섭하실까? 가슴이 저며 온다.

어머니가 분신처럼 아끼고 사랑하던 저 나무를 베어지기 전에 어떻게 할까 생각하고 궁리를 한다. 고욤나무에 접목하여 양지바른 산소 제절에 심어 볼까 하다 성공하기 어려울 것 같아 그만두었다. 대신 먹감나무 밑동 한 조각을 떼어다가 비녀를 깎는다. 나무 비녀를 어머니에게 꽂아 드렸을 때 상제들도 삼년상 날 때까지 상복 입는 예도 못 갖춘 죄 속죄라도 하고 싶다. 나무 무늬가 퍽 곱다. 부드럽고 하얀 나무 살에 은은히 스며들어 온 푸르고 검은 나뭇결. 어머니 반백일 때 머릿결 같다. 검버섯 돋아 환하게 웃던 웃음빛이다. 어머니와 우리 가족을 위해 평생 속을 태운 감나무를 새카맣게 줄무늬 넣고 솜씨 좋게 다듬는다. 사랑스러운 마음이 와 닿는다. 오래오래 간직하여야겠다. 고층 아파트가 들어와서 이생에 머물던 곳의 흔적이 없어지더라도 어머니 영혼이 찾아오시면 흡족해하셨으면 좋겠다.

감나무는 아버지 어릴 때 심어진 나무로 아버지가 오르내리던 나무다. 나라를 잃어 처절한 시대에 강제로 징용에 끌려가신 아버지. 영원히 돌아오지를 못하셨다. 목매어 기다리던 부모형제, 살갗 같은 처자식, 정든 고향 산천을 버려두고 낯선 동토 사할린 땅에서 소식이 끊겼다. 인간 이하의 대우를 받아 실낱같은 생명마저도 잇지 못하신 아버지. 얼마나 많이 고향 산천 꿈을 꾸셨을까. 분명 마당 끝에 그네 타던 감나무는 꿈속에서 수도 없이 나타났을 것이다. 남의 나라 땅 타향 객지에서 구천을 떠도는 아버지 영혼. 지금도 감나무 잔영을 기억을 하실까? 감나무 쓰러지기 전 모습을 보여드릴 수가 없어 천추의 한이다. 혹시나 하늘에서 어머니를 만나 비녀 이야기를 들으셨으면 하는 마음으로 곱게 다듬는다.

나팔꽃 부부젤라

우리 집 베란다는 피난민이 사는 모양새다. 빨래 건조대는 항상 널브러져 있고, 몇 개의 조그마한 항아리와 단지들은 무슨 구실을 하는지 구석구석 숨어 있다. 가을 추수 때 갖다 놓은 쌀자루며 여축해 놓은 마늘, 먹다 남은 감자 박스 모두가 한 자리씩 차지하고 있다. 점잖은 손님 한번 맞이해 보지 못한 교자상은 멋쩍은 듯 곁눈질만 하고 있고, 병 나부랭이며 싫증난 화분들로 발 디딜 틈이 없다. 난장판을 어쩌다 힐끗 쳐다보니, 우리에게 제일 먼저 봄을 맞이해 준 군자란 화분에서 때아닌 연둣빛 새싹이 뒤늦게 돋아나고 있다. 백일 된 아기 웃음처럼 예쁜 초록 싹이 방긋 웃는다.

다가가서 떡잎을 젖혀보니 흔하디흔한 나팔꽃 싹이었다. 세 갈래로 갈라진 하트 모양 잎사귀 형태가 농사짓고 자연에서 오래 살았던 이력의 눈으로는 나팔꽃이라는 것을 금세 알 수 있다. 대수롭지 않아 무관심하다가 되짚어 본다. 지난번에 분갈이한다고 아파트 공터에서 담아 온 몇 줌의 흙에서 나팔꽃 씨앗이 함께 따라와 싹이 난 모양이다. TV 방송 연예프로그램에 가위, 바위, 보로 운명을 결정 짓는 복불복福不福처럼 마지못해 결정된 운명 같아 측은한 마음이 든다. 며칠이 지났다. 잎사귀 개수가 늘어났고 넝쿨이 군자란 키 위에까지 올라왔다.

작정하고 심은 꽃은 아니다. 아무리 복불복이라지만 복분이 좋은 것인지 견디어 내기 어려운 역경의 처지에 와 있는 것인지 분간을 할 수가 없다. 악조건의 들풀들에게도 살아가려는 꿈이 있고 희망이 있을 것이다. 실낱같이 가느다란 여린 줄기에 살 오른 몇 잎의 잎사귀가 달린다. 절단 내어 뽑아버릴까 생각하다가 마음이 움칫해진다. 오히려 여법하게 자리를 잡아주고 싶은 마음이 든다. 무관심하던 나의 마음이 여린 잎에게 매료가 됐나보다. 매혹적인 연한 연둣빛에 홀딱 반해 처단할 용기를 잃는다. 며칠 만에 화초 키보다 두 뼘은 넘게 자라올랐다. 의지할 곳이 없는데도 악착같이 머리를 쳐들고는 무엇을 잡으려고 안간힘을 쓰고 곤댓짓을 한다.

지지대를 꽂아 버티게 해주고 싶은데 적당한 재료가 없다. 생각다 못해 세탁소에서 가져온 하얀 철사 옷걸이를 풀어 곧게 펴서 세우고 감아주었다. 잎이 진초록으로 푸르게 도톰해진다. 씩씩하고 발랄해 사랑을 느낄 때쯤 이번에는 나를 깔보고 능멸을 한다. 불만 많은 청소년이 무작정 가출을 하듯 문틈으로 바깥세상을 내다보고 방충망을 잡고는 하소연을 한다. 창문 여닫기가 불편하여 밉살스럽다. 왼쪽으로 감아 도는 본래의 태성을 이 불운한 처지에서도 여실하게 보여주어 유전자의 잠재된 능력에 감탄을 한다. 내재된 본질의 힘이 위대하다.

화분을 옮겼다. 여닫는 문에서 움직이지 않는 문설주 기둥 밑으로 끌어다 놓았다. 얄밉도록 가느다란 줄기로 더는 깨 방정을 떨며 가출을 못하게 테이프를 붙여 고정을 시켰다. 비록 풀줄기지만 집을 나간다는 것은 집안 망신이고 속상하는 일이라 엄단을 한다. 가혹하게 가둔다는 생각은 말고, 사람도 살다보면 이사를 하는 것쯤으로 생각하라고, 다시는 허튼짓하지 말고 한길로 곧게 자라라고 다짐주듯 꼭꼭 눌러 붙여 두었다.

비가 오려는지 몇 번의 앞바람이 불어 들어와 나팔꽃 줄기를 흔든다. 마침내 비가 온다. 마땅히 할 일도 없는 사람이지만 비가 오면 두 손 놓고 있어도 흉하지 않아 나는 비오는 것을 즐긴다. 나팔꽃도 반길 것이라고 생각했는데 바람이 심한

지 몸을 빼빼 꼬고 괴로워한다. 그만 문틀에 붙인 테이프가 접착력을 잃어 스르르 떨어지고 말았다. 나팔꽃 줄기가 처절하게 나락으로 곤두박질을 친다. 여기까지가 너의 운명이구나 하고 포기할 작심으로 눈길을 돌린다.

같이 보고 있던 아내가 어쩌면 좋으냐고 끌탕을 한다. 보잘것없는 풀 줄기 하나가 지켜보는 사람의 마음을 측은하게 긁어 놓는다. 슬그머니 오기가 생긴다. 서랍 속을 찾아보니 진공으로 밀착하여 벽에 붙이는 비닐 못이 있다. 천장까지 붙이고 여분으로도 길게 박아 놓았다. 줄기가 부러져서 죽었는지 살았는지 의심은 가지만 혹시나 하는 마음에 끈을 묶어 허리를 쭉 펴주었다. 경이롭게도 살았다. 한 칸 한 칸 따라 올라가는 속도도 빨라졌다. 터널을 이루고 푸르게 자라나 씩씩하게 보일 때 꽃이 피었다.

정열적으로 빨간 두 송이의 꽃이다. 몇 송이의 꽃을 더 피려는지 꽃망울도 몇 개 더 마련하고 있다. 곤혹을 치르고 살아온 지난날을 다 잊으려는지 빨간 꽃 빛깔로 시치미를 떼듯 과거를 감춘다. 너나 내나, 무엇인들 지나온 과거가 보석처럼 반짝이고 아침 이슬처럼 영롱하겠냐고 위로를 해준다. 가슴 아팠던 일들을 다 잊고 지난날을 감사하게 추억으로 받아들이라고, 오늘을 화려하게 즐기라고 토닥여준다.

연약한 싹이 꽃이 필 것이라고는 감히 생각지도 않았는데. 나팔꽃이 피었다. 하늘나라 어느 천사가 보내 준 꽃다발을 받은 기분이다. 집안 분위기가 모처럼 환해졌다. 아침이면 나팔꽃은 햇살 이야기도 하고 바람 부는 소리, 비 오는 소리를 전해준다. "이리 가져와, 밥 먹자, 자자." 단 세 마디로 사는 우리 부부에게 여름 이야기를 만들어 준다. 남아공 월드컵 축구장에 부부젤라는 세계 평화를 위하여 나팔을 불었다. 우리 집 나팔꽃은 우리 부부의 행복한 웃음을 위하여 나팔을 불어준다. 땡 큐.

소반 小盤

어쩌다가 작은 방을 들여다본다. 쓰지 않는 빈방, 잡동사니가 주인이다. 헌 옷장 위에 얹혀 있는 소반에 눈길이 가닿는다. 반듯하게 정돈하여 정성으로 보관하는 품새가 아니다. 서 있지도 못하고 눕혀 자빠트린 채로 상다리 사이로는 또 무슨 허섭스레기들이 얹혀져 있다. 고통스럽게 억눌림을 당하는 느낌이다. 어머니가 쓰시던 손때 묻은 밥상이다. 평생을 비탈밭에서 억센 잡초에 짓눌려 사시던 어머니의 모습이 얼비친다.

세전지물이다. 누대를 이어오고 내가 태어난 집을 내 손으로 작파하고 고향을 떠나올 때다. 이래도 되나 싶어 죄짓는 마음이었다. 이 물건도 정이 들었고 저것도 소중하여 버릴 수도 지니고 나올 수도 없는 처지였다. 쓰임새가 있을까? 나중에 아쉬워 후회하지는 않을까? 하는 생각으로 갈등을 했다. 명맥은 이어야 한다는 알량한 생각으로 이삿짐 트럭 위에서 어머니랑, 생각하고 소반 하나를 가슴으로 품고 나왔다. 다리 구부정한 개다리소반이 아니고 나뭇결 좋은 통판으로 장인이 공들여 만든 진품이다. 집안 행사 때나 귀한 손님 접대할 때 사용하던 소반이다.

이사 올 때 도시는 5층짜리 서민 아파트 몇 단지뿐 모두가 일반주택이었다. 둥지를 튼 집은 하얀 타일로 지은 집으로 겉면에 햇살을 받으면 화사하게 반사되어 꿈의 궁전 같았다. 내부구조는 연탄 때는 깊은 아궁이 부엌에 나무 마루와 분합문에 다만 화장실이 집 안에 있을 뿐 한옥 집과 별반 다르지 않았다. 마루에 소파와 탁자를 들여놓는 문화가 서민들에게는 보편화되지 않았을 때다. 마루 한쪽을 소반이 차지하고 어머니 노릇을 했다.

처음에 놓았던 자리가 언제나 소반의 자리는 아니었다. 바퀴 달린 구루마처럼 이리저리 끌려다녔다. 여름날 미숫가루 한 잔이라도 타 먹을 때나, 혹 가다 수박 한 통 갈라 먹을 때는 쓱 잡아당겨 가운데 놓으면 식탁이 되고는 했다. 빨래 개킬 때도 따라 나오고 다려놓은 옷들도 올라앉고 두루두루 요긴하게 써먹었다.

소반은 꼬맹이들에게 싸움터가 되고는 했다. 터울 잦은 형제 아이들이 싸울 때는 꼭 소반을 사이에 두고 싸웠다. 구슬치기 딱지치기 장난감 놀이를 하다가 다툼이 나면 고양이 눈으로 응시를 하다가 한쪽이 지면 닭똥 같은 눈물을 뚝뚝 떨어트려도 소반은 할머니 품 안처럼 받아주었다. 굴리고 뛰어넘고 밀치고 해도 어느 한곳 파손 없이 소반은 단단하게 버티어주었다.

말 안 듣고 속 썩일 때는 종아리 걷어 올리고 소반 위에 세워놓았다. 안쓰러운 마음에 제 자식은 때리지 못하고 가느다란 회초리로 소반바닥을 후려치면 조상님들의 카랑한 목소리마냥 울리는 소리는 매서웠다. 자식들 모두가 소반 위에서 한글을 깨쳤고 숫자를 터득하게 한 것도 소반의 숨은 공로다. 친인척들 대소사에 가는 부주 봉투를 쭈그리고 앉아 쓸 때는 나의 책상이 되고는 했다.

농사짓고 살 때 아내의 소망은 넥타이 매고 출근하는 사람하고 살아 보는 것이 소원이라고 했다. 그러나 나는 평생을 점퍼 차림으로 살았다. 나도 화장하는 여자하고 살고 싶은 것이 바람이었다. 당시 아낙네들은 장에 가거나 외출할 때만 화장을 했다. 그 습관으로 아내는 화장하는 솜씨가 서툴렀다. 빗과 화장품 몇 가지를 넣은 비닐 바구니를 들고 나와 쪽거울 세워놓고 짝짝이 눈썹을 그리고 대강 찍어 바르던 화장대도 소반이었다.

소반하고 함께한 기억이 또 있다. 자식들이 제법 크고 소파가 거실에 들어오고

부터는 소반의 자리가 없어졌다. 어머니의 채취를 멀리할 수가 없어 궁리 끝에 안방 머리맡에 두게 되었다. 이유는 새벽 일 나가는 나를 위해 사발시계沙鉢時計를 올려놓기 위해서다. 째깍째깍 가는 시계소리는 스스로 제 갈 길을 못 찾아가서 끌탕하는 어머니 목소리로 늘 나를 일으켜 세웠다.

사발시계 옆에는 불 인두로 지져 난蘭 한 포기 그린 대나무 통筒도 있었다. 새카만 몸에 황금빛 허리띠를 두른 만년필을 꽂아 두던 통이다. 호박꽃 속에 벌 한 마리 숨어 있듯 만년필은 있는 기척도 못했다. 살냄새 풍기며 함께 살고 있는 사람이 하나로 살아가는 인연 되자고 마음의 표시로 준 첫 선물이다. 고맙다는 마음을 무슨 말로 표현할까 망설이기만 했지 잉크 한 번 뿌려보지 못한 만년필이다. 사랑이 스며드는 고운 글 한 줄 써보지 못한 아쉬움을 소반이 지켜주었다.

어머니 제사를 지낸다. 칠십 노구를 이끌고 오신 두 누님이 주빈이시다. 제기에 딸린 주반酒盤이 있지만 당신이 쓰시던 소반을 제상 옆에 놓고 제주와 퇴줏그릇을 올려놓는다. 누님들은 소반을 어루만지며 소반에서 어머니 손길을 찾는다. 어머니의 채취가 풍기고 흔적과 자취가 더듬어지는 소반이다. 아파트로 이사를 오고부터는 점점 소반을 등한시했다. 자식들은 구접스럽다고 몇 번이나 버리자고 한다. 기대고 싶은 나의 마음을 몰라준다.

소반은 철없는 삶을 의지해 온 나의 영혼이고 나의 뿌리이며 나의 살붙이다. 슬플 때나 즐거울 때나 나를 지켜봤다. 세상일이 마음대로 되지 않아 속상할 때면 화풀이할 데가 없어 수없이 걷어차던 소반이다. 돌이켜 보면 소반을 볼 면목이 없다. 그래도 늘 곁에 있으면서 나를 붙들어 준 고마운 소반이다. 이참에 잘 닦아 좋은 자리에 놓고 반듯하게 보관을 하여야겠다. 함께할 때까지는 어머니다.

문자 메시지

밤새 비바람이 몰아치더니 아침까지 바람이 사납다. 하늘이 어둡고 바깥 날씨가 을씨년스러워 한 발자국도 나가고 싶지가 않다. 아침 운동하려고 수영장에 가는 아내도 망설여지는지 귀찮은 기색이 역력하다. "바람 부는데 뭘 가." 한마디 했다. 한참을 머뭇거리다가 자린고비 본색을 드러낸다. 내 돈 냈는데 안 가면 나만 손해지 하고는 단단히 싸매고 나선다. 누구는 고급 승용차로 데려다주는 사람도 있는데 내 팔자야 하는 푸념에 내 마음도 비에 젖는다. 측은한 생각도 조금은 들지만 감당할 일이 못 돼 따뜻하게 자리를 만들어 내 세상을 만든다. 근심걱정 다 던져버리고 망상의 세계를 한참 헤매고 있을 때 문자 메시지가 왔다. 아날로그인 나는 정감 없는 문자 놀이를 할 줄도 모르고 싫어한다.

아내의 문자다. "세탁기에 빨래 좀 널어요, 깜빡했네" 아침이면 무슨 고3학생 등교하듯 허둥대는 것이 밉살스럽기도 하지만 한편 딱하다는 생각이 들기도 한다. 그가 건강하면 나도 조금은 편하겠지, 하는 생각에 참는다. 그릇에 빨래를 담아다가 거실에다 펼쳐놓고 탈탈 털고 구분을 하여 베란다 건조대로 갈 준비를 한다. 수건이며 양말 세탁물이 생각보다 많아 짜증스럽다. 얼추 구분 정리가 되어 갈 때 이상한 마음이 떠오르는 태양처럼 불끈 솟아오른다. 빨래를 널어달라고 부탁을 하려면 상냥한 목소리로 아양을 떨어가며 사정을 하여도 들어줄까 말까 한 일을 가지고, 군대에서 예하부대 보고 이렇게 하라 저렇게 하라 작전명령하듯 일방적으로 문자를 보내? 못 하겠다면? 고약한 생각에 얼굴이 화끈거린다. 얌전하게 잘 널어 주려는 처음 생각이 삐딱해진다. 에끼, 모르겠다. 처덕처덕 아무렇게나 걸쳐놓고 말았다.

근간에 문자 메시지로 엇각이 났던 일들이 종종 있었다. 자기 친척집에 가서 늦어지니 저녁 해결하라 등, 자기가 곤란할 때면 망설임 없이 통지하는 방편이 문자 메시지다. 같은 전화기를 사용하여 전달하는 것을 앵무새처럼 살갑게 말로 하지 건방지게 왜 문자로 하냐고 타박을 해도 소용이 없다. 한번은 화장실에 들어가는 것을 분명히 보았는데 메시지가 왔다. 오늘은 어디 가서 무엇을 어떻게 처리하고 오라는 문자다. 괘씸해서 못 본 척 꼼짝 않고 있었다. 얼마가 지나니 자기가 답답한지 왜 안 가냐며 성화다. 문자도 못 봤고 앞으로는 문자로 하는 것은 듣지 않겠다고 몽니를 부려본다. 도대체 무엇 때문에 말로 하는 것을 기피하고 사무적으로 문자 메시지로 하는지 이유를 모르겠다.

부부간의 대화 방법을 잊어버린 지가 오래다. 사랑의 말은 씨조차도 말라버렸다. 주어 동사 문장으로 이루어지는 아름다운 대화가 없다. 고작 소통하는 말이 외마디소리 한 마디다. 가, 와서, 이거, 저거, 뭐, 줘, 왜, 싫어, 어떤 때는 NO 라고 집 나온 영어가 고생도 하고, 가끔은 손가락이 거들기도 한다. 부부간에 문명의 기기인 전화기로 그것도 대화가 아닌 문자로 소통을 한다니 얼마나 해괴하고 망측한 일인가. 그래서는 정분이 생길 수가 없다. 나도 그렇지만 그도 한 남자의 여자, 각시, 색시의 역할을 포기한 지가 오래다. 오직 자식들을 지키고 훈육하는 사감일 뿐이다. 우리 집안에 집사의 직분만 있는 줄로 착각을 한다. 영감한테 하는 말을 업무라고 생각하는지 문자메시지를 거침없이 보낸다.

연식이 지나 추레하고 궁상맞지만 그래도 여자 아닌가. 그럴수록 긴장을 놓지 말고 남편을 바라보라는 것이 나의 잔소리다. 손님 오면 쓴다고 감추어 둔 예쁜 그릇으로 밥을 먹고 손님이 오면 일회용을 쓰자고 해도 찌그러진 양재기에다 음식을 담아 먹으라고 한다. 내 앞에서 좋은 옷 입고 화장을 하라고 해도 그 반대다. 외출할 때는 반드레하게 옷을 입고 집에서는 망측하게 헌 옷을 입는다. 집에만 들어오면 화장을 지우는 여자다. 하지 말라는 자식들 걱정은 쓸데없이 왜 하는지. 요즈음은 자랑스러운 할머니 상이라도 타고 싶은지 열심히 손자손녀와 관계 맺는 방법을 연구하고 맹연습중이다. 상관도 없고 잘 해주어도 아무 소용없는 사람들에게 잘 보이려는 여자가 무슨 나의 여자인가?

북유럽을 함께 여행한 적이 있다. 유서 깊은 러시아 상트페테르부르크에서 출발을 하여 핀란드를 거쳐 스웨덴에서는 클로즈를 타고 북해로 나가는 여정이다. 백야에 크리스마스 카드에서나 보는 북쪽나라 풍경을 바다 폭이 얼마나 좁던지 양쪽 손으로 만지고 가는 듯 했다. 잘 사는 나라 여유로운 노인들이 유람과 휴양을 목적으로 운행하는 배라고 한다. 때문에 노인 승객이 대부분이었다. 손을 맞잡은 노부부들이 남의 일엔 일체 신경도 안 쓰고 둘만이 다정한 눈빛으로 마주 보고 이야기하는 광경이 퍽 인상 깊었다. 우리는 단 1분도 눈을 맞추지 못한다. 한, 중, 일 단체 관광객들은 자기의 짝은 내버려두고 남자는 남자, 여자는 여자들끼리 개 뛰어다니듯 한다. 서양인은 부부 중심이고 동양인은 개인을 벗어나 공동 개념이 너무나 뚜렷하다. 그렇게 좋은 부부 관계를 배우지도 못하고 비싼 딸라만 버리고 헛갔다 온 여자다.

저녁에 빨래를 개킨다. 아무렇게 널어놓아 마르지 않았다고 투덜거리며 타박을 한다. 살림에 관심이 있느냐는 둥, 철이 언제나 들 거냐는 둥, 엉망으로 꾸겨져서 다시 빨아야 한다며 별별 소리를 다 해댄다. 자기 잘못은 모르고 독사뱀처럼 성질을 낸다. 한참을 듣다가, 건방지게 문자 메시지로 하라고 해서 그랬다고 까

닭을 말해주었다. 그랬더니 "그럼 사람들 많은 데서 빨래 널라고 큰 소리로 떠들고 전화를 해." 에그! 기가 막힌다며 팔꿈치로 옆구리를 일격을 가한다. 아이쿠! 반 본전도 못 추리고 말았다.

싹수가 있다.

새봄이라고 아파트 담장 밑에 꽃씨 몇 개를 심어 놓았다. 얼마가 지나도록 까맣게 잊고 있었다. 꽃을 보고 싶었던 처음의 마음은 온데간데없고 무관심의 시간만 강물이 되었다. 문득 어찌 되었는지 궁금하여 다가가 살펴봤다. 이럴수가. 누구의 짓인지 나무 널빤지가 짓누르고 있다. 고해성사하는 마음으로 젖혀본다. 꽃씨는 까만 모자를 쓰고 노란 싹이 서리서리 뒤틀어진 몸으로 똬리를 틀고 서려 있다. 연약한 싹의 힘으로는 어쩌지를 못한다. 햇빛을 찾으려는 싹의 집념, 싹을 세우기가 저렇게 어렵고 순명의 길이라는 걸 절감한다. 떡잎의 애처로움을 보니 마음이 짠하다.

때가 어느 땐 줄도 모르고 하루하루를 남의 애 돌보듯 세월을 보내왔다. 망종이 지나서야 겨우 도시 외곽으로 나가 농촌 들녘을 보게 되었다. 무논에 심어진 모들이 푸르게 싹 잡기가 한창이다. 모태 농사꾼인 사람이라서 푸른 벼 포기를 보면 떨림의 감동이 진하게 느낀다. 휘어진 논두렁 따라 심어진 초록의 행렬, 굽어짐의 미학이 자연스럽다 못해 신명스럽다. 걱정 없는 바람처럼 신선한 자유다. 벼 농사꾼은 지켜야 하는 신조가 있다. '논 자랑 말고 모 자랑' 하라는 것이 전래되어 내려오는 믿음의 철학이다. 못자리에서 이앙된 모가 얼마나 튼실하냐에 따라 벼의 활착이 달라져 그 해 농사를 좌우한다. 될성부른 벼는 떡잎부터 튼튼해야 한다는 경구다.

식물은 싹을 내어 생육하는 시기가 정해져 있다. 그 시기를 놓치면 열매 맺기가 어렵다. 사람도 마찬가지다. 철이 든 나이에 공부를 하면 일등을 할 것 같지만 막상 해보면 곱절로 힘이 들고 능률도 없다. 공부할 때와 결혼하여 자식을 낳아 기르는 시기가 있는 것이다. 벼도 심는 시기를 놓쳐 마냥모를 심으면 자라는 시기가 짧아 줄기를 만들 수 없다. 벼 포기가 줄기를 적당히 만들어야 하는데 시기가 짧아 만들지를 못하면 농사는 폐농이다. 농사는 싹을 키우는 일이다. 씨앗을 심어 싹을 내고 싹과 함께 사는 것이 농부의 일상이다. 한 알의 밑알이 수백 배의 열매를 만드는 것이 목표다. 싹의 가지가 싹 가지다. 발음이 순음화 되어 싹아지가 된 것이다. 그래서 싹의 가지가 없으면 싹아지가 없다는 말로 희망이 없다는 욕이다.

모를 심어 푸르게 잎이 자라고 나면 이삭 대를 올려야 한다. 그러나 그것이 그렇게 만만치가 않다. 병충해로 제 구실을 못하는 싹도 있고, 태풍의 세찬 비바람으로 쓰러지는 가지도 있다. 제일 안타까운 것은 벼가 가지를 분수없이 너무 많이 만들었을 때다. 끝마무리에 자아올릴 영양이 부족하여 쭉정이가 되고 만다. 허욕을 부려 뒷감당을 못하기 때문이다. 이삭 대를 올리고 눈을 내고 꽃을 피워 열매를 맺어 알곡을 채워야 하는데 모가지조차 내보이지 못하는 것은 슬픈 싹이다. 이 싹을 한문으로 수穗라고 한다. 싹에 수가 없는 것을 싹수가 없다고 하고, 싹이 제 출대로 못 나온 것을 싹이 노랗다하고, 빈 쭉정이로 나오면 싹수가 하얗다고 한다. 식물 줄기에는 싹수가 있어야 하고, 노래서도, 하얘서도 안 된다. 싹수는 튼실해야 한다.

공자님 말씀을 쉽게 풀이한 책을 읽어보면 여러 곳에서 싹수 이야기가 나온다. 공자는 누누이 제자들을 다그쳐 가르쳤다. 싹만 틔우고 꽃을 피우지 못하는 싹도 있고, 꽃은 피워도 열매를 맺지 못하는 꽃도 있다. 떡잎이 푸릇해 기대를 했는데 쭉정이가 되고 마는 싹도 있다. 그것을 무상無常의 삶 허무虛無라 가르쳤다. 싸가지가 있어야 한다. 애초에 싸가지가 없어 솎아지는 것은 어쩔 수 없다. 사람도 마찬가지다. 푸른 꿈을 안고 제법 싹수가 보이다가 중간에 포기하는 사람은 더 애석한 사람이다. 알맹이를 맺지 못하는 싹은 떡잎에 반드시 문제가 있게 마련이다.

저녁나절 집으로 돌아오는 민정이가 가방을 짜증스럽게 하늘 높이 휘둘러 대는 것을 베란다에서 내려다본다. 한때는 저 아이가 우리 라인 아이콘이었다. 할머니가 돌봤다. 유치원 때부터 구구단을 외운다는 둥, 성인 가요도 한번 들으면 모두 따라하여 천재 소리를 들었다. 앵무새처럼 종알대며 못 하는 말이 없었다. 선망의 눈으로 라인 사람 모두가 칭찬하고 부러워했다. 할머니의 자랑이 하늘을 찌를 때 방송국 쪽에서 일을 하는 엄마가 적성검사를 받아보았다고 한다. 결과는 "보통은 조금 넘습니다." 하드란다. 그 소리를 들은 할머니 그깟 놈의 교수가 뭘 아냐며 노발대발, 이후 자랑은 조금씩 사그라져 들어갔다. 할머니 눈으로는 떡잎이 마냥 똑똑하게만 보였던 것이다.

손자 놈이 학교에서 무슨 발표회를 한다고 한다. 살고 있는 지역이 서울 쪽으로 그리 멀지는 않지만 만사를 제쳐놓고 할머니가 쫓아간다. 보고 와서는 무슨 조짐을 보고 온 것처럼 흥분을 한다. 싹수를 보았다고 수선이다. 옆에서 지켜보자니 허풍이 심하다. 할머니 고질병인 망령이 도진 것이다. 할머니 눈으로 그렇게 쉽게 보이는 싹수는 좋은 싹수가 아니다. 따라하고 모방하는 것은 칭찬하면 코끼리도 춤춘다고 얼마든지 가능한 것이다. 하지만 사람의 본디 싹수는 보여주지도 찾아지지도 않는 것이다. 싹수를 찾는 데는 할머니는 거추장스러운 존재라 저만큼 비켜나 있어야 한다. 옛말에 아이가 조부모 무릎에 앉으면 늦된다는 말이 있다. 역사에 훌륭한 어머니는 있어도 훌륭한 할머니는 없다. 사람의 싹수를 보는 눈은 따로 있다. 왜냐하면 천재는 바보같이 행동하고 바보는 천재처럼 말하기 때문이다.

내 방房은?

손이 겉도는 거북한 청소를 한다. 잡동사니들이 마구 나뒹굴고 버린 휴지는 귀퉁이마다 숨어 있다. 읽지도 않고 펼쳐보다 내동댕이친 책들로 발 디딜 틈이 없다. 너무 무채색이어서 객줏집 냄새 나는 방 같다. 분위기도 향기도 없는 방이다. 아내의 침실로부터 분리 독립을 선언하고 나왔기 때문에 돌봐주지도 않는다. 나만의 공간이 왜 갖고 싶었을까? 방 이름도 개가 노는 방이란 뜻으로 휴견당休犬堂이라 짓고 살아보려 했는데 녹록치가 않다. 보름도 안 되었는데 이 정도일 줄이야, 돼지우리다. 내 방을 지닐 능력도 명분도 없으면서 허욕을 부린 것이다. 사람마다 인품이 다르듯 그 사람이 쓰는 방이 그 사람의 인격이다.

내가 자초한 일이다. 내 인생의 몇 번째 방일까? 살아왔던 방도 많고 방의 얽힌 사연도 무진하다. 사람은 자기의 방을 만드는 것을 삶의 목표로 삼는다. 아방궁으로 짓고, 레이스 달린 공주방을 꾸미고, 지하 월세방을 차지하느냐 따라 인생의 성패를 따진다. 온 세상을 맘대로 날아다니는 새나 벌레들은 그렇지가 않다. 갈대 줄기에 매달려 가난하게 짓는 새의 방을 봐도, 나무 꼭대기에 짓는 까치의 방을 봐도, 크고 작고, 좋고 나쁜 빈부의 격차는 없이 똑 같다. 벌레들의 방은 또 어떤가. 모양도 빛깔도 일정하다. 유독 사람들만 방을 가지고 아귀다툼을 한다. 방의 올바른 개념은 무엇일까?

사람의 방은 쓰는 사람에 따라 분위기를 만들어야 한다. 공부하는 학생의 방은 조용해야 되고 처녀의 방은 예쁘고 사색하는 방은 단조로워야 한다. 가장 기본의 방이 부부의 방이다. 부부가 함께하는 방의 공간은 은밀해야 한다. 혼자만의 자유에서 두 사람의 자유가 결합되는 것이다. 방에서 옷을벗고 알몸으로 있어도 부끄럽지 않아야 진정한 부부의 방이다. 옷을 벗는다는 것은 사회적 윤리와 억압에서 벗어나 해방되는 자유를 의미한다. 두 사람의 자유가 승화되어 사랑의 꽃이 피는 것이 참된 사랑의 방이다. 부부의 방에는 즐거움과 낭만이 있어야 한다. 방의 의미도 제대로 모르고 내가 어리석게 패착을 둔 것이다. 독립을 할 까닭이 없는데 괜한 짓을 했다.

이제야 방의 의미를 새롭게 터득을 한다. 유명 미술관엘 가보면 방의 그림을 쉽게 볼 수가 있다. 화가들은 풍경이나 정물만을 그리는 줄 알았는데 그들의 그림에는 방의 그림이 훨씬 많다. 채색 짙은 방에 큼직한 침대가 놓여 있고 하얀 시트 위에 발가벗은 여자가 농염한 자세로 있는 그림이 태반이다. 섹시하고 우아하게, 아름답고 풍만하게 보일 듯 말 듯 화가들은 방에서 인생을 찾는다. 창가에는 양복 입은 신사가 파이프를 물고 서서 끈끈한 시선으로 사색하는 그림이다. 방에서 흐르는 사랑이 예술이다. 고로 예술의 출발점이 방이다. 발가벗은 여자의 매력을 지키는 배경도 방이다. 부부의 가치도 모르고 나를 닫으려 했던 내가 참으로 남자답지 못하다.

아내의 침실로 원대복귀를 하여야 하겠는데 이게 또 만만치가 않다. 엎질러진 물이다. 막상 그렇게 하자니 체면이 말이 아니다. 어물쩍 슬며시 들어갔다가는 갑이 을이 되고 을이 갑이 되는 경우가 발생한다. 그것은 더 큰 문제이기 때문에 생각 없이 덥석 들어갈 일이 아니다. 청소 안 해준다고 트집을 잡아 볼까. 그것도 희떱게 호언장담을 하고 나왔으니 아니 될 말이다. 핑계를 댈 만한 이유가 마뜩찮다. 내가 놓은 덫에 내가 치인 꼴이다. 본래 나의 자리로 돌아갈 방법이 이렇게 궁색할 줄이야. 꽉 막힌 외통수다.

　내 방에 들어가고 나올 때 이렇게 난처할 적이 몇 번 있었다. 성적 나쁜 성적표가 부끄러워 숨어들던 방, 어머니한테 야단맞고 민망하여 작은 몸 감추던 방, 갖고 싶은 것을 갖지 못해 화나고 속상해서 쿵 하고 방문 걸어 잠그고 들어가 펑펑 울며 나를 삭히던 방, 어둠 속에서 콩알만 한 가슴을 파닥거렸지. 껍죽대던 한 시절 순간의 판단 잘못으로 낭패를 보고 몇 날 몇 밤을 칩거하다 나오던 방, 머리 숙이고 나올 때 그 쑥스러움 가슴에다 그늘을 드리우고 나왔지. 얼마나 창피하고 난감했나. 지금 그 꼴을 또 당하고 있다. 아직도 나에게는 몇 개의 방이 남아있을까? 수모를 당할 방은 만들지 말아야 한다. 당당하게 드나드는 방을 만들어야 한다.

　가끔 들여다보기라도 하지, 무정한 사람 같으니. 괘씸한 생각에 원망도 해본다. 건강을 걱정 할 때라 몸이 안 좋다고 엄살을 부려 볼까? 그것도 안 될 말이다. 이마에 손만 대봐도 금방 탄로가 날것이다. 얼마 전 발목을 삐끗해 침을 맞을 때 한 의사선생님 말을 되풀이 해볼까. 한방에서는 식생 다음이 숙면이라 한다. 잔디밭 같은 땅에서 얼굴만 내밀고 짚 검불을 덮고 동물처럼 자는 야침野寢이 건강에는 최고고, 다음이 요즈음같이 부드러운 침구보다 거칠거칠 한 삼베나 무명의 이부자리로 건포 마사지를 해가며 전 나체全 裸體로 부부간에 살을 만지고 자는 방법이 장수의 방법이라고, 그렇게 하자고 하면 생뚱맞게 억지 부린다고 하겠지.

　병법兵法에는 어떤 일이든지 거사를 할 때는 반듯이 천운과 천기를 보라고 했다. 침공하고 공략할 때는 일기가 최우선이다. 날씨를 살피자. 그의 기분이 가을 하늘처럼 맑은 날을 기다리자. 어설프게 백기를 들고 투항 할일이 아니다. 다시는 실수하지 말고 내가 주인이 되는 방을 만들어야 한다. 나의 방에는 휴식과 자유, 기도와 마음을 보듬는 사랑이 있어야 한다. 이번만은 햇솜같이 포근한 방을 만들어야 하겠는데. 묘수妙手가 없다.

말 없는 대화

산에 간다. 누구는 건강을 지키려고 등산을 하고 누구는 지친 마음을 새롭게 하려고 산에 오른다고 한다. 내가 산을 찾는 이유는 오로지 말할 상대가 없어 심심함 때문이다. 상대해 주는 사람이 없다보니 시간 보내기가 지루하고 따분하여 산을 찾는다. 산은 나의 도피처인 셈이다. 그렇다고 이름 있는 여법한 산을 오르는 것도 아니다. 집 근처에 있는 동네 산이다. 만만하여 오르기도 쉽고 문문하여 시도 때도 없이 찾아가 어린아이 투정하듯 소리를 질러본다. 대화를 하고 싶어서다. 산은 대답이 없다. 산은 침묵한다. 산도 대화 없이 눈치로만 세상살이를 하는 내 모양새다.

전화가 왔다. 떨어져 사는 아들의 목소리다. "아버지 저에요, 별일 없으시죠." "그래 너도 잘 지내지." "네" "엄마 바꿔줄게." 그 말 한 마디하고는 전화를 넘겨준다. 엄마와 아들의 대화는 안부가 살갑게 이어진다. 대수롭지 않은 이야기지만 안하면 섭섭하고 꼭 집고 넘어가야 할 말들이다. 나는 할 말이 없어 엄마를 부른 것이다. 어찌 이다지도 아버지와 아들, 부자지간에 할 말이 없단 말인가? 궁금한 일도 많고 당부할 말도 태산 같으련만 일상적인 인사만 하고 말았다. 할 말이 없는 것이 아니라 말하는 재주가 없는 것이다. 산안개 자욱한 산의 흉내를 냈다.

산봉우리는 홀로다. 마주보는 앞산이 있고 뒤에서 품어주고 보듬어 주는 뒷산이 있어도 외롭다. 모두가 서로를 마주보고 어깨만 견주었지 사랑이 없다. 말을 못해 마음을 표현하는 방법이 없다. 빛으로 바람소리로 계곡 물소리가 산을 대신

하여 말을 해준다. 온갖 산새들의 지저귀는 소리와 이 산 저 산 옮겨 다니는 뻐꾸기 소리가 산에 퍼지는 산 소문이다. 간간이 등산객들이 찾아와서 뱉고 가는 말이 아랫동네 이야기다. 말 할 상대가 없는 나와 산은 세상 돌아가는 멋도 모르고 세월을 산다.

말할 상대가 있어도 대화하는 요령이 없으면 말할 줄을 모른다. 말도 기술이고 재간이다. 어느 때는 고의적으로 몸을 피하고 회피하기도 한다. 묵언으로 남의 말만 듣고 사는 나는 산 같은 사람이다. 아버지와 아들, 장인과 사위, 얼마나 가까운 사이인가. 다정다감하게 각자의 속내를 털어놓고 친하게 지낼 관계다. '부자유친'이 삼강오륜의 기본이 아닌가. 그러나 나와 아들은 말 없는 대화로 지낸다. 우리 사이에는 보이지 않는 벽이 있나 보다. 겉으로만 친한 척하면서 서로의 속도 모르고 소 닭 보듯 한다. 늙은이와 젊은이, 세대 차이가 난다는 이유로 각자도생이다. 상사와 직원이 서로 사무적으로 하는 대화는 가정에서는 있을 수 없는 대화다.

내가 무난하게 대화를 할 수 있는 상대는 아내뿐이다. 그 대화는 격식도 필요 없고 수치스러움도 창피함도 없다. 어떤 말을 해도 체면 깎이는 일도 아니다. 끈끈이주걱처럼 끈적거려도 좋다. 다정다감하게 사랑이 넘치는 대화라면 더욱 좋고 그것이 행복인 것이다. 나는 그것을 못하면서도 그것을 기다리고 바라는 것이 나의 속마음이다. 세계 평화가 어떻고 내일은 해가 뜰 것인가 말 것인가 하는 문제는 필요하지 않다. 부부간의 대화에는 정만 흐르면 된다. 푸른 산이 조잘대는 산새 소리를 기다리는 것처럼.

아내는 나만 보면 무슨 불만이 그리 많은지 갉작갉작 갉아댄다. 바가지 긁듯 박박 긁는다. 긁어대면 부스럼이 된다는 것을 모르나 보다. 나갔다가 집에 들어

가면 복장검사부터 한다. 옷에다 뭘 이렇게 묻히고 다녀 꼴이 아니라고 난리를 친다. 툭툭 털거나 물걸레로 닦으면 될 것을 공연히 야단법석이다. 머리는 백발에 어깨는 왜 그리 축 늘어트리고 다니며, 늙어 갈수록 모양새가 이상스러워진다고 생트집이다. 여자가 무서워진다. 그런 말을 들을 때면 나도 모르게 입이 다물어진다. 답이 없어 묵묵부답이다. 산도 얄궂은 소리를 들으면 그래서 구름을 붙잡고 얼굴을 가리나 보다.

아파트 같은 라인에 우리보다는 격식을 갖추고 사는 집이 있다. 나도 오래 살았고 그 집도 오래 살아 눈인사는 하고 지내는 사이다. 부부가 동행하여 다니는 것을 자주 본다. 한번은 사이가 좋아 보인다고 칭찬을 해주었다. 여자는 이 때다 싶은지 흉을 늘어놓는다. "이 이는요, 집에 들어오면 말이 없고 세상물정을 몰라 답답해요, 재미머리라고는 눈곱만큼도 없어요." 듣고 있던 남자는 나처럼 산이 된다. 가끔은 계단을 걸어서 오르내린다. 통로에서는 말이 잘 들린다. 출근시간 아낙네들이 현관 앞에 나와 하는 인사가 천편일률적이다. 술 먹지 말고 일찍 들어오라고 그러겠다고 대답하고 가는 남자는 하나도 없다. 내남없이 부부들은 끊어지고 답이 없는 대화를 한다.

산도 감정을 표현할 때가 있다. 진달래 피는 봄이면 정념으로 붉은 가슴을 펼쳐 보인다. 낙엽 떨어져서 외롭고 쓸쓸한 가을이면 싹쓸바람으로 가슴의 소리를 쏟아낸다. 돌부처 같은 남자도 아름다운 사람을 만나면 놀랍게도 말을 잘 할 때가 있다. 찻집이나 카페, 술잔 앞에서 죽이 맞는 사람하고는 무쇠도 녹일 듯 천상유수로 말을 참 잘한다. 대화에도 필요조건이 있나보다. 돌장승의 입이 열리는 이유와 까닭은 무엇일까? 생각해 본다.

나는 오늘 몇 마디의 말을 했을까? 말할 상대가 없어 하고 싶은 말을 못했고 말할 상대는 있어도 마음이 통하지 않아 말을 못했다. 웃음을 만드는 대화가 겨울 꽃처럼 아쉽다. 활짝 핀 앵두꽃처럼 오롯한 대화를 할 수 있으면 얼마나 즐거울까? 산책하는 사람은 '만보기'라는 계기를 허리에 차고 다니며 건강을 살핀다. 누가 말하는 횟수를 계산하는 기계도 만들었으면 좋겠다. 저녁이면 당신은 오늘 몇 마디의 말을 했습니다. 웃음과 대화가 너무 부족하여 건강에 지장이 초래됩니다. "잠자는 옆 사람을 깨워서 대화하세요." 차임벨처럼 그런 멘트를 해주는 기계 말이다.

마음 씻기

　　절집 요사채 식당에 앉아 있다. 주방과 배식대, 교자상이 놓인 방이 유리로 구분이 되어 넓게 보인다. 복도를 따라 몇 개의 방이 연결된 현대식 건물이다. 좋은 필체로 써 붙인 '정숙' 이란 단어와 대면을 하고 있다. 한 눈에 보아도 청결하다. 아무렇게나 늘어놓고 사는 우리 집 살림하고는 다르다. 음식준비가 다 된 듯싶은데 밥 먹으라는 말이 없다. 끝으로 들어온 스님이 침묵을 깬다. 암자에 일일 일식으로 수행하는 분이 있어 우리 절은 그분을 위주로 생활을 한다며 세심 공양이 끝날 때까지 잠시만 더 기다리라고 한다. 세심(洗心), 마음을 씻는다는 화두를 잠시 잡아본다.

　　글쓰기 동인 몇이서 꽃구경을 시켜준다며 감사하게 나를 불러주었다. 차 운전하는 분이 이천 산수유마을이 시댁 근처라며 한번은 가볼 만한 곳이라고 호기를 부린다. 가 본 적이 있지만 그들의 들뜬 마음이 좋아 처음이라고 했다. 온갖 수다를 떨고 왔어도 익숙한 길이라 일찍 도착을 했다. 막상 와 보니 예전 모습하고는 딴판으로 변해 있었다. 흘러내리는 돌담 속에 낡은 옛집들이 호화 별장으로 탈바꿈을 했다. 노란 꽃마을을 둘러보는 것도 잠깐이다. 이번에 새로 알게 된 것은 마을 뒷산이 원적 산이라는 것과 산자락을 돌아가면 사찰이 있다는 것이다. 시댁하고 인연이 깊은 사찰이라 점심공양을 부탁하였다 하여 산수유 꽃향기로 마음을 씻고 점심을 기다리는 중이다.

　　드디어 스님 한 분이 마당에 나가 목탁을 친다. 주지스님이 자리를 잡은 다음

공양을 하라고 한다. 뷔페식이다. 먹는 데는 날쌘돌이라 음식을 가져오려고 일어나니 젊은 스님이 또 손으로 앉으라고 한다. 주지스님이 음식을 담아 온 다음에 가라 한다. 입이 씩 돌아가진다. 절밥을 몇 번 먹어봤지만 일상으로 집에서 먹는 밥하고는 맛이 다르다. 현미 잡곡밥과 근대 된장국이다. 음식이 들뜬 마음마저 가라앉도록 정갈하다. 진달래꽃화전과 근댓국 맛이 감칠맛이 난다. 비구니 스님 네 분, 참배객 일곱 분, 우리 일행 다섯, 살림하는 공양주 한 분, 단출하다. 남자는 몇 분 안 되어 면구스러운데 관리하는 노인 한 분이 들어와 다행으로 마음이 풀린다.

비구니 스님들은 체구가 야위고 왜소해 보였다. 슬쩍 곁눈으로 보니 퍽 작은 양의 음식으로 끼니를 때운다. 게걸스럽게 먹는 우리네와는 달랐다. 조용히 자리를 뜨는 주지스님이 "제 방으로 오셔서 차 한잔하시죠" 한다. 음식을 담으면서 '빈 그릇은 닦아 놓는 수고를' 라는 표식을 봤다. 우물쭈물 하다가 옆 동료에게 슬그머니 밀어 놓고 마당에 나와 서성인다. 내려다보이는 아래 마을이 샛노랗다. 봄은 노랗게 오나보다. 처음 와 봤다는 하얀 거짓말 때문에 알리바이를 유지하기 위해 예전 모습과 달라졌다는 말을 못해 좀이 쑤신다.

높은 돈대 위에서 빨리 올라오라고 불러 주지스님 방으로 갔다. 벽에는 장서가 빼곡하다. 찻상이 길 잘 든 안반처럼 크다. 한쪽은 차 도구가 가지런하고 다른 쪽은 책과 필방이 깔끔하다. 짙은 묵향이 코끝을 스친다. 스님이 손수 찻물을 끓이고 차를 우려내어 건넨다. 절집에서는 오신 손님에게 차 한 잔 대접하는 것이 일상이라며 좋은 차라며 찬찬히 음미해보란다. 대화는 궁금한 수행생활로 흐른다. 암자에 계신 분은 사십 초반 여스님으로 일 년 작정으로 작년에 시작을 하여 올 사월초파일이 해양이라고 한다. 묵언으로 연명만 하면서 세상사를 잊고 새 마음으로 새롭게 거듭 태어나려는 것이라고 한다.

찻상 바로 앞에 자리를 내어주어 스님과 빗겨 앉았다. 자그마한 체구에 하얀 치아가 살짝살짝 보이는 미소가 미소녀 같다. 몸집 큰 흑인 아저씨와 해맑은 소녀가 함께하는 광경이다. 푼수 없이 나도 모르게 말이 툭 튀어나왔다. "도 닦으시네요." 세상 사람들은 그렇게 말 하지만 수행은 어린아이 마음을 갖는 것이라며 안심입명安心立命 마음의 안녕을 얻어 하찮은 일에 마음이 흔들리지 않는 청심의 경지에 이르기 위함이라고 한다. 작은 물방울 하나에는 우주만물이 비치지만 탁한 강물에는 꽃 한 송이 비치지 못하는 이치라고 한다. 스님은 수단으로 대중을 대하는 것이 아니고, 맑은 마음으로 대하는 것이 기본이라며 마음 씻기가 그렇게 어렵다고 한다.

일본 갔다 온 신도가 가져왔다는 과자를 또 내놓는다. 천안 호두과자마냥 얇은 종이에 쌓여 있다. 하나를 먹어보니 맛이 퍽 달았다. 일행들에게 먹으라고 눈짓을 해 하나씩 먹고도 몇 개가 남았다. 스님은 단것을 먹지 않으니 마저 먹으라고 한다. 스님이 한눈을 파는 동안 호주머니에 슬쩍 집어넣고 시치미를 뗀다. 맑은 마음으로 안녕하게 살라고 간곡하게 다짐을 한다. 잘 먹고 잘 사는 것도 중요하지만 마음 편하게 사는 것이 건강에도 좋고 장수하는 방법이라고 한다. 영민한 스님 눈에는 내가 불안한 존재로 보이는지 자꾸 나만 다그친다. 맑은 마음으로 안녕하게 사는 것은 어떻게 사는 것일까? 하는 의문 때문에 뒷맛이 쓰다. 스님의 눈초리를 피하고 싶다. 남의 집 울타리에 매달린 애호박 하나 따다가 들킨 기분이다.

일행들은 정신을 놓고 있다. 돌아갈 시간이라고 서둘러 자리를 모면한다. 스님도 울력 나갈 시간이라며 자리를 뜬다. 경내가 넓어 손볼 일이 한둘이 아니라며.

가녀린 네 분이 항공모함만 한 장화를 신고 밀짚모자에 삽을 들고 도랑에 돌을 쌓으러 간다. 비탈을 내려오면서 마음이 무거워 굴러다니는 돌멩이를 걷어찼다. 하필이면 개 밥그릇에 맞아 개가 산이 흔들리도록 짖어댄다. 주머니 속 과자를 하나 던져 개의 앙심을 풀어 본다. 개마저도 내 마음을 찢어 놓는다. 흙 묻은 과자를 핥는 저 개의 마음은 청심일까?

사랑 타령

겨울밤이 뱀의 꼬리처럼 길다. 세상에 둘도 없는 잠꾸러기인 내가 밤이 남아돈다니 별일이다. 책이라도 읽었으면 좋으련만 잠자던 눈은 더 침침하다. 꼭 두새벽엔 할 것이라곤 아무것도 없다. TV를 켠다. 요즘 TV 보는 시간이 부쩍 늘었다. 어린이 방송은 오후에 하고 새벽에는 노인 프로를 하는 이유를 알 것 같다. 도시 노인들 이야기는 없고 농촌마을 특산품도 소개하고 그들의 사는 모습이 대부분으로 마을풍경을 그대로 보여주는 실경방송이다. 모두가 짜글짜글 주름진 얼굴들. 해로한 부부를 앞에 내세우고 그동안 살아오면서 사랑했던 이야기를 캐묻는다. 달콤한 사랑의 스토리가 있는 분도 간혹은 있지만. 그러나 내남없이 먹고 살기가 어려운 그 시절에 뭔 즐기는 사랑이 있겠나. 노인들 사랑 얘기가 고드름 빨아 먹는 맛이다.

코미디언이 진행을 한다. 이상한 현상이 할머니들은 절호의 기회를 만난 것처럼 신이야 넋이야 영감님 흉을 보는 소리가 하늘을 찌른다. 사랑은커녕 평생 술에 찌들어 원수 같다는 둥, 원망하는 푸념이 대단하다. 꿈이 없어 술로 위로 받은 사람의 심정을 이해하지 못한다. 그 다음이 노름이다. 겨울 한철 장난삼아 잠깐 한 것을 평생이라고 우기고, 바람을 피웠다고 매도를 한다. 바람도 능력이 있어야 피우지 읍에 나가 다방 여인들 얼굴 한번 쳐다 보고 온 영감들은 억울한지 몸을 비비 꼰다. 천만다행인 것은 열을 올리는 할머니들도 실실 웃으며 한다. 공산당 보듯 하지는 않는다. 사회자는 코너에 몰린 노인을 보고 사랑한다는 말을 해

보라고 젖 굶은 아이처럼 보챈다. 참 어려운 말인가 보다. 남의 나라 말 처음 배우듯 혀가 배배 꼬인다. 더 망측한 모습은 할머니를 안아보라고 하면 두 팔이 막대기가 되고는 한다. 포근하게 하여야 할 포옹이 멀쑥하기가 이를 데 없다.

쑥스러운 사랑의 표현이 보기에도 민망한지 이불 속에서 그 광경을 지켜보던 아내는 자기 일처럼 격분을 한다. 저런 위인들을 영감이라고 평생 밥을 해 바친 할머니들이 딱하다고 인심 좋게 자비를 베푼다. 그러고도 분이 안 풀리는지 욕을 바가지로 해댄다. 입이 없나 손이 없나, 나긋나긋하게 사랑한다고 말을 하면 돈이 들기를 해, 누가 잡아가기를 해, 따끈하게 안아주면 자기도 따뜻하련만, 고개를 젓고 혀를 찬다. 투덜거리는 원망의 소리는 전라도 땅끝 마을이나, 강원도 오지 마을까지는 가지를 못한다. 분노한 목소리는 우리 방 천장에도 못 미치고 뱅뱅 돌다가 오롯이 내 귀에 떨어진다. 그 영감들이 먹을 욕을 뭔 죄로 내가 다 먹는다. 졸지에 내가 그들의 대리자가 되었다. 왜 나 듣는데 그런 말을 하냐고 따지고 싶지만 아침 배가 고프다.

사랑 고픈 아내에게 사랑 강의를 한다. 사랑도 그 시대 그 문화에 따라 하는 거야. 서양에서 들어 온 요즈음 젊은 사람들이 하는 사랑 방법은 늙은이들 정서에는 맞지도 않고 감동도 없어. 저 노인들의 세대는 객관적 사랑의 시대에서 주관적 사랑의 시대로 변화해 가는 과도기이었어. 두 사람이 어울림이 주위의 눈으로 봐서 합당한가를 먼저 따졌지. 성격은 둘째 치고, 형편이 엇비슷한지를 이웃의 눈으로 보고 살아보라는 권고로 시작한 사람들이야. 누가 무슨 하늘에서 별을 따다주겠다거나 손에 물 한 방울 묻히지 않게 해준다고 호언장담을 해본 적도 없어. 저들은 신시대 사랑법을 알지도 못하고 흉내 내어 따라하고 싶지도 않아. 한참을 듣고 있더니 옛날은 그랬지만 지금이 어느 세상인 줄 알고 그런 소리를 하냐고 베고 자던 베개를 집어 던진다.

강의가 먹혀들지를 않는다. 이 사람이 그래도 모르네. 사랑은 말로 하는 것이 아니고 가슴으로 하는 거야. 당신이 똑똑하다고 칭찬하던 우리 시골동네에 말쑥이 못 봤어. 그 아이들처럼 사랑한다는 말을 입에 달고 산 사람이 어디 있어. 허우 대만 멀쩡한 녀석한테 미쳐가지고 말로 사랑을 한 아이들 아냐. "사랑하는 오빠야 우리 밥 먹자, 아주머니 우리 사랑 예쁘죠." 태풍이 쓸고 가도 까딱없을 줄 알았던 사랑이 결혼한 지 일 년도 못 넘겼잖아. 개뿔도 없는 놈이 말로만 하는 사랑이 현실에서는 얼마나 무서운 결과를 가져오는지 봤잖아. 그걸 보고도 몰라. 만약에 두 사람의 사랑을 옛날 방식으로 이웃들이 눈높이로 보고 판단을 했다면 누구도 그들보고 가정을 이루라고 권하지는 않았을 것이야. 객쩍은 소리 작작하고 아침밥이나 하소. 난, 그래도 단 하루를 살아도 말쑥이처럼 살고 싶지 지금같이 멋없는 영감하고는 살고 싶지 않다며. 이불자락을 확 걷어치우고 나간다.

나라법도 문지방은 넘지 않는다는 것이 우리사회의 규범이다. 내외는 하나고 부부간의 애정은 무엇도 간섭하지 말아야 한다. 말하지 않는 둘만의 비밀의 공간에서 어떤 문제도 녹여내는 것이 사랑이다. 종종 다투기도 하고, 지루해서 도망가고 싶은 때도 있고, 서로 간에 조금은 속여도 상관없는 것이 부부사랑이다. 받는 것보다 주는 것이 더 흐뭇한 것이 남녀 간의 사랑의 힘이다. 허물을 덮어주는 사랑이 제일 큰 사랑이다. 내가 나갔다가 들어오는 인기척도 모르고 안방에서 자기 동생하고 내 흉을 하늘만큼 보는 전화도 못 들은 척 덮어주었는데 나의 사랑이 모자란다고? 가슴속에 묻어 두었던 말이 튀어나오려고 날름거린다. 순진하던 사람의 눈에도 신세대 사랑바람이 불었는지 휘뚝거리는 그림자가 보인다. 이제는 내가 이 시대사랑 문화를 배워서 살아야 할까 보다. 양재기 부딪는 소리가 소란한 아침이다. 밥하는 싱크대 뒤로 다가가 고무줄 넣은 월남치마 입은 궁둥이를 찰싹 때려본다.

그녀는 '희망을 버리는 것은 죄악이다'라고 말했다. 그녀는 갔지만 그녀가 남긴 글은 사람들에게 또 다른 희망을 낳는 햇살이 되고 있다.

삶이 한결같은 것이 행복일까 아니면 한결같지 않은 것이 행복일까 생각해본다. '장애물 하나 뛰어 넘고 이젠 됐다' 하고 안도의 한숨 몰아쉴 때면 생각지도 않았던 또 다른 장애물이 나타난다고 말한 故장영희 교수의 말처럼 삶은 장애물 경기다. 한 치 앞을 분간하지 못할 어둠을 헤매다가 빛을 발견하면 순간 희망이 솟아나 어둠을 이겨낼 수 있듯이, 햇살은 죽음과 같은 고통을 이겨낼 수 있게 한다. 햇살을 생각하며 겨울의 삶을 뚫어 나가고 햇살을 그리며 고통의 터널을 빠져나간다. 햇살은 삶의 에너지다. 다만 햇살이 비춰도 햇살을 느끼지 못할 때가 문제인 것이다. 지금 아픔 중에 있고 지금 어깨를 짓누르는 삶의 무게에 다리 힘이 풀렸을지라도, 햇살 같은 희망 한줄기 꼭 붙잡고 있다면 햇살 안에 들 수 있게 된다. 시간의 여행자인 우리에게 햇살은 삶의 이유이다.

어머니는 언제나 땀에 젖어 척척한 냄새만 나는 것은 아니었다. 수수깡 울타리에 매달려 아침햇살을 받는 애호박을 똑 따가지고 부엌으로 들어가는 잰 발걸음엔 파란 풋과일 냄새가 났다.

〈그, 냄새〉 중

나팔꽃
부부젤라

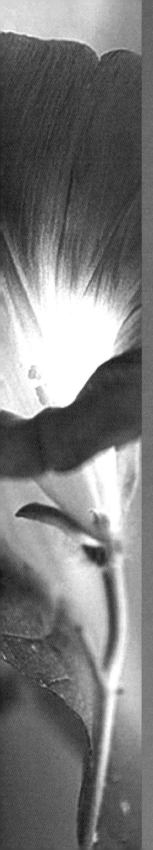

그, 냄새

내일부터 장마가 시작된다는 뉴스에 사람들 얼굴이 일그러진다. 달갑지 않은 불청객이다. 장맛비가 오면 맘대로 나다니지도 못한다고 아내는 가까이 있는 산이라도 한 바퀴 돌아오자고 한다. 거절하는 것도 편편치 않을 것 같아 따라나선다. 한참을 걸어야 산을 만난다. 얼마만큼 가다보니 산은 밟아보지도 못했는데 문득 이상한 마음이 든다. 뒤처지면 안 된다고, 먼저 가야 한다고, 단체로 등산할 때도 선두에 서야만 직성이 풀렸는데. 어라, 이제는 내가 누구의 뒤를 슬슬 쫓아가고 있다. 실수한 사람마냥 기분이 찜찜하다. 부는 바람 냄새마저도 시쿰하다.

산모롱이에 겨우 다다라 오솔길로 접어든다. 밤나무에 꽃이 무더기로 피었다. 거목이 펼쳐놓은 큰 꽃무더기가 산기슭을 덮는다. 올려다보고 건너다봐도 흰 뭉게구름 같다. 산신령이 아름으로 내밀어 나에게 받으라고 던져 주는 느낌이다. 발길을 멈추고 바라보는 사람은 나뿐이다. 아기자기하고 사랑스러운 꽃이 아니라 도시사람들은 좋아하지를 않나보다. 향기가 진동을 한다. 옛부터 속설에 밤꽃 향기는 남자냄새라 했다. 밤꽃이 한참일 때는 규방규수나 청상에 홀로된 여인은 밖으로 나오지 못하게 말리고 금하던 냄새다. 이성을 그리워하게 하는 저 냄새, 남자도 냄새가 강하게 풍겨야 쾌남자다. 잊었던 냄새에 취해 첫사랑을 만난 것처럼 가슴이 울렁거려진다.

늦게 시작한 산행이라 야트막한 등성이까지만 오르고 산허리를 휘돌아 내려오기로 했다. 산길은 비포장 길이다. 비 올 행위를 하는지 사방이 캄캄해지고 흙먼지를 날리는 북데기 바람이 분다. 눈을 못 뜨게 하고 등을 떠민다. 가뭄이 마지막 몸부림치는 듯하다. 흙냄새가 난다. 나만 알고 나만 느끼는 묘한 나의 태생의 냄새다. 나뭇잎이 팔딱팔딱 젖혀지는 저 바람에서 비가 온다. 평생에 반은 가뭄과 싸웠고 원망하며 저주하고 살았다. 가뭄은 나에게 저승사자보다 무섭고 염라대왕보다 두려운 존재다. 북데기 바람이 가뭄을 몰고 가야 비가 온다. 농부의 애간장을 다 녹이던 가뭄이 물러날 모양이다.

코끝이 시큰거려 어머니 냄새를 기억하게 한다. 삼복더위에 묵은 밭에 김을 매고 한낮이 겨워 들어 온 어머니. 마루 끝에 걸터앉아 개다리소반 위에 오이지 한쪽 놓고 맹물에 꽁보리밥 한 술 뚝뚝 떠 자셨다. 가난하게 점심을 때우시던 모습이 눈에 선하게 어른거린다. 땀에 젖은 베적삼에서 풍겨 나오는 냄새도 밤꽃 냄새처럼 코끝이 시큼했다. 쾨쾨하다 못해 한참을 맡으면 퀴퀴해지는 냄새. 어머니의 살내다. 끓는 태양에 감 연시처럼 익은 얼굴빛. 붉다 못해 송골송골 돋은 땀띠에서 나오는 땀은, 땀이 아니라 진물이었다. 흙바람 속에서 느닷없이 어머니 체취가 묻어나와 내 가슴이 찡해져서 잠시 '멍하니' 가 된다.

심난한 마음으로, 멍청한 몸짓으로 터덜터덜 걸어갈 때 후드득후드득 빗방울이 떨어진다. 조짐은 느꼈지만 이토록 빨리 비가 올 줄은 몰랐다. 뛰어가면 비를 피할 곳이 있겠지만 꾹 참고 비를 맞아본다. 굵은 빗방울이 단박에 흙길을 적셔놓는다. 금세다. 흉측하게 마른 것들의 몸이 부드러워지고 푸른 잎들이 촉촉해진다. 비 냄새가 난다. 푸르고 달착지근한 향내다. 가슴 뭉클하게 품고 있던 어머니 냄새는 온데간데없이 사라져 버렸다. 어머니 기억이 더듬어지지 않는다. 내 마음이 이렇게 간사할 줄이야. 달콤하고 향긋한 비의 향기가 나의 본바탕 어머니 냄새를 매몰차게 밀어낸다. 그리워하지도 찾아지지도 않는다. 어머니 살 냄새가 없어졌다.

어머니는 비가 와도 비를 맞아가면서 일을 하셨다. 파밭을 매고 밭고랑이 보이지 않도록 무성하게 자란 풀을 뽑았다. "뜨거울 때보다 낫다, 구중중해도 서늘해서 좋다"고, 풀벌레마저도 피하는 비를 맞고 일을 하셨다. 빗물에 손발이 허옇게 퉁퉁 불었다. 고생스럽고 비참하며 혹독하고 잔인한 삶의 흔적이었다. 어두워진 다음에야 돌아오셨다. 비에 젖고 땀으로 범벅이 되어 흙이 덕지덕지 묻은 옷을 벗어놓으면 어머니 냄새가 밤꽃 향기마냥 진하게 풍겼다. 풍겨져 나오는 냄새에는 후회도 불평도 없는 오로지 만족만이 충만한 냄새였다. 그 냄새가 나의 냄새인데 초록 비가 얄밉게 지워버린다.

어두움 속에서도 어머니는 흙 묻어 냄새나는 옷을 빤다. 햇빛도 없는 추녀 끝에 널어놓았다가 다음날이면 다 마르지도 않아 축축한 옷을 또 입고 밭으로 나가셨다. 땀에 절어서 나는 시금한 쉰내는 빨고 말려도 없어지지 않았다. 아직도 네 몸에 남아 있는 냄새라고 지적질을 하듯이 빗줄기가 빗금으로 때리고 간다. 뜨거운 땀을 씻어 주던 빗물은 어머니를 기억하나보다. 어머니는 언제나 땀에 젖어 칙칙한 냄새만 나는 것은 아니었다. 수수깡 울타리에 매달려 아침햇살을 받는 애호박을 뚝 따가지고 부엌으로 들어가는 잰 발걸음엔 파란 풋과일 냄새가 났다.

비를 맞아 머리에서 빗물이 흐른다. 기왕 맞았으니 맞고 가자고 아내의 팔을 잡는다. 촉촉이 맞고 집으로 돌아왔다. 갓 씻고 나온 아내의 몸에서는 여자 냄새가 난다. 사랑의 냄새다. 투박한 밤꽃 향기보다, 파릇한 비 냄새보다, 아내의 냄새가 내 마음을 더 흔들어 놓는다. 잠시 보듬던 어머니 냄새는 감쪽같이 사라졌다. 나의 본디를 놓친다. 이런 주책이 있나? 삼라만상이 다 변해도 어머니 살냄새만은 변하지 않는다는 진리를 까맣게 잊고, 나 잘났다고 히죽거린다.

내가 나를 사랑한다

초등학교 다니는 손녀로부터 전화가 걸려왔다. 계집아이 본색을 드러내는지 제 자랑이 나뭇잎 팔랑대듯 한다. 제 딴에는 가장 만만한 상대를 만났다고 생각을 하나보다. 혼자 하는 연극을 한 자락 펼치고는 끝맺음 인사가 "사랑해" 한다. 듣고 보니 기분이 생뚱맞기 이를 데 없다. 바야흐로 선거의 계절이다. 연일 정치인들의 연설이 TV 화면을 장식한다. '존경하는 국민 여러분!'하던 말이 머릿속 깊이 각인되어 있는데. 요즈음은 '사랑하는 국민 여러분!'으로 바뀌었다. '사랑해요' 가 남녀노소를 불문하고 수인사가 되고 말았다. 사랑의 홍수 속에서 살고 있다. 진정으로 사랑하는 세상에서 서로를 사랑하고, 나 자신을 사랑하며 살고 있는지 되짚어 봐진다.

사랑한다는 말이 세상에서 가장 쉬운 말이 되고 말았다. 사랑한다고 하면 만사가 OK 다. 사랑의 의미는 무엇일까? 사전을 찾아본다. 아끼고 위하여 한없이 베풀고 싶은 마음을 일으키는 일. 일이라 규정한다. 사랑의 부류도 다양하다. 부모형제지간에 끊을 수 없는 육친의 사랑이 있고, 남녀 간의 애정을 싹 틔워 애틋하게 그리워하는 사랑도 있다. 어떤 사물을 몹시 소중히 여기는 것, 별을 사랑하고 가을 하늘을 사랑하는 마음의 사랑도 있다. 그 시대 그 사회의 삶의 철학과 문화예술이 궁극에 이루려는 도달점은 사랑이다. 종교에서도 서로를 가엾게 여겨 도움을 주는 자비로운 마음으로 구원을 얻고자 사랑을 앞세운다. 서로를 사랑하고 사랑을 받으며 사는 것이 인간사회가 지향하고 바라는 행복한 세상이다.

　과연, 나는 누구를 사랑하고 누구로부터 사랑을 받으며 살아가고 있는 것일까. 사랑도 착하고 아름다운 마음의 씨앗이 있어야 사랑을 한다. 내 마음속에는 얼마만 한 사랑의 씨앗이 있는 걸까. 보름달같이 둥글까 초승달처럼 가느다랄까. 이웃사랑은 고사하고 나만이라도 사랑하는 마음이 있었으면 좋겠다. 나 자신은 이 세상에서 하나 밖에 없는 존재이므로 나 스스로 아끼고 사랑하며 보호하여야 한다. 제 몸은 제가 아끼는 것이다. 어떤 생명이든지 자기보다 더 자기를 사랑하는 존재는 없다. 자기가 자기를 사랑하는 마음은 평생동안 가꾸어 나가야 할 일이다. 지나온 세월에 나쁜 점보다 아름다운 순간이 많이 기억되는 사람이 사랑의 씨앗이 많은 사람이다. 나는 참 멋없는 사람이라 사랑할 건더기라고는 한 점도 보이지를 않는다. 자기 사랑이 넘쳐야 다른 사람이 나를 사랑할 수가 있는데 안타깝다.

　나는 나를 사랑하지 않는다. 사랑하기는커녕 원망하고 지탄하며 저주 하고 살았다. 나는 내가 싫다. 어찌 이리 얼굴이 못생겼는지. 꽃미남은 고사하고 부처님처럼 환한 미소를 머금고 착한 마음이 한눈에 보이는 좋은 인상으로 태어나지를 못했을까? 걱정하고 성화 받치지 않아도 누군가가 다가와 다정하게 사귀고 싶어하는 인물로 태어났으면 얼마나 좋을까. 아니, 못생겼어도 총명한 지혜라도 있으면 좋으련만 그마저도 없다. 세상을 주름잡을 만한 용기도 능력도 없고 남보다 뛰어난 재주라고는 눈을 씻고 찾아봐도 없다. 너무나 무능하여 사랑을 할 구석이라고는 손톱만큼도 없어 평생 불만으로 가슴을 짓찧고 산다.

　캄캄한 바닷속을 불빛을 비추고 찍은 사진을 보면 기기묘묘한 산호들이 찬란한 세상을 만들고 있다. 바깥세상에서는 볼 수 없는 미지의 세계가 숨어 있다. 바닷속이 참으로 경이로워 감탄을 할 정도다. 환상적인 물고기들이 화려하게 유영을 하고 이름 모를 해초들이 어두움 속에서도 보이지 않는 춤을 춘다. 어둡고 깊은 바다 속에도 나름대로 가지고 있는 속내가 있다. 내 가슴 속에도 바다 속만은 못해도 무엇인가 색깔이 있고 꿈이 있지 않을까 싶다. 숨어 있는 나만의 특기, 특성을 찾아내어 사랑하는 마음을 세상 밖으로 내보내고 펼치는 것이 사랑이다. 그것이 나만의 빛깔이 있는 사랑의 방법이다. 그것을 찾아내자. 바닷속처럼 좋은 보석을 숨겨만 놓고 감추는 것은 사랑이 아니다. 숨은 것을 끄집어내어 펼치는 것도 노력해야 얻어지는 사랑의 기술이다.

작은 전자제품 하나를 사도 사용설명서를 잘 읽고 작동을 해야 제품이 기능을 제대로 발휘한다. 나는 자신의 사용설명서를 꼼꼼히 읽지도 않고 무턱대고 사용하고 있는 것이다. 못생겼다고 책망만 했지 내 맘속에 내재된 사랑의 씨앗을 싹 틔우지 못하고 있다. 나 스스로 자신을 묻어버리는 죄를 짓고 있다. 그러나 그것은 아니다. 세상에 하나 밖에 없는 나만의 희귀한 존재인데 그것이 보잘것없다니 말이 되나. 내가 최고이고 내가 일등이다. 나를 내가 사랑하고 살자. 자기만의 개성과 특기를 찾아 자기를 창달하여 사회에 공헌하고 홍익하게 하는 것이 사랑이다. 자기사랑이 모든 사랑의 씨앗이다. "강남스타일, 말 춤"을 추는 어느 가수는 한 눈에 봐도 춤추는 몸매가 아니다. 그런데도 그의 춤과 노래가 세상을 흔든다. 가수 자신의 열정이 폭발하여 발산하는 것이다. 영혼에 내재된 자신도 모르는 정열이 터진 것이다. 자기 사랑의 신성한 발로로 보인다.

나팔꽃 부부젤라 ● 곽영호 수필

단동십훈 亶童十訓

아기의 웃음빛이 햇살 받은 해바라기처럼 활짝 웃는다. 할머니 치마 폭에 착착 감기며 떠는 재롱이 눈에 넣어도 아프지 않은 실안개마냥 곰실댄다. 할머니는 포근하고 온후한 마음으로 토닥거린다. 아기의 맑은 웃음소리가 기운 잃어가는 늙은이를 충만하게 하여주어 할머니 스스로 자족하게 한다. 부족함도 없고 노후에 반드시 있어야 할 낙樂이다. 꽃빛 같은 아기의 웃음이 다시 따사로운 사랑으로 아기에게 돌아가면 아기의 웃음은 또 유월의 목단 꽃으로 피어난다. 식물의 삼투압처럼 단조롭게 교차하는 가벼운 정이 아기와 할머니를 비단실로 사랑을 엮는다. 가족의 사랑이 행복한 가정의 밑거름이다. 애비는 무논에 가고 어미는 재 넘어 고추밭에 가면은 제 맘에 고달이 나서 뒷간에도 못 가도록 심하게 보챌 때 할머니가 엎어 놓고 볼기짝을 차닥이는 것도 사랑이다.

어느 방송에 아기를 잘 돌보지 못 하였다고 며느리가 시어머니에게 포악하게 대드는 장면이 방영되어 여론화된 적이 있다. 그 이야기를 듣고는 가족 사랑도 시류에 따라 변하는 것을 느꼈다. 아들 내외가 맞벌이를 하여 우리도 아기를 돌본다. 애 본 공, 새 본 공이라고 주위에서 모두가 만류하는 것을 주 5일 근무라 내가 우겨서 첫돌을 넘겼다. 변천하는 시대의 현상인지는 몰라도 신세대 젊은 엄마들은 지나친 욕심으로 자기 아기만은 모두가 천재로 키우려고 온갖 정성을 들인다. 아기가 입만 열면 영어 노래를 가르치려 들고 걸음마도 서투른데 발레동작을 익히게 한다. 육아에는 성장하는 단계가 있다. 단계가 맞아야만 받아들이고 익힐 수가 있는 것이다. 우리 전통문화에는 단계에 맞는 아주 오래 전부터 전해 내려오는 아기 돌보는 동요놀이가 있다. 단동십훈이다. 어느 지역 어느 계층에 구별 없이 모두에게 통용되는 아주 멋지고 예술성과 철학이 뛰어난 육아 놀이 방법이다.

아기가 태어나 배불리 젖을 먹고 요람에 반듯하게 잠자는 것으로 달포를 조금 넘기면 아기는 움직임을 갖는다. 눈을 맞추려 들고 무엇을 보려고 한다. 그 현상을 알아차린 요즈음 엄마들은 바람에 움직이는 온갖 것들을 다 천장에 매달아 놓는다. 눈에 초점이 생기고 나면 행동이 커진다. 팔과 다리의 움직임이 커지고 활발하다. 뒤집으려 들고 배를 띄워 기어가려고 할 때 아기 돌보는 첫 단계가 불아불아弗亞弗亞다. 불아불아는 아기의 허리를 잡고 왼쪽 오른쪽으로 기우뚱 기우뚱하는 동작이다. 하늘에서 땅으로 내려오고 땅에서 하늘로 올라간다는 뜻으로 이 세상에 빛이 되어 귀한 우리아기 이 세상을 환히 비추라는 의미다. 조금 몸이 통통하고 토실해지면 앉을 줄 알게 되어 앉혀 놓고 앞뒤로 끄떡끄떡 흔드는 시상시상詩想詩想 하는 동작이다. 너의 몸을 주신 조상님께 순종하고 공경하라는 뜻이다. 이 동작을 내가 하면 며느리는 무슨 이유에서인지 싫어하여 안 볼 때만 몰래 한다.

다음 단계는 서로가 교감되고 상통하여 아기가 행동하게 하는 단계로 이어진다. 도리도리道理道理는 아기가 머리를 좌우로 흔드는 동작이다. 자연의 이치와 섭리를 냉철하게 보라는 뜻이고 지암지암持闇持闇은 두 손을 앞으로 내놓고 손가락을 쥐었다 폈다 하는 동작으로 무궁한 진리는 근방 쉽게 깨닫거나 알 수 없는 것이니 두고두고 헤아려 깨달으라는 뜻이다. 이 동작을 하면

나팔꽃 부부젤라 ● 곽영호 수필

육아 기르는 책을 들고 와서는 머리 흔드는 것은 절대로 금지하는 행동이라며 못하게 하여 내 마음은 섭섭하고 밉살스럽다. 함께하는 곤지곤지坤地坤地는 검지 손가락으로 손바닥을 찍는 동작이다. 하늘과 땅의 이치를 깨닫게 하여 천지의 조화를 알게 한다는 의미다. 이쯤 되면 눈치도 볼 줄 알고 제 뜻대로 재롱을 부려 귀엽다. 내리사랑이라지만 자식은 뒤란에 붉게 익은 알밤 따듯 뿌듯하고 손자는 농익은 감 연시 같아 마냥 조심스러워진다.

　차츰 자라 첫돌을 바라보면 행동이 커진다. 아이를 일으켜 세우는 입立동작을 익히는 행동을 주문한다. 섬마섬마西摩西摩 따로따로라고도 한다. 독립하여 정신과 물질을 구분하여 자립하는 것을 가르친다. 첫 걸음으로 이 세상을 내딛게 되면 다음은 위험이 뒤따르게 된다. 업비업비業非業非로 무서움을 가르치는 말로 자연의 섭리를 어기면 벌을 받는다는 것을 주지시킨다. 마지막 단계로 창조하는 능력을 기른다. 말을 하게하고 뛰게 하고 춤을 추게 한다. 아함아함亞含亞含 손으로 입을 막고 소리를 나게 하여 음을 익히게 하는 것이다. 음을 듣고 소리를 내게 하여 자신의 말을 할 수 있게 반복적으로 연습을 하는 것이다. 그것도 불결한 손이라고 못 하게 한다. 다음차례가 짝짜꿍 짝짜꿍作弓作弓 作弓作弓이다. 음을 듣고 두 손바닥을 마주치면서 재미있게 춤을 추게 하는 율동의 동작이다. 그리고 질라 아비 헐헐質羅阿備活活 까치발로 뛰게 하고 나팔 부는 흉내를 내어 넓은 세상에서 훨훨 즐기며 살라는 뜻이다.

　이렇게 우리 옛 조상들은 단동십훈이라는 유희로 인간의 존엄성을 강조하면서, 이지적이며 진보적이며, 활동적이면서도 낙천적인 요소가 깃든 방법으로 아기를 돌보고 양육하였다. 이와 같은 인간적이고 자연스러운 예쁜 동작으로 재롱을 부리게 하는 육아교육방법이 오늘날에는 전수되지 못하고 사라져 버렸다. 느리고 불결한 방법을 고집할 수만은 없지만. 신세대 엄마는 새롭게 가르치고 늙은 사람들은 옛 방법으로 가르치면 어떨까 싶다.

종이 한 장 얻기

불혹의 나이를 넘겨다보는 큰아들이 회사의 배려로 금융에 관계되는 무슨 자격시험을 대비하기 위하여 늦공부를 한다. 달포가 넘도록 전화 안부도 없이 위치도 알려주지 않은 은신처에서 무소식으로 지내고 있다. 금년 여름은 유독 더위가 심해서 걱정이 된다. 승진에 관계되는 문제라고 하니 어영부영 넘어갈 처지도 아니다. 오히려 무슨 수를 써서라도 반드시 넘어야만 할 산이다. 심각한 현실 앞에 집안 모두가 더위나 피서 이야기는 꺼내지도 못하고 여름을 지낸다.

아내는 만사를 전폐하고 불공을 드린다고 절엘 간다. 그는 평생을 입시생 뒷바라지하는 이력으로 늙어간다. 아들이 무슨 자격을 인정받는 종이 한 장 얻기 위해 치열한 경쟁대열에 서 있는 것을 지켜보기가 안쓰러운가 보다. 세상살이가 다 그런 거지 하고 이해를 하면 좋으련만 안달이다. 내가 술 먹는 것이 문제라고 집안이 시끄럽다. 술만 먹었다 하면 매번 불똥이 나에게로 튄다. 술이 깨고 나서 생각을 해봐도 별 지장이 없을 것 같은데 원망의 직격탄을 맞는다. 가족 모두의 마음을 모아야 한다고 꼬투리를 잡으면 변명 할 말이 없다. 미안한 마음이 들고 이상한 사람이 된 느낌이다.

현대는 계량화하여 살아가는 사회다. 길이를 재고 무게를 달고 부피를 측정하여 화폐로 값을 평가하듯 정확한 계량으로 이루어진다. 사람의 능력마저도 자격 조건을 규격화하여 업무를 담당하게 한다. 집을 짓는데도 설계도면을 만들어 주는 설계사, 법률을 자문하는 변호사, 남의 돈 입출금을 계산해주는 회계사, 병든 사람을 고쳐주는 의사. 학생을 가르치는 교사, 등등 우리 사회는 직업에 따라 수백 가지 기준을 정해 자격을 인정한다. 하다못해 운전하는 것부터 동네 노인들이 심심풀이 소일로 하던 복덕방까지 공인중개사로 대체되는데 그 시험도 요즈음은 만만치가 않은 모양이다. 시인들도 등단이라는 강을 건너야하고 요리하는 데도 조리사 자격증이 있어야 한다. 아내는 무면허 조리사다.

자격증을 공인받는 것은 자기의 창달이다. 현대인들은 자격을 인정받기 위하여 교육과 고된 훈련과 각고의 노력으로 직업의 자격을 갖는 것이다. 옛날에도 과거에 급제하면 본인도 영광이지만 가문의 영광으로 생각하여 혼신의 힘을 쏟았다. 국가가 인정하는 자격증을 얻으려고 살을 말리는 인고의 노력으로 밤잠을 잊고 매진하는 사람들이 주위에 얼마나 많은가. 실력 있는 자격자가 우리 사회를 발전되게 하고 좋은 세상을 만드는 것이다. 실업자가 많은 요즈음에는 전문 자격증이 더욱 빛을 내고 있다. 자격을 관계기관으로부터 인정받아 직업이 되는 것도 중요하지만 사회나 조직에서 어떤 인격과 능력으로 인정을 받는가도 중요하다.

나는 가정과 사회로부터 무슨 능력을 인정받고 있을까. 가정에서 아버지로, 또는 할아버지로서 사회와 이웃과 친구들로부터 위치와 역할을 다하고 있을까. 가만히 혼자 생각해 보면 떳떳하게 인정을 받는 형편은 아닌 것 같다. 내가 가지고 있는 자격증은 야단치는 아버지 무서운 할아버지, 돈 안 쓰는 구두쇠로 친구들이 주는 자격증은 감수하겠는데. 돈 못 벌고 안 써서 숨이 막힐 지경이라는 식구들이 주는 자격증이 제일 무섭고 두껍다. 나도 돈을 풍족하게 쓰고 싶다. 돈은 자기가 벌어서 쓰는 것이지 있는 것을 쓰는 것은 돈에 대한 예의가 아니다. 인사 안 받아 거만하다는 경비아저씨가 준 자격증도 있다. 야단치고 타박하는 내 실력은 국가가 관리를 한다면 고생 안 하고 자격 증명을 취득할 것 같다.

어디에 내 놓지도 못하는 못된 자격증만 가지고 있다. 남의 결점을 보면 관용과 사랑으로 볼 줄 알아야 하고 세련되고 친절하게 이끌어 주어야 하는데 나도 못하면서 잘못을 크게 부각하여 탓을 한다. 칭찬을 하면 코끼리도 움직일 수 있다는 칭찬의 자격증은 나에게는 없다. 유학을 갔다 와도 취득해 오지 못할 자격증이다. 그 보다도 먼저 못된 나의 자격증을 버려야 한다. 그러고 난 다음에 칭찬과 친절, 겸손의 면허를 따야 할 것이다.

몸살기가 있어 집 앞 의원을 찾았다. 젊은 의사 책상머리 위 액자에는 대학 졸업장과 의사로 임명한다는 보건복지부 장관 관인이 찍힌 굵은 글씨의 자격증이 나란히 걸려 있다. 처다볼수록 더 멋있고 훌륭해 보인다. 저 종이 한 장을 얻기 위해 얼마나 많은 날들의 인고의 노력을 감수했을까. 뼈를 깎는 노력을 보상하는 종이 한 장이다.

기술과 정보화의 사회에서는 자기만의 특별한 자격증이 꼭 있어야 한다. 때를 미는 때밀이도 자격증이 있고 없고를 따지는 시대다. 나를 대표하고 표상하는 지식과 기술을 갖춘 자격증이 있어야 한다. 종이 한 장이 그 사람의 일생을 살아가는 도구요 나침반 역할을 한다. 그것이 수단이요 인생의 목표다. 면허를 가지고 사는 것이 행복이 지름길이다.

따르릉 전화가 왔다. 껄껄껄 웃는 소리가 들린다. 아들의 반가운 전화다. 노심초사 덩달아 밤잠을 설치던 아내를 데리고 나가 탕수육 한 접시를 함께 먹는다. 오랜만에 마음 푹 놓고 술도 한 잔 한다. 입에 침도 안 바르고 "당신 기도 덕분이지 뭐"했다. "체중이 빠지도록 삼천 배를 했는데, 그럼" 한다. 돌아올 때 쟁반같이 둥근달이 떠올라 우리를 내려다본다. 밤거리가 환하다. 밤바람도 시원하고.

나무도 사주팔자가 있다

오월 입하의 계절, 새로 돋아난 잎들이 온 천지를 초록으로 물들인다. 검었던 겨울나무가 요술을 부려 일순에 푸른 옷으로 갈아입어 어제와는 전혀 다른 딴판의 얼굴이다. 멀리 보이는 산등성이가 살찐 황소 등허리마냥 부드럽게 흘러내린다. 산자락 끝에 뾰루지처럼 돋은 빨간 기와지붕을 푸른 잎들이 살짝살짝 가려주어 동화의 나라를 만든다. 밤새도록 눈이 내려 하얗게 쌓이면 아침 마음도 하얘지듯 초록세상도 초록마음이다. 바라다보이는 산과 들 모두가 파릇한 빛뿐이다. 초록마음이 초록풍선을 타고 하늘 높이 오른다. 새순 돋은 나무들의 행복이 보인다.

집으로 들어오는 골목 초입에는 높은 돈대 위에 마당이 큰 집이 있다. 남쪽을 바라보고 있어 봄 햇살이 소복하다. 아쉬움이라고는 없는 평온한 정원에 나무들은 여유롭게 햇빛을 받고 있다. 꽃 떨어진 목련나무는 기상을 뽐내고 왕 소나무 몇 그루는 점잖게 주인노릇을 한다. 백일홍, 매화나무 모두가 푸르게 잎을 틔운다. 잔가지가 짝 벌린 감나무는 악동소년의 모습이고 오목오목한 잔솔나무는 계집아이 보조개 같다. 작년에 한 귀퉁이에 옮겨 심은 늙은 모과나무도 한 식구다. 썩어가는 검은 밑동을 새로 돋은 풋가지로 추하게 늙어가는 모습을 감추려고 애를 쓴다. 그 자리에서 태어나 자란 나무는 아니고 다른 곳에서 옮겨와 낯선 나무다. 사람으로 치면 늦복이 터져 안락한 노후를 보내는 나무다.

동네 언덕배기에는 느티나무 한 그루가 거목으로 서있다. 집채보다도 크고 전봇대보다 높다. 연초록으로 피워낸 잎들이 햇빛에 반짝거린다. 준수한 풍채와 몇 백 년의 나이가 밑에서 바라보는 사람들의 마음을 압도한다. 튼실한 나무 몸에는 사람들이 늘 간절하게 바라는 소망들이 주렁주렁 매달려 있다. 많은 염원들을 나무는 거절하거나 타박하지 않고 가슴에 달고 있다. 초록 잎에 담아 푸른 오월 하늘로 날려 보내줄 모양이다. 작은 소망들이 하늘에 닿으면 소원은 푸른 잎처럼 이루어질 것이다.

들뜬 마음으로 산을 오른다. 신록의 향기가 상큼하면서도 배릿하다. 자주 다녀 낯설지 않을 줄 알았는데 오늘은 나무들의 빛이 새로워져서 나도 모르게 주뼛거려진다. 두 팔 번쩍 들고 깊은 숨을 쉰다. 키 큰 나무들은 더 푸르고 더 크게 자라려고 치열하게 다툼을 한다. 군중 속에서 발뒤꿈치 들고 조금이라도 더 보려고 안달복달하는 사람들과 똑같다. 나무들은 숲속에서 치열하게 경쟁을 하면서도 엄연한 질서가 있다. 다른 나뭇가지 속으로 자기의 가지를 집어넣고 피해를 주지 않는다. 한 줌의 햇살이라도 더 받으려고 몸을 회회 돌려 햇빛을 쫓아가는 나무들의 사정이 절박하다. 가엾은 마음으로 조금 더 산을 오른다.

쉬어가는 자리에 앉아 숲속의 나무들을 하나하나 살펴본다. 어느 나무는 굽은 허리로 방향도 모르고 목적 없이 기어가고, 찔레나무 가시덤불 속에서는 아직도 깨어나지 못하는 풀싹도 있다. 모닝콜이 없나보다. 가지가 부러져 불구의 몸이 된 나무는 다시 살아나려고 재생의 꿈을 꾼다. 지난 태풍에 뿌리째 뽑힌 나무, 중간 허리가 무참하게 부러진 나무, 건너편 산자락은 산불에 타 폐허가 되었다. 신록의 계절에도 눈을 뜨지 못하고 있다. 가혹한 운명이다. 저

불쌍한 검은 영혼을 어떻게 위로 하여 줄 수 있을까? 지나가던 등산객이 햇가지 끝을 꺾었다. 나무는 피눈물보다 진한 진물을 흘리고 있다. 아래서 화려하게만 보이던 숲의 세상도 가까이 다가가 세세히 살펴보니 아픔이 있다.

졸졸 흐르는 계곡물은 나무들에게 사랑으로 목을 축여 준다. 한 팔도 넘게 억척스레 바위 비탈을 기어 넘어가 뿌리를 내리고 튼튼하게 자란 나무도 있다. 가지를 굳건하게 뻗고 너울거린다. 온갖 역경을 이겨내고 산새들과 낭만을 즐기고 있다. 가지에 앉은 파랑새가 봄노래를 불러주면 새잎들이 살랑살랑 추는 춤이 정겹다. 나무도 한번만 굳건하게 뿌리를 내리고 올라서면 창대하여진다. 곤경을 이겨내지 못한 나무들이 우뚝하게 올라선 큰 나무를 보고 부러워하는 눈치다. 따라가고 싶은 눈빛으로 몸을 휘휘 젓는다. '목장지폐'라고 큰 나무 아래에서는 살아날 수가 없다.

상형문자인 나무 목木 자는 땅 위에 가지보다 땅 속에 묻히는 뿌리를 더 많고 길게 만들었다. 뿌리가 나무의 근본이라는 의미다. 모든 씨앗은 싹을 틔울 때는 순筍보다 뿌리를 먼저 틔운다. 먹고사는 방편을 먼저 찾는 것이다. 사람도 호흡을 하여야 밥도 먹고 움직일 수 있듯이 나무도 뿌리가 실해야 영양분을 빨아들여 튼실하게 자란다. 척박한 곳에 태어난 나무는 십 년을 자라도 한 뼘이다.

간절한 기도도 소용이 없다. 어디에서 태어나느냐가 그 나무의 장래를 결정한다. 바위틈에서 태어나면 평생을 바위틈을 비집는 고초를 겪어야 하고, 좋은 사질 양토에 뿌리를 내리면 힘들이지 않고 승승장구 일취월장을 하여 곧은 기둥이 된다. 나무도 사람처럼 사주팔자가 있나보다. 사람도 몽고에서 태어나면 평생 말몰이꾼이고, 뉴욕에서 태어나면 최첨단 일류 문명인으로 살아가는 이치다. 산꼭대기에서 태어난 나무와 산기슭에서 자라나는 나무와는 견줄 수 없는 태생의 차이가 있다. 산꼭대기에서 태어난 나무의 꿈은 무엇일까?

믿음 없이 산다

　　사르르 눈꺼풀이 내려앉는 오후. 딩동! 초인종이 울린다. 누구일까?
등기우편물, 택배일까, "예" 하고 대답을 하고보니 속옷차림이다. 한 발은 신
발짝을 밟고 뒷다리는 발레하듯 번쩍 들고, 또 한 손은 벽을 짚고 무심코 문
을 열었다. 중년 여성 세 사람이 서있다. 말씀을 전하러 다니는 사람이라며 열
린 문을 잡아 활짝 열어젖히고 팸플릿을 들고 달려든다. 내 차림이 민망하여
말대꾸도 못 하고 문도 못 닫고 들어왔다. 믿음을 갖고 살면 하늘나라에 가서
구원을 받는다고 한참을 말하다가 반응이 없자 돌아간다. 그래, 저 세상에 가
서도 꼴찌를 하고 낙제생이 된다면 얼마나 억울한 일일까? 무서움이 밀려와
깊은 상념에 잠긴다.

　　우리 집은 대대로 미신을 무척이나 신봉하던 집안이다. 그 흔적이 얼마 전
까지도 있었다. 뒤란 고목나무 아래는 터주님을 모시는 터줏자리가 있었고,
대청마루에는 대감항아리가 있었다. 장독대에는 정화수 떠놓는 자리도 있었
다. 어머니가 초하루 보름이면 어김없이 옷깃 여미고 기원하던 자리다. 어느
때는 입속말로 하고 기분 좋을 때는 기도 소리가 옆 사람에게도 들렸다. "천
지신명이시여! 굽어 살펴주옵소서. 징용에 강제로 끌려간 우리 대주 생명 부
지하여 살아서 돌아오게 하여주시고, 어린 자식들 무탈하게 지켜주시고, 기
르는 가축들 잘 자라게 하여 풍년농사로 평온한 가정되게 하옵소서." 당신을
위한 기원은 한마디도 없다.

계절마다 고사떡도 하여 바쳤다. 미신을 믿는 사람에겐 금기사항이 참 많았다. 이사는 안 해봤지만 가구 하나 옮기는 것도 손 없는 날을 택하고, 장 담그는 날 하물며 강아지 한 마리 출가를 시킬 때도 일진을 봤다. 특히 여자들이 삼가야 할 일이 한두 가지가 아니다. 아침 일찍 여자가 남의 집에 가도 안 되고, 해지고 나면 복 나간다고 쌀 한 톨 물 한 모금 집 밖으로 내보내지 않았다. 금기사항을 철저히 지키는 어머니가 매우 못마땅했다. 효도도 못 했지만 미신 때문에 대단히 불충했고 의견충돌이 되어 타박도 많이 했다. 어머니는 조금도 괘념치 않고 당신의 믿음대로 평생을 그렇게 사셨다.

오늘날은 다종교 사회라 친족 간에도 믿음이 제각각 다르다. 하지만 육친의 관계를 어찌하겠나? 종교가 다른 그들의 집안행사에 참석을 한다. 어느 종교든지 핵심은 기도다. 가만히 눈을 감고 하는 형식도 엇비슷하고 내용도 거기가 거기다. 안녕과 복을 달라는 것이다. 처절한 바람이다. 조금이라도 자기를 반성하는 기도였으면 좋겠다는 생각도 해본다. 팔이 안으로 굽어서가 아니라 어머니의 기도가 훨씬 더 절절했고 진솔했다고 느껴진다.

사람이 애타게 바라고 갈구하는 마음은 어느 나라 어느 민족도 마찬가지인가 보다. 모스코바 붉은 광장에 있는 레닌의 동상을 손으로 만지면 행운이 온다고 하여 쇠로 만든 손이 반들반들하게 닳았다. 나는 만지지 않았다. 세계 유명 분수 물속에는 소망을 비는 동전들이 밤하늘의 별처럼 반짝거린다. 종교의 나라 유럽 사람들도 별점 보는 것이 너무 성행하여 지하경제가 지나쳐서 세금 물리자는 토픽도 나온다. 그들의 행동과 어머니의 고사떡 기원이 무엇이 다를까? 책망만 하던 내가 참으로 미련했다고 지금은 후회를 한다. 그런 꿈을 갖지 않는 내가 더 이상한 것이다.

아내는 아이들 어릴 때 잔병치레가 심해 종교를 일찍 가졌고 대학 입학시험 때는 맹렬 신자가 되었다. 시험이라는 경쟁이 고만고만한 실력들의 다툼이다. 가득 담긴 물 잔이 찰랑찰랑 넘쳐버리는 것과 진배없다. 넘쳤을 때의 억울함을 심각하게 생각하면 잠 못 이루는 일이다. 다급한 마음에 아내는 종교에 매달렸나보다. 종교에서는 "기도하세요"가 답이다. 지극 정성으로 열심히 기도한 아내의 기도점수는 A 학점이었을 것이다. 신은 과연 아내의 기원을 들어줄까? 의구심으로 옆에서 지켜만 봤다. 입학사정을 하는데 선생님으로부터 전화가 왔다. 어머니와 아이가 높게 가려고 고집을 부리는데 안전하게 가는 것이 바람직하다며 아버지가 조정을 하란다. "선생님이 하라는 대로해" 큰소리 한마디로 결정이 나고 합격을 했다.

친척들로부터 축하를 받는다. 아내는 감사하는 마음으로 종교에 성금을 쾌척한다. 신은 우리 아이를 택하고 누구를 버리셨을까? 진정으로 손을 잡아주었을까? 고개가 갸우뚱해진다. 공로가 있다면 선생님이다. 삼겹살에 소주 한잔 대접을 받아야 할 분이다. 아내는 감사 헌금을 하고도 북어처럼 바짝 말라가지고 자기 말 안 들어주었다고 끝내 선생님을 원망을 한다. 동네 미장원에 모인 아줌마들은 자기 아들만 대학 갔냐고 신의 가호를 비아냥거린다. 헌금하지 말고 통돼지 잡아 동네잔치라도 했다면 훌륭하게 되라고 덕담 한 마디라도 들었을 텐데.

올겨울은 유난히 춥고 눈이 많이 왔다. 살고 있는 도시 중심지는 시장과 은행이며 병원이 몰려 있어 항상 복잡하다. 교통의 분기점이라 사람들이 언제나 넘친다. 건널목에서 신호를 기다리고 있을 때다. 오토바이 한 대가 구두상자 같은 짐을 잔뜩 실고 신호 앞에서 주춤대다 그만 얼음판에 짝 미끄러졌다.

짐은 파산이 되고 넘어진 사람은 통증으로 얼굴을 감싸고 울부짖고, 오토바이는 헛바퀴만 돈다. 어느 나이 지긋한 할머니 한분이 순간 합장을 하고 밀레의 그림 '이삭 줍는 여인' 이 되어 해질녘 실루엣으로 오래 머문다. 마음에서 우러나오는 측은지심이 종교이고 사랑이다. 서른 명도 넘는 행인들은 모두가 전봇대처럼 꼿꼿했다. 나 역시도.

깡패가 되고 싶었다

자유당 정권 말기가 나의 청소년 성장기다. 휴전을 한 직후라서 사회 질서는 엉망이었다. 일제강점기 때 순사들이 머물던 주재소는 지소가 되었지만 법을 지켜 치안을 유지하기가 역부족이었다. 시시한 좀 도둑은 도둑도 아니고, 따귀 몇 대 때려 코피 터지는 것은 폭행도 아니었다. 그 시기에 수원과 화성 접경지 오목천동에 수원비행장에 주둔한 미군이 후생사업 일환으로 학교 터를 닦고 목조건물 몇 칸을 지어 학교를 개교했다. 지금의 영신여고 전신인 지원 고등공민학교다. 모자를 쓰고 교복을 입고 학교를 다녔지만 흙벽돌 찍고 나무 심던 기억뿐이다. 공부를 열심히 하여 나라의 동량이 되고 훌륭한 사람이 되겠다는 생각은 눈곱만큼도 없었다. 그저 이름 석 자나 알라는 주위의 권유였다.

청소년기에는 예나 지금이나 또래들의 유행하는 문화가 있다. 라디오가 없어 방송도 못 듣고 오로지 유일한 것이 영화 구경이다. 청소년 관람불가도 없고 상영시간도 없다. 중간에 들어가 연거푸 두 번을 보면 대충 대사를 따라 할 수가 있다. 그걸 못하면 죽을 맛이다. 어머니에게 온갖 거짓말로 영화 관람 돈을 마련하여 삼십 리 길이나 되는 수원 역 앞에 있는 매산 극장엘 간다. 중간에 꼭 지나가야만 하는 곳이 고색동이나 평동이다. 동네 깡패들한테 영락없이 붙잡혀 돈을 빼앗기고 매를 맞고 울면서 돌아온 때가 한두 번이 아니었다. 그 억울함 그 울분은 지금도 주먹이 쥐어진다. 자유당 시절에는 임 화수,

이 정재 같은 야사에 회자되는 정치깡패가 활개 치던 시절이라 전국 어디고 너나없이 깡패 흉내를 내던 시절이었다. 지금의 학교폭력이나 왕따는 문제도 아니다.

어른들의 세계도 매한가지다. 한 지역에는 반드시 건달이 있게 마련이다. 그들의 역할이 대단했다. 지역민들끼리 분쟁이 나면 잘잘못을 따져 재판관처럼 판단도 하고, 고리대금업자 빚 받아주는 앞잡이도 하고, 겨울 한철 노름판이 활황일 때가 건달들의 최고의 전성기다. 건달들도 갖추어야 할 덕목이 있다. 첫째가 힘이 세야 한다. 그때 건달들의 싸움 방법은 단칼이다. 길게 싸우지를 않는다. 한복을 입으면 목이 노출이 된다. 먹살잡이를 하면 숨이 막히는 급소다. 먹살을 잡히면 패배고 최고의 굴욕이다. 또 씨름하듯 팔을 잡고 엉덩이 걸어 치기 기술로 넘어트리면 끝이다. 패자는 영원히 굴복을 한다. 둘째가 비상한 판단력이다. 어느 편을 들어줄 것인가. 분쟁을 화해로 풀 것인가. 아니면 다툼을 더 키울 것인가? 번개같이 상황판단을 빨리 해야 한다.

셋째로 말을 잘하는 것이다. 능변이어야 한다. 일례로 아이들이 남의 동네 닭서리를 해 잡아먹은 사건이 터지면 철모르는 아이들이 장난삼아 한 짓이니 양해를 하라고 누르기도 하고, 무슨 소리냐며 남의 집 닭을 잡아먹었으면 두 배로 닭 값을 내라고 우겨다짐도 하고, 닭 잡아먹은 것은 잘못이다, 그렇다고 동네방네 도둑이라고 소문을 내냐, 닭 값 물어 줄 테니 도둑으로 몬 값은 어쩌겠냐고 들이대어 '갑'과 '을'을 바꾸어 놓는 재주도 있어야 한다. 나는 세 가지 중 하나도 적합한 것이 없어 깡패마저도 되지를 못했다.

이후 탈농을 하여 수원에 나와 살게 되었다. 당시에는 연탄을 때던 때다. 대문 앞에 벽돌로 쓰레기장을 큼지막하게 만들어 놓고 살았다. 겨울이면 방이

예닐곱 개 되는 집은 하루만 지나도 연탄재가 한 리어카씩 나왔다. 당시 청소하는 분들이 워낙 박봉이다 보니 용량에 따라 적당히 수고비를 받아가던 시절이다. 우리 동네 청소반장이 나를 무던히도 때리던 평동 깡패대장이었다. 관계되는 일을 하게 되어 하루는 불러놓고 내 속 마음을 이야기 하게 되었다. 나는 "지금도 당신을 증오한다"고, 내가 당신한테 맞은 매를 생각하면 몸서리가 쳐진다고, 그도 기억을 하는지 미안하다며 대신 쓰레기를 잘 치워주겠다고 한다. 덕분에 겨울 쓰레기를 걱정 없이 잘 치운 적이 있다. 따지고 보면 매품을 그런대로 잘 판 셈이다. 깡패가 되고 싶었던 소원은 못 이루었지만.

어느 강연 청문기 講演 聽聞記

유명세를 타는 스님 한 분의 '희망세상 만들기' 콘서트가 우리 지역에서 열린다. 늦은 저녁시간 때이고 장소가 변두리라 망설이다가 도대체 인기를 끄는 이유가 무엇일까? 하도 궁금해서 찾았다. 방청하러 오는 사람들을 일사불란하게 안내하고 준비과정이 깔끔하다. 여느 강연은 시작을 하려면 마이크를 시험하거나 단상을 정리한다고 무례하게 소리를 지르고 위압적으로 뛰어다니기도 하는데 이들은 그렇지 않았다. 동일 복장 여성봉사자들이 친절하게 일일이 안내를 하여 차례대로 자리에 앉힌다. 숨소리 하나 없이 물을 끼얹은 듯 조용하고 질서정연하여 흐트러짐이 없다. 질서가 아름다워서 마음도 아름다워지는 느낌이다.

슬라이드로 강연방법과 주의사항을 주지시킨다. 정치의 계절이므로 정치에 관한 질문은 하지 말 것과. 종교인이지만 종교시설이 아니므로 종교에 관한 이야기도 가급적 피해 달란다. 젊은이들의 고민과 아픔을 1분 내로 요점만 간단하게 질문하고, 일문일답이니 질문자와 마주 서서 대화를 하자고 한다. 옛 성현들이 제자들을 거느리고 다니면서 의문을 질문하면 그 자리에서 답하는 즉문즉설卽問卽說식이다. 좋은 소통방법이지만 참석자들이 익숙할까 고개가 갸우뚱해진다.

강연이 시작되었다. 간단한 인사말에 이어 질문을 받는다. 여부없이 우려한대로다. 내용도 없이 감정이 복받쳐서 조리 없이 누구도 이해하지 못하는 질문뿐이다. 치아가 하얗게 보이는 매혹적인 미소로 진정을 시킨다. 난롯가에 앉아 도란도란 주고받는 대화로 생각하자고 토닥거린다. 그러다가 단칼에 내려치는 쾌도난마처럼 불호령을 한다. 반듯하게 말할 수 있게 마음을 모아보라고, 하기는 일반적인 이야기도 아니고 대중 앞에서 자기의 속내를 명료하게 드러내는 일이 어디 그리 쉬운 일인가. 나 보고 세상 살아가는 고민을 한마디로 말하라면 나 역시 횡설수설 할 것이다.

몇 차례 질문이 맥없이 흘러가다가 중년 여성이 마이크를 잡는다. "우리 아이는 공부를 안 하는데 어찌하면 좋을 까요?" 답인즉 일 년에 100회 이상 강의를 하였는데 어디를 가든 첫 질문이 자녀교육 문제라며 이것이 우리의 현실이라고. 그래서 강연 전에 특별히 슬라이드로 보여주지 않았냐고. 다시 말하면 공부 못 해도 괜찮지만 고등교육은 필히 받게 하세요. 엄마가 성화를 하면 아이는 공부를 더 안 해요. 깊은 산골에서 낫 놓고 기역 자도 모르는 부모 밑에서 훌륭한 인재가 나온다는 통계도 있어요. 아이가 어릴 때 밥 안 먹는다고 숟가락 내던질 때 다시 집어 준 엄마의 잘못이 얼마나 큰지 아세요. 사람은 타고난 팔자대로 살아요. 힘이 센 운동선수 보고 어려운 수학 미적분 풀라면 풀겠어요. 반대로 몸은 왜소해도 머리가 비상한 아이 보고 씨름선수 되라면 되겠어요. 오히려 너는 왜 멋있게 놀지 않느냐고 성화 좀 해봐요. 머리로 배우는 공부도 있지만 몸으로 익히는 공부도 있어요. 참견 안 하면 자기가 알아서 해요. 무얼 하려고 할 때 환경이나 만들어 주세요.

다음은 젊은 아가씨 차례다. "저는 요즘 보기 드문 '모태 솔로 입니다." 밀고 당기는 것을 못하는지 애인이 없어 고민입니다." "빨리 애인을 찾으세요." 사랑이 없으면 제아무리 물질이 풍족해도 행복을 모릅니다. 스님들만 애인이 없는 거예요. 스님처럼 살아야 할까, 짝을 만나 행복하게 살아야 하나? "애인 만들어 행복하게 살아야죠." 청중들의 박수가 터진다. 사랑이 삶의 근본이고 희망입니다. "여자가 먼저 전화하면 무섭다고 도망 간데요." 그래도 하세요. 거절한다 해도 크게 손해 볼 일 없잖아요.

사랑은 용기로 쟁취하여 나를 태워 버리는 거지요. 사랑을 계산으로 하지 마세요. 전화 할까 말까. 좋은 사람일까. 나쁜 사람일까. 계산하지 마세요. 매력만 있으면 되요. 실패한 사랑은 사랑이 아닙니다, 검은 머리가 파뿌리 되는 사랑? 어디까지 지속되어야 성공한 사랑입니까. 자기 마음 불태우면 그게 사랑이죠. 다가서는 사랑을 하세요. 욕심만 버리면 내일 당장 사랑을 만날 수 있어요.

문제는 남자들이에요. 앞으로는 새로운 모계사회가 돌아와요. 남녀평등이 아니에요. 능력 있는 여자가 능력 좋은 남자를 선택해요. 행복한 고민이지요. 정보사회가 더 발달하면 남자의 근육이 필요하지 않아요. 남자는 속된 말로 한가락 하지 못하면 여자 구경도 못합니다. 은행원, 공무원 그런 직종이 아니에요. 각양각색으로 어느 분야에서든 특출 나야 해요. 남자는 매일 같이 여자에게 풍족하게 먹이를 갖다 줄 수 있는 능력이 있어야 해요. 남자들은 뼈를 깎는 노력으로 자기를 만들어 가야 합니다.

또 다른 질문이 이어진다. 직장 내에 꼴불견 상사와 동료가 있어 미치겠어요? 마이크를 잡고 단상을 내려온다. 머리를 파묻고 핸드폰 검색하는 여학생과 턱을 괴고 삐딱하게 앉아 박수도 안치는 늙은이를 가리킨다. 사람들은 이런 자세를 보면 못마땅해요. 그러나 이 자세는 자기의 꼴이에요. 이 자세를 불편하게 보는 마음이 더 큰 문제요. 버릇은 못 고칩니다. 자신이 따뜻한 가슴으로 보는 마음의 눈을 가지세요.

"형제처럼 친한 친구와 동업을 하려는데요." "안 됩니다." 단호하다. 친한 사람하고는 술 먹고 즐겁게 놀기만 하세요. 동업은 나와 전혀 다른 사람하고 하는 것입니다. 나는 자본이 있고, 그는 기술이 있는 경우. 서로가 달라야 합니다. 부부도 전혀 다른 사람하고 만나야 해요. 엇비슷하면 못 살고 전혀 다르면 싸울망정 헤어지지 않고 삽니다. 호랑이와 토끼는 같은 산에 살 수 있어도 소와 말은 한 우리에서 못 사는 이치입니다. 같은 것은 서로가 득이 되지 않습니다. 달라야 합니다.

"죄 안 짓고 사는 방법은?" 죄 안 짓고는 못 살죠. 안 짓도록 노력하고 큰 죄만 짓지 마세요. 가장 큰 죄가 무엇인지 아세요. 실정법에서는 모르고 하면 조금은 용서가 되지만 4차원의 세계에서는 그 반대입니다. 불덩어리가 뜨겁다는 것을 알고 만질 때는 조심을 하지만 모르고 만지면 화상을 입죠. 어리석은 것이 가장 큰 죄입니다. 여러 사람을 홍익하게 하는 것이 제일 큰 복입니다. 복 짓으세요.

어떻게 살아야 할까요? 사람같이 살지 말고 짐승처럼 사세요. 배고픈 짐승이 먹이를 먹을 때는 주위에 얼씬도 못하게 하죠. 그걸 생명현상이라고 해요. 배가 부른 다음에는 벌렁 누워 남은 것을 누가 와서 먹든 가져가든 상관 안 해요. 사람도 자기의 의식주를 해결 못하면 사람이 아닙니다. 자기 먹을 것은 자기가 해결하는 것이 필수 조건이죠. 더 가지려는 탐심, 배 안 고플 만큼만 먹으세요. 물질욕심 때문에 불행해집니다.

내 속말이 중얼거려진다. 스님? 세상살이가 구구단처럼 공식대로 살아지면 얼마나 좋겠습니까. 자빠져도 코가 깨지는 것은 무슨 쪼단일까요? 젊은이들이여! 방황해도 괜찮아, 실패해도 괜찮아, 틀려도 괜찮아, 틀리면 고치고, 모르면 물어보고 배우면서 살라고요? 돌부리에 차여 넘어져 보세요, 얼마나 아픈가? 감명 깊은 강연이었는데 집에 와서 생각해보니 스님 말씀대로 세상이 살아질까? 의문이다. 나는 속물인가 보다.

맛

유난 맞게 먹는 것을 즐기는 친구로부터 전화가 왔다. 멀지 않은 시골 장터에 연탄불로 돼지곱창과 껍데기를 굽는 집이 있다며 같이 가자고 한다. 돼지껍질 먹자고 추위에 거기까지 가냐고 투덜거리다가 할 일 없는 따분한 신세라 따라나섰다. 시골 장터 허름한 분위기도 마음에 안 들고 서비스도 만족하지 못해 소주만 먹고 허탈하게 돌아왔다. 돼지껍데기가 맛이 있으면 얼마나 있다고 욕심낸 입맛이 무색하다. 천 원짜리 입맛으로 만 원짜리 군침을 삼킨 꼴이 되고 말았다.

요즈음 와서 맛을 찾는 버릇이 생겼다. 맛있는 음식을 배불리 먹는 것이 삶에 우선하여 행복감을 느끼게 해주기 때문인가 보다. TV 방송에서도 음식을 다루는 프로가 넘치도록 많아졌다. 맛은 문화가 만든다. 죽과 밥의 차이는 하늘과 땅 차이다. 멀건 강냉이 죽으로 저녁치레를 며칠만 하고나면 엄습해오는 어둠 속에서 허상이 보인다. 전쟁시절 굶주림으로 죽음의 문턱까지 가보고 체험을 해 본 사람이 이제 와서 입맛 타령으로 수다를 떨고 있으니 밤하늘의 달님이 내려다보고 비웃는 것 같다.

맛을 느끼는 미각도 센스다. 나의 입맛은 산에서 나는 개암 열매나, 아니면 소나무 껍질인 송기나 찔레 순 칡뿌리 같은 풀뿌리 맛으로 굳어진 입맛이다. 제대로 된 음식을 먹어보지 못해 아직도 세련된 맛을 모른다. 잠자는 혀가 깨어나지 않아 무디고 무딘 미개한 미각이다. 좋은 맛을 맛보고 그것을 얻으려고 추구하는 것이 삶이고 희망이다. 지난날엔 먹을 양이 부족하다보니 오로지 질보다 양에 정신을 쏟았다. 배고플 때, 먹을 것이 없어 배고픔을 참아 낸다는 것은 화나는 일이고 죽고 싶도록 비감한 일이다. 그것이 가난의 절박한 이유라면 더욱 그렇다.

배고픔도 오래가지만 서글프고 속상한 맛의 기억이 더 오래 남는다. 청년 시절까지도 굴곡지게 지냈다. 당시 사회는 다방문화였다. 다방에서 만남이 이루어지고 거래를 하며 사랑을 나누던 때다. 커피 한잔 값이 쌀 두 되 값도 넘는데 빤한 농촌경제로는 감당하기 어려운 가격이어서 주눅이 들고는 했다. 더욱 설움을 느끼게 하는 것은 사람을 차별했다. 돈 많은 사람은 전화도 잘 받아주고 내어주는 커피에 계란 노른자를 띠우거나 수란을 특별히 제공하고는 했다. 홍차나 도라지 위스키 한잔을 마시면 마담이 옆에 와 앉는다. 슬픈 비애의 맛, 못 먹어 보는 맛이 왜 그리 부럽던지? 고운 소금 뿌려 야들야들한 수란을 작은 차 스푼으로 종업원이 떠먹여주는 것을 한 번이라도 받아먹어 보는 것이 소원이었다.

평생에 기억에 남는 맛도 있다. 가나안 농군학교라는 곳이 있었다. 농촌에서 깨어나지 못한 청년들을 모아다가 여러 날 합숙을 시켜가며 유명 강사들이 정신교육을 시키는 농촌 재건 교육이었다. 새마을 운동 이전이었고 초창기에 다녀왔다. 그곳에서 난생 처음으로 식판을 들고 배식 받아먹는 것을 체험했고, 우유 한 잔에 빵 한 조각과 사과 한 알로 개량 식사도 해 봤다. 노란 된장에 삶은 감자와 야채를 버무린 카레라이스를 처음 먹어보았다. 된장국만 먹던 입에 듣도 보도 못한 환상적인 맛이었다. 이름도 생소해서 기억 못하고 미지의 맛으로 오래도록 가슴에 품고 살았다.

자장면이 그렇게 맛이 있었다. 자장면을 먹으면서 테이트를 했다. 그것 외에는 외식이라는 걸 몰랐다. 자장면이 너무 맛이 있어 자장면 만드는 기술자가 되고도 싶었다. 지금은 거의 없어졌지만 전에는 유학하는 학생이나 고향 떠나 공장에 다니는 처녀들도 대개가 자취를 하였다. 자취생활을 해보면 밥보다는 반찬이 문제다. 김치 같은 것은 엄두도 못 내고 반찬이라고는 고작 집에서 새끼줄로 촘촘히 묶어 온 오지그릇 단지에 고추장이 전부다. 그마저도 참 헤펐다. 떨어지면 다시마 튀각 아니면 왜간장이라는 양조간장에 밥을 싹싹 비벼먹었다. 한동안 먹었다. 영양실조는 사치스러운 말이다. 고추장 맛이 나의 영혼이 간직된 나의 맛이다. 내 입에 맞는 맛이 어떤 맛인지 일생에 앙금으로 남아 있는 맛이다.

입맛은 참 질기다. 입에 안 맞는 음식을 입에 맞게 하는 것도 금연, 금주하는 것만큼이나 어렵다. 맛은 혼자 먹는 맛보다 여럿이 먹는 맛이 좋고, 뭐니뭐니 해도 사랑으로 먹는 밥이 세상에서 제일 맛이 있다. 눈치 보며 훔쳐 먹는 밥은 얼마를 먹어도 늘 허전하고 배고픈 맛이다. 쓴 장도 퍼 돌리면 맛이 나듯 얻어먹는 맛보다 베푸는 맛이 더 좋다. 후배들한테 밥 한번 사고 어깨 떡 벌어지는 맛이 진정 참된 삶의 맛이다.

여러 가지 음식을 먹어보는 일을 도락으로 삼는 사람이 있다. 음식은 지역 환경과 전통이 만들어내어 그 지역을 대표하는 음식이다. 그것을 찾아내어 즐기는 것이 식도락이다. 먼 길 다니면서 맛을 찾아내는 것도 멋있지만 자기 집만의 특색 있는 음식 한 가지가 있어 특별하게 손님 접대하는 것도 도락일 것이다. 청국장은 띄울 때는 건드리지 않는 것이 요령이다. 우리 집은 청국장으로 가풍을 잇는다. 남자들도 음식을 하는 세상 아닌가? 먹던 음식도 색다르게 만들어 새롭게 맛을 내는 것이 맛의 문화다. 배고파서 먹는 것은 필수이고 입맛 즐기려고 먹는 것은 식도락이다. 오늘도 식도락가들이 숨어 있는 옛 맛을 찾아내어 생활화시키려고 부단한 노력을 한다. 그것도 훌륭한 문화의 창달이다.

대리 만족

여름밤은 어둠도 깊지 않고 무더워 잠을 설칠 때가 종종 있다. 밤잠을 놓치면 일어나 책이라도 읽었으면 좋으련만 애꿎게 TV를 켠다. 유럽 축구경기 중계방송이 무더운 밤을 뜨겁게 달군다. 올해가 '유로 2012 축구대회'가 있는 해다. 뜨거운 분위가 대단하다. 쌍방이 공을 차는 실력도 대단하지만 광란하는 관중에 더 눈길이 끌린다. 수만 관중이 입추의 여지도 없이 꽉 들어찬 넓은 관람석 분위기가 펄펄 끓은 느낌이다. 남녀노소 모두가 광분을 한다. 노인들은 웃통을 벗어 던지고 백곰 같은 뱃살을 출렁거린다. 손가락을 입술에 대고 휘파람을 마구 불어대며 아수라장이다. 저마다 흥분하여 자기만족을 한다.

관중이 운동장에서 직접 뛰는 선수보다 더 흥분을 한다. 세계 많은 사람들이 축구를 좋아하고 매료되는 이유가 축구를 전쟁에 비유하는 경향이 있다. 병사들의 뛰어난 개인의 기량과 명장의 신출귀몰한 전술 그리고 양질의 훈련이 전쟁하는 것과 같기 때문인가 보다. 특히 유럽은 축구에 민족의 정서와 역사성이 부각되어 경기를 전쟁하듯 한다. 나라마다 그 색깔이 다르다. 이탈리아는 수비 지향적이고, 독일은 나치즘인 개인의 역량을 집단에 대입시켜 물샐틈없는 조직력이다. 예술을 사랑하는 프랑스는 예술축구, 보수적으로 변화를 꺼리는 영국의 완벽축구, 바이킹 후예 스페인의 파워축구, 나라마다 모양새가 다르다. 서로가 다르기 때문에 유럽 사람들은 축구경기를 민족과 민족의 경쟁으로 생각하나 보다.

나도 저들처럼 무엇에 미쳐 본 적이 있을까. 참 유별나다고 생각을 한다. 사생결단을 하는 느낌이다. 관중들도 축구장에서 스트레스를 풀고 나서 다시 일터로 돌아가 일을 하고 그렇게 번 돈으로 또 축구장을 찾아가는 일을 반복한다. 축구를 종교처럼 매달린다. 지역 연고 팀의 서포터즈가 되는 것을 최고의 영광으로 생각을 한다. 그것은 아마 싸움을 좋아하는 그들의 민족성에서 나오는 유전인자 때문이지 않을까 싶다. 싸우기를 좋아하는 민족들이라 축구 경기에 자신을 몰입시켜 대리만족을 한다.

몇 차례 여행으로 유럽을 대충은 훑어보았다. 우리가 보지 못하던 특이한 것을 볼 수가 있다. 도시 한복판에는 여지없이 광장이 있다. 정부청사가 있거나 성당이 있고 중앙에는 반드시 동상이 있다. 높다란 기단 위에 천리마를 타고 망토를 휘날리며 한 손에 칼을 높이 쳐들고 전쟁터로 달여 나가는 장군의 형상이다. 대단히 호전적이다. 어디를 가도 유럽도시에서는 볼 수 있는 광경이다. 파리에는 나폴레옹이 승전을 기념하기 위해 세운 유명한 개선문이 있다. 빛깔 좋은 대리석으로 대단히 큰 규모로 축조하여 전쟁 승리를 자랑한다. 규모는 작지만 개선문은 어느 도시든 천편일률적으로 다 있다. 작은 공국으로 이웃한 부족과도 항상 싸움을 하였다는 증거다. 세계 최대의 유명 미술관에 전시된 그림도 거의가 다 제복을 입은 제왕과 장군의 초상화다. 민족의 역사가 전쟁이고 문화가 호전적이다. 때문에 그들은 전쟁을 할 수 없는 오늘날에는 축구로 대신하여 만족을 느끼는 것이다. 다툼을 싫어하는 나와는 달라도 너무 다르다.

우리와 일본이 영원히 풀어지지 않는 감정이 있듯이 유럽 국가들도 앙숙이 많다. 양안을 마주보는 영국과 프랑스는 백년전쟁의 앙금이 남아있다. 러시아와 핀란드, 독일과 폴란드는 영원한 숙적이다. 적수끼리 맞붙는 경기가 있는 날은 온 나라가 들썩거린다. 오늘 아침 신문 토픽은 더욱 이해가 안 간다. 내일이면 국가부도를 결판내는 국민투표를 하는 날 그리스는 숙적 러시아를 꺾었다. TV를 지켜보던 그리스 시민들은 자리를 박차고 뛰어나와 날이 밝을 때까지 광란의 도가니이었다고 한다. 구제 금융을 신청한다는 스페인 총리는 기자회견이 끝나자마자 스페인-이탈리아 전이 열리는 폴란드로 날아가 경기를 지켜봤다. 너무하다고 여론이 비판을 하자 2시간 만에 돌아왔다고 궁색하게 변명을 했다고 한다. 경제는 실패했어도 축구를 승리하고 돌아온 것이 더 좋다고 온 나라가 들끓는다. 축구에 미친 사람들이다. 우리의 정서로는 감당 못할 열기이며 호전성의 발로다.

국토가 긴 장화 모양으로 생긴 이탈리아는 장딴지 쪽이 아드리아 만이고 정강이 쪽이 지중해다. 제주도 주상절리처럼 해안선이 절벽이다. 수백 개의 교량과 터널로 고속도로와 기찻길이 지중해 해변을 달린다. 산등성이 돌 틈 사이로 중세 집들이 벌집같이 박혀 있다. 나무도 별로 없는 돌산이 세계 최고의 별장지라고 한다. 프랑스와 만나는 접경지대 한 골짜기에는 작은 나라 모나코가 있다. 언덕에서 사진을 찍으면 세 나라를 한 장에 담을 수도 있다. 인구 3만 우리의 일개 동 단위 나라다. 국토가 손바닥만 해 운동장도 없으면서 축구팀을 운영한다. 박 주영 선수가 입단 했던 팀이다. 그들에겐 축구가 국력이고 국민이 원하는 행복이다. 축구를 통해서 대리만족을 얻는다.

흐뭇하도록 만족하여 부족함이나 불만이 없는 것을 행복이라고 한다. 인간은 만족을 찾는 것이 삶의 목표다. 그러나 현실의 여건이 만족을 가로막을 때가 있다. 그럴 때 우리는 다른 방법으로 만족을 찾는다. 사람들은 그래서 도박을 하고, 자기만의 취미로 오락을 한다. 자기가 직접 하지는 못해도 취미나 오락으로 대리만족을 느끼는 것도 행복의 수단이다. 나는 무엇에다 나를 던져 볼까? 광란하는 유럽 사람들처럼.

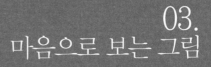

03.
마음으로 보는 그림

마음으로 보는 그림

이것은 저리 가져가고 저것은 이리로 갖다 놓으라고 아내는 자기 손가락 부려 먹듯 한다. 무릎 관절이 아픈 것이 이유요 핑계다. 배추 몇 포기도 사서 들고 오지를 못한다. 한계점을 조금만 넘게 무거운 것을 들고 다니면 사단이 나는 다리다. 과체중은 아니라 조금만 조심을 하면 그런대로 지탱이 될 거라는 의사의 진단에 따라, 무거운 것을 드는 일은 철저히 금하고 있다. 그런 몸으로 아파트 공간에서는 전혀 가당치도 않은 엿 고는 일을 하고 있다. 시커멓게 늙은 사내가 시중든다고 뒤퉁스럽게 왔다 갔다 하는 그림이 내가 봐도 볼썽사납고 영 망측한 그림이다.

더더욱 못마땅한 것은 반기고 싶지 않은 남부끄러운 짓을 하고 있기 때문이다. 누가 보관을 잘못하여 변질된 찹쌀을 아파트 쓰레기통 옆에 버린 것을 아깝다고 가지고 와서는 당치도 않게 엿을 곤다고 수선이다. 반 말도 넘는 분량이다. 구접스럽게 그런 짓을 한다고 화를 내고 야단을 쳐도 막무가내다. 도로 갖다 놓으라고 해도 코로도 안 듣는다. 가난한 농부의 딸로 태어나 농사만 짓고 살던 사람의 눈이라 다르게 보였던 모양이다. 쓰레기통에 버려진 쌀 한 톨이 지나온 자신의 삶의 한 귀퉁이가 버려진 것 같았나보다. 내가 졌다. 썩은 쌀이 최고의 단맛으로 변신하여 새롭게 태어나기 위해 며칠째 나를 괴롭히는 활동사진을 찍고 있다.

일하는 것을 좋아하고 일을 잘하는 사람이라 일이 없으면 일을 만들어서도 하는 사람이다. 내 눈에 없어지지 않고 언제나 남아 있는 아내의 잔영은 일하는 그림뿐이다. 오로지 일 밖에 모르고 평생을 살아온 사람이 이제는 수족이 마모가 되어 두 다리를 쓰다듬고 한탄하는 그림을 그리고 있다. 농사짓고 살 때도 아내는 농사일이라면 도인에 가까웠다. 힘든 호미질이고 무슨 일이든 하루 종일 하는데도 힘들다는 말 한마디 하지 않는다. 그렇다고 게으름을 피우는 것도 아니다. 농사꾼이라고 떠벌리고 다니는 나보다 몇 배나 일을 잘한다. 오히려 지나치게 극성스럽게 보여 눈살을 찌푸리곤 했다.

지난여름이었다. 누이가 읍 지역에서 조그마한 제조업을 한다. 공장으로 쓰고 남은 땅에다 농사를 짓는다. 모처럼 들렀는데 아내는 밭에 풀이 많다며 칠순이 넘는 누이보고 밭을 매자고 자청을 한다. 노구를 이끌고 둘이서 다정하게 밭을 매고 있는 뒷모습을 보고 있자니 마치 잘 그려진 그림 한 폭을 보는듯했다. 일을 일이라 생각하지 않고 일을 놀이라 생각하는 사람처럼 움직임이 부드럽고 아름답다. 앉아 있기도 힘든 더위인데 어떻게 저런 흥겨운 행동이 나올까? 석양 노을을 등에 지고 너무나 익숙한 리듬으로 밭을 매는 두 사람의 뒷모습을 지그시 지켜본다. 어느 그림이 저리 감동적일까? 밀레의 '이삭 줍는 사람들' 만큼이나 마음에 와 닿는 그림이다.

남들은 시누이올케 사이는 거북하다는데 거북스럽기보다 오히려 성스럽게 보인다. 올케는 시누이를 고생스럽게 이 세상을 살다가 한 많게 저 세상으로 가신 시어머니를 대하는 마음이고, 시누이는 올케를 살얼음판에 내놓아 천방지축 푼수 떠는 동생을 지켜주는 은인으로 보는 모양이다. 측은지심으로 바라보는 서로의 마음이 어우러져 만들어진 사이다. 그런 감정을 이들은 말로 수다를 떠는 것이 아니라 일하는 것으로 서로의 감정을 삭이고 푼다. 그렇게 서로가 의지가 되어 겨울 김장이며 큰일을 함께 하는 것이 일상이 되고 말았다. 언제 봐도 묵은 찌꺼기가 녹아내리는 보기 좋은 그림이다.

뽀얗던 엿물이 붉은 빛을 띠기 시작한다. 환골탈태하여 새로워지고 있다. 지난날 어머니는 쌀이 없어 곡식 중에 제일 영양이 없는 수수로 엿을 고았다. 쌀로 엿을 만들면 엿도 많이 나오고 힘도 덜 들지만 수수엿은 힘은 곱절로 들고 나오는 엿의 양은 신통치 않았다. 추운 겨울 전깃불도 없는 어두운 부엌에서 어린 자식들을 위해 한 조각의 엿을 얻으려고 뼈 부서지는 고생을 하셨다. 엿은 먹어 없어졌는데 머리에 흰 수건 깊이 눌러쓰고 밤새워가며 엿 고는 모습은 영원이 지워지지 않는 그림으로 남는다.

엿 고는 일을 마무리하여 조청 엿을 단지에 담아 놓으니 그득하다. 맛 좀 보라고 한다. 꿀맛은 알알한데 조청 맛은 부드럽고 담백하여 순수한 옛 고향의 정취가 묻어나는 어머니 맛이다. 쓰레기이었던 쌀이 대변신을 하였다. 쌀 한 톨을 목숨처럼 여기는 착한 마음도 녹아 있다.

"애들 와서 먹을 때 쓰레기 더미에서 주어 온 거라고 하면 메스껍다고 캑캑거리겠지?"

"쓸데없이 그런 말을 왜 해,"

소리가 크다.

"거짓말 하지 말고 사실대로 정직하게 말하라고 했잖아."

"묻지 않는 말을 왜 하냐-고!"

온순하던 단맛은 온데간데없고 그림이 사나워진다.

남들은 집에다가 유명 화가가 그린 좋은 그림을 걸어 놓고 산다. 우리 집엔 그런 그림은 한 점도 없다. 그 대신 색칠하지 않은 실제 정물, 움직이는 그림을 보고 산다. 그 그림은 눈으로 보는 그림이 아니다. 가슴으로 마음으로 보는 그림이다.

일하는 그림이 빛바래지 않았으면 좋겠는데 오늘도

"아이고"

소리가 먼저 나오니 큰일이다.

나비 효과

글쓰기 동호인들끼리 매년 하는 동인지가 출간되었다. 중간에 입회를 하였지만 여러 해를 함께하다보니 제법 편수가 늘었다. 습작품으로 처음 작품집이 나올 때는 작은 들뜸의 맛도 느껴봤다. 지령은 늘었어도 실력은 항상 그 타령. 오히려 지금은 나의 치졸한 뒷그림자를 보여주는 것 같다. 새로 동인지가 발간이되어도 감동은커녕 걸돌아진다. 우리의 근대문학 태동 당시에는 단독문집 출간이 어려운 실정이었다. 하여, 기라성 같은 옛날 유명문인들도 모두 동인지로 작품 활동을 이어온 것을 역사가 증명을 한다. 그런 내력으로 볼 때, 습작하는 사람이 동인지 출간에 싫증을 내고 열과 성의를 다하지 않는 것은 글공부하는 사람으로서 바른 자세가 아니다. 동인지는 효과를 바라는 성과물이 아니라 남김의 그 자체다.

출판기념으로 초등학교 학예회 비슷하게 행사도 한다. 저희들 좋아서 하는 짓거리에 구경꾼이 있으리? 만무하다. 늘 몇 분의 내빈을 초대하고 다른 문학단체 회원들과 가족친지들뿐이다. 만만한 아내 보고도 오라고 했다. 생각지도 않았는데 몇몇 친구들도 동행하겠다고 하여 그러라고 했다. 여러 번 해본 이력으로 행사는 무난하게 끝이 났다. 풍성한 만찬은 아니지만 조촐하게 준비한 음식으로 저녁 한 끼를 함께한다. 멀리서 온 낯익은 손님도 있고 하여 돌아다니며 인사도 하고 술잔도 나누다보니 어느새 웅성웅성 자리를 뜨기 시작한다. 힐끗 보니 아내도 쪼인 닭처럼 동행한 사람들과 한 구석을 차지하고 있다. 동료 사모님도 함께 한다.

얼굴 한번 비치지 않을 수가 없어 자리를 옮겼다. 초대받은 친구들이 인사를 한다. 참 꾸준하게 다닌다고 칭찬이다. 어디 가서 놀 곳이 없어 다닌다고 했다. 아내는 고개를 돌리고 음식을 되씹는다. 여인들 틈에서 시집살이도 심할 텐데 뭔 맛으로 이토록 오래 다니는지 모르겠다며 집에서 하던 버릇을 되풀이 한다. 남자들 세상에 가서 멋지게 활동을 할 일이지, 옆에서 지켜보기가 답답하다고 한다. 친구들은 뭐가 어떠냐고, 좋기만 하겠다고 아내를 책망한다. 식은 밥 한 그릇이 성공보수 많이 받은 변호인처럼 열을 올려가며 나를 변호해준다. 아내는 무슨 성과가 있어야 하지 않느냐고 한 마디 덧붙이고 친구사모님도 추임새를 넣는다. 친구들은 토라진 아내를 보고 성과는 무슨 성과를 기대하냐며 눈을 흘긴다. 하다 보면 언젠가 작은 나비효과라도 있을 것이니 뒷바라지나 잘하라고 한다. 답변 할 말이 없어 막걸리 한 잔을 자작으로 따라 마시고 자리에서 일어섰다.

행사는 끝이 났어도 또 다른 걸음을 하여 밤늦게 집으로 돌아왔다. 기다리고 있었던 것처럼 오늘 있었던 일들을 뭐가 어떻고 저저고 평가를 하고 비평을 한다. 나만 혼자 술에 취해 모양새가 흐트러져 친구들 보기에 얼마나 민망했는지 아느냐고 생트집이다. 다시는 안 간다고 으름장도 놓는다. 내년 이야기를 왜 벌써 하는지 모르겠다. 화를 내든 엄포를 놓든, 나는 수모는 받았어도 받을 돈 다 받은 기분으로 깊은 잠에 빠져들었다.

얼마가 지나 무엇을 쓰려고 할 때 문득 생각이 난다. 성과는 없어도 하다보면 작은 나비효과라도 있을 거라는 말이 되씹어진다. 내가 쓰는 글에도 나비의 날갯짓만큼의 효과가 있어야 한다. 도대체 나비효과는 무얼 말하는 걸까? 작은 행동 하나가 거대한 결과를 가져온다는 현대과학의 "카오스"이론이라고 들었다. 즉 아프리카에서 나비 한 마리가 날갯짓을 하면 나뭇잎이 흔들려 벌레가 떨어지고, 벌레는 원숭이 털에 떨어져 긁다가 나무 열매가 떨어지면, 돌에 맞아 돌은 큰 바위를 받치고 있던 돌을 쳐내 바위가 굴러가 산사태가 나고, 시냇물이 막혀 화산이 터지고 어쩌고 하는 이론이다. 하나의 행위가 또 하나의 결과를 가져온다는 말이다. 그런 이론으로 따진다면 글을 쓰는 것도 반드시 효과를 내고 성과를 거두어야 한다. 여인들의 지탄을 수다로만 치부할 일이 아니다.

열매가 없다니 어찌 할까? 고민하게 한다. 글이라는 것이 많이 생각하여 알아지고 터득한 것을 쓰는 것인데 내가 아는 것은 풀, 나무뿐인데 그 이야기를 또 누가 모르나. 답이 없다. 공자님은 땅강아지 같은 사람이 되지 말라고 했다. 그것은 날 줄은 알지만 지붕을 못 넘고, 나무에 올라도 타넘지는 못한다. 헤엄은 처도 큰 강물은 못 건너고 굴을 파도 제 몸 하나를 겨우 감춘다. 달릴 줄 알아도 큰 짐승을 앞지를 수는 없다. 조물주의 이치는 겹치게 하여 두 가지를 다 잘하게는 하지 않는다는 가르침이다. 잘 달리는 놈은 날개를 뺏고, 잘 나는 것은 발가락을 줄이며, 뿔이 있는 녀석은 이빨을 없애 물지 못하게 한다. 자기의 능력과 재주가 아니면 하지 말라는 뜻이다. 이것저것 집적대보았자 타고난 재능이 없으면 성과를 얻을 수가 없다.

그래, 공자님 말씀대로 내 재주가 아닌 일은 벌이지도 말고 하지도 말자. 그냥 놀자. 모든 생명들을 다 살리는 두루춘풍, 봄바람 같은 재주는 나에겐 없다. 남이 하는 걸 나도 잘하여 팔방미인이 되는 거, 그리 되어 봐 짜 오지랖만 넓어진다. 내 재능과 재주는 살찐 황소 등에 멍에를 메어 밭갈이 하는 것이다. 힘없는 지금은 그 짓도 못하는 처지가 되었으니, 결과가 어떻고 효과가 어떻고 따질 일이 아니다. 그냥 편하게 놀자. 내 마음을 보듬는 공부를 하는데 무슨 효과를 기대한단 말인가? 여보시오! 딜, 내년에는 유세 떨고 오지들 마시오, 내 맘대로 놀 테니.

닭똥집과 동태 대가리

여자들만 사는 집에서 태어나 어릴 적부터 남정네의 특권을 누리고 자랐다. 불면 꺼질세라 보호되었다. 당시 농촌실정으로 옷은 남보다 잘 입지는 못했지만, 먹는 것은 조모의 배려로 조금은 독식을 한 것 같다. 할머니의 지극정성으로 보살핌을 받아 경쟁자 없이 혼자 먹는 행운을 가졌다. 잔칫집이고 어디를 다녀오시면 항시 치마 속에서 먹을 것이 나오곤 했다. 성장해서 생각해보니 남의 눈총을 받는 것을 무릅쓰고 하셨다는 것을 알게 되었다. 집에서 어쩌다가 닭이라도 잡게 되면 지금은 흔하디흔해 관심도 없는 모래주머니라고 하는 닭똥집은 여성들은 얼씬도 못했다. 오로지 유일한 남자인 나의 몫이다. 사랑으로 우대받는 존재였다.

다른 식구들은 살점도 없는 단단한 뼈다귀나 빨고 국물 몇 모금이 고작이다. 두 다리는 절대 성역처럼 내 차지다. 그것도 한 번이 아니고 남겨두었다가 혼자만 두 번을 먹었다. 할머니의 보살핌은 하늘에 닿았다. 봄이 되어 기르던 닭들이 첫 알을 낳으면 큰마음으로 계란을 종이로 싸서 실로 친친 동여 화로 불에 구우면 그 맛은 지금의 맥반석으로 구운 맛과는 비교가 되지 않았다. 그뿐만 아니다. 저녁이면 군불 때는 아궁이에서 구워내는 잘잘한 감자 몇 알과 밤 몇 톨도 모두가 환상의 맛이었다. 때문에 할머니가 하늘에 오르실 때 잡고 있던 치맛자락을 놓지를 못했다.

더듬어 기억해 보면 보리쌀로만 하는 밥에 쌀 한 줌 위에 놓아 지은 밥에서 나만이 하얀 쌀밥을 가려 떠내는 어머니의 솜씨도 예술이었다. 아내와 함께 살면서도 가장의 밥은 먼저 뜨고 국도 먼저 푸는 초법적인 질서는 변함이 없었다. 물론 닭똥집도 나의 차지가 엄연한 철칙으로 계속되었고 생선 가운데 굵은 토막도 별로 쟁탈이 없었다. 다만 할머니가 닭다리 하나는 내일 먹으라고 그릇에 담아 특별히 보관하였다가 주는 세심한 배려는 없어졌다. 애들이 어렸을 때는 간혹 아버지가 먹는 것을 먹겠다고 달려드는 경우가 가끔은 있어 떠서 넘겨주는 일은 있어도 내 권리는 그대로 존재해 왔다. 사람이 살면서 먹는 것도 하나의 즐거움이지만 특별하게 우대 받아 먹는 것도 대단한 희열이다.

정월보름이라고 생태로 찌개를 하고 오곡밥을 했다. 모처럼 만에 식구들이 다 모였다. 찌개를 떠주는데 흰 살이 먹음직하게 많이 붙은 가운데 토막은 아이들 차지다. 나는 늙은이라고 대가리나 먹으라고 한다. 그것도 맨 나중에 떠주면서 대가리가 진짜 동태 맛이라고 그릇에 수북한 대가리 더미가 냄새가 좋아 식욕은 당기는데 무엇인가 서운하게 느껴진다. 오랜 나의 정체성이 무너지는 느낌이다. 내 손 안에 쥐고 있는 것을 빼앗긴 기분이다. 허전함이 밀려온다. 안 먹고 투정할 수가 없어 꾹 참고 먹는다. 손자 놈들은 할아버지 먹는 것을 또 탐을 낸다. 속도 모르면서. 뚝딱 먹고 나서 밖으로 나와 서성거리며 생각에 잠긴다.

나의 존재 가치 변하였다. 이제는 주인공이 아니고 조연쯤 된 것 같다. 값어치의 변화다. 누리던 나의 권위는 무소불위 영원할 줄 알았다. 시쳇말로 패러다임을 착각한다. 현대 사회에서는 소용이 없고 영양가 없으면 즉시 퇴출이다. 아이들이 떠나고 난 뒤에 나를 세우려고 한마디 했다. 나를 우선하라고 답은 되로 주고 말로 받는다. 구태의연한 사고방식을 아직도 못 버린다고 핀잔을 듣는다. 생산적이지도 않고 쓸데없는 유교적인 관념에서 아직도 벗어나지를 못 한다고 야단이다. 천하에 못쓸 권위주의적인 발상이라고, 내가 낙엽이 되는 기분이다.

　가장이 우선하는 권위는 나뿐만 아니고 우리 사회에 통용되는 관념이 아닌가? 남존여비 사상의 깊은 뿌리에서 나오는 속물근성이라는 아내의 핀잔도 일리는 있다. 남자는 좋은 것만 먹어야 하고, 남자가 먹는 국은 반드시 먼저 떠야하고, 여자는 찌꺼기만 나중에 먹는 것이 무슨 그리 중요한 가법家法이고, 질서냐고 대들면 대답할 논리는 없다. 하지만 그 질서가 우리의 일상생활에 대단히 큰 버팀목이라는 것을 버리고 싶지 않다.

　아내는 손자들이 성장하고 내 머리에 흰머리가 나고부터 나의 권위를 무참히 무너뜨린다. 손자를 지극정성으로 보살펴 주시던 할머니로 환생을 했나보다. 그렇게 틀에 박힌 권위로만 위계질서를 지켜야 하느냐고, 배고픈 사람이 먼저 먹고 어린이는 부드러운 것을 먹어야 한다고 하면서, 열린사회 평등사회에서는 없어져야 할 구시대적 유물이라고 타박이다. 그런 관습 때문에 호주제도가 폐지되는 것이라고, 신이야 넋이야 한다. 믿는 도끼에 발등을 찍힌다. 여자는 늙으면 가치관이 변하나보다.

　시골에서 젖소 목장을 하는 집을 자주 가본다. 젖소는 지능이 별로 높지 않은 미물의 짐승이다. 하지만 사오십 마리의 소들의 한 운동장 같은 축사에서 함께 살면서도 엄연한 위계질서가 있다. 소들의 행동을 보면 깜짝 놀라 감탄을 한다. 축사에 들어가고 나오는 것부터 물 먹는 것도 철저한 순서가 있다. 개나 닭도 매한가지다. 위계질서는 함께 하는 공동체 사회에서는 꼭 필요한 질서다. 나는 아직은 동태대가리를 먹는 것을 거부한다. 호주제도가 없어졌다 해도 나의 위치는 지킬 것이다.

반가움

　　낙엽이 지더니 어느새 겨울이다. 두꺼운 겨울옷들을 입고 다닌다. 갑자기 추워져 모자 달린 옷이 태반이다. 올해의 유행인가보다. 뒤로 달린 모자를 뒤집어쓰고 다니면 아는 사람 얼굴도 분간을 할 수가 없다. 눈만 내놓고 다니는 무슬림 중동사람들은 상대방을 어떻게 알아볼까 의문이다. 도심 정류장 인파 속에서 버스를 기다릴 때다. 누구 하나 알아볼 얼굴도 안면이 있어 인사할 사람도 없다. 아무 생각 없이 맥 놓고 있는 순간 무엇이 비실비실 다가옴을 느낀다. 모자를 눌러 쓴 사람이 가슴을 들이받고는 저만치 달아나 킥킥거린다. 모습을 살펴보니 미네르바다. 깜짝 놀란 반가움으로 서로가 민망한 웃음을 짓는다. 많은 사람들 속에서 반가운 얼굴을 만나 기쁜 마음을 얻는다.

　　우리는 반가웠다. 그도 반가움에 '안녕하세요.' 하는 인사보다 자기도 모르게 몸이 먼저 가더란다. 미네르바는 몇 해 전 글쓰기 문학반에서 한두 학기 같이 공부한 동료다. 나이가 젊어 푸르게 건강했으며 올 곧고 강직한 성품이었다. 유별나게 가깝고 절친한 사이는 아니었지만 비호감도 아니었다. 어느 땐가 야외수업 겸해서 지금은 개발이 되어 없어진 서해안 고속도로 송악 나들목에 있는 성구미 포구에 갔었을 때다. 저 건너편에 상록수 작가 심훈의 생가인 '필경제'가 있고 그 너머가 자기 고향이라고 하여, 당진 사람이라는 걸 알았다. 여고시절엔 글이 쓰고 싶었는데 지금은 안 써져서 아쉽다는 푸념을 들었다. 연애편지 대필 좀 해보았냐고 하니 그랬다고 까르르 숨넘어가는 모습이 기억으로 남아 반가움이 되살아나는 사람이다. 어디 가서 차라도 한잔하며 이야기 좀 하자고 소매를 잡아끈다. 부득이한 사정이 있어 지체하지 못하고 헤어졌다. 버스 안에서 반가움을 곱씹어 본다.

반가움이란 그립던 사람을 만나거나 좋은 일이 일어나서 마음이 즐겁고 기쁜 것이다. 세상에서 제일 반가운 것이 친정엄마를 만나는 거라고 했다. 육친의 관계다. 여자들이 감수성이 가장 예민할 때까지 자라난 친정을 뒤로하고 시집을 가서 낯선 사람들과 정붙이고 산다는 것은 감당하기 어려운 일이다. 집 나가면 남자도 마찬가지다. 가족의 그리움은 이루 말할 수 없는 것이다. 오죽하면 고향 까마귀만 봐도 반갑다 했겠나. 혈육의 관계는 동물들도 마찬가지다. 소를 기르면서 알았다. 송아지 젖을 떼려면 어미와 멀리 격리를 시켜야 한다. 떨어진 어미와 새끼는 며칠을 목이 쉬도록 부르짖다가 어떻게 새끼의 소리를 듣고는 허술한 외양간을 다 부수고 쫓아가는 것을 보았다. 이산가족 만남이 가장 처절한 반가움이다.

또 다른 반가움은 기다림을 만나는 것이다. 첫눈이 오는 거, 봄이 돌아와 꽃이 피는 거, 새봄에 나비를 처음 보는 거 모두가 바라고 기다림이 가져다주는 즐거운 반가움이다. 더욱 반가운 것은 끊어졌던 소식을 듣는 것이다. 편지 왕래로만 소식을 주고받던 시절에는 멀리 떨어진 가족의 안부가 너무나 궁금했다. 특히 군인 간 자식의 소식이 그랬다. 어쩌다 편지 한 통으로 소식이 오면 마을사람 모두가 반기는 반가움이었다. 어머니들은 가슴에 지니고 다니며 놓지 못하는 반가움이다. 나도 군대생활할 때 홀어머니 한 분뿐이라 편지를 자주 하는 편이었다. 그러나 오는 소식은 없었다. 겨우 글자만 터득하신 분이라 편지를 쓸 수가 없었다. 어른들에게 부탁하기가 어려워, 집안에 학교 다니는 계집아이를 붙잡아다 답장을 썼다. 아이는 싫증이 나 내용 없는 낙서로 편지를 보냈다. 지금도 가끔 만나 엉

터리 편지 보냈다고 책망하듯 놀리면 읽어주는 것은 잘 했다고 대거리를 해 웃고는 한다. 그리움은 안타까움을 낳고 만남은 마음에 꽃이 핀다.

환희의 반가움도 있다. 옛 영화에 단골로 등장하는 장면이다. 시험에 합격하여 합격자명단에 이름을 확인하는 기쁨만큼 더한 반가움이 없다. 전에는 고시나 대학은 물론이고 고등학교 입시에 합격자 발표를 보면 붓글씨로 이름을 크게 써서 벽에다 길게 붙이고는 했다. 큰 아이 대학입학할 때만 해도 전화로 합격을 확인하고도 눈으로 명증하려고 학교를 찾아갔었다. 컴퓨터용지에 깨알만 하게 게시된 명단을 보려고 서로를 밀치는 진풍경이 되고는 했다. 누구나 선택된 자기의 이름을 확인한 반가움은 일생동안 잊어지지 않는 반가움일 것이다. 이 세상을 다 얻은 것 같은 행복한 반가움이다.

반가움은 관계에서 오는 것이다. 정으로 맺어진 사람이어야 다시 만나도 반갑다. 아름다운 관계가 아니고 껄끄러운 관계의 사람이었다면 먼발치로 힐끗 보여도 돌아가는 것이 사람의 인지상정이다. 사랑으로 맺어진 관계여야만 그리움을 낳고 애절한 기다림이 반가움을 가져다준다. 노력을 안 하고 좋은 결과를 기다리는 것은 자기가 자기를 속이는 것이다. 노력하고 예비한 만큼 반가움은 따라온다. 그런 준비를 못하고 그런 관계를 맺지 못해서인지 요즈음은 도무지 반가운 소식이 없다. 반가움이 있어야 기쁘고 즐거우며 사는 맛이 난다. 겨울날은 하루하루가 쓸쓸하고 외롭다. 개밥그릇에 굴러다니는 도토리 신세다. 주위가 모두 허전하게 비어 있는 것 같다. 술은 왜 이리 고픈지. 아침햇살처럼 반짝이는 반가움이 그립다. 미네르바에게 반가웠다고 전화라도 해 주어야겠다.

구장 집 살구꽃

집 앞 공원에 살구꽃이 일순간에 터졌다. 어제 밤까지만 해도 붉은 꽃망울로 뭇 총각들을 아찔하게 혼절케 허더니, 오늘은 얼굴을 못 알아보게끔 화사하게 새침을 뜬다. 몇 날 몇 밤을 앙다물어 속 깊게 묻어두었던 붉은 속내를 드러내놓는다. 몽우리속의 꽃 마음을 다 보여주어 꽃빛이 계집아이 밝은 얼굴빛이다. 단발머리 새침데기 소녀가 나들이 갈 때 차려입으려고 아껴두었던 꽃빛 옷을 몰래 꺼내 입고 나왔다가, 엄마한테 야단맞고는 샐쭉하여 손가락을 입에 물고 있는 모양새다. 가까이 보면 엷고 발그스름한 살구꽃빛이 앳된 처녀의 수줍은 미소로 보여 보는 이의 마음을 홀린다. 암팡스러우면서도 정갈하고 얌전하다. 봄꽃 흐드러지게 피워 가슴에 남아있는 고향마을 꽃 대궐도 덩달아 눈에 어린다.

태어나서 자라난 고향은 초승달처럼 반 동글게 휘어진 동네였다. 봄이 되면 나뭇잎만 한 가난한 초가집 주위에도 꽃 계절이 돌아왔다. 수수깡 울타리 밑에서부터 꽃은 피기 시작했다. 노란 개나리 몇 가지 수줍게 웃고, 키 작고 수줍음 많은 하얀 앵두꽃은 우물가에 살짝 숨어서 피었다. 꽃 색 좋은 복숭아꽃은 장소도 가리지 않고 여기저기 지천으로 피어나 온 동네를 꽃동네로 만들고는 했다. 그 중에서 제일 으뜸가는 꽃이 살구꽃이었다. 살구꽃이 분홍빛으로 피어나면 파란 하늘도, 검은 흙바닥도, 그늘진 사람의 얼굴빛도 발갛게 물이 들어 꽃빛이 되고는 했다. 온통 연분홍 세상이 되면 무딘 남정네들도 마음이 울렁거렸다.

동네 한복판에 있는 구장 집 살구나무 연분홍 꽃빛이 제일 화려했다. 높고 깊은 산에도 그 산을 대표하는 어른나무가 있듯이 우리 동네 봄꽃들의 대표는 구장 집 살구꽃이었다. 지난날, 읍 면 동에 딸렸던 구의 장, 지금의 통장, 이장을 일제강점기 때부터 내려 온 관습으로 어릴 때 우리는 마을 대표를 구장이라 불렀다. 가지가 우람하고 풍성하게 벌어진 구장 집 살구나무는 동네 꽃나무들의 향도 역할을 했다. 감자 캐고 보리타작할 때쯤이면 노란 살구를 제일 많이 떨어뜨리어 우리들을 기웃거리게 하던 나무다.

살구꽃이 구름같이 피고 질 때는 봄바람이 하염없이 분다. 봄바람에 날린 꽃잎은 오지랖 넓은 사람같이 온 동네를 구석구석 참견하듯 살구꽃도 바쁘게 해대였다. 하늘을 덮는 살구꽃처럼 구장님도 부지런하고 믿음직스러웠다. 보통 사람보다는 조금은 더 너그럽고 올곧은 분으로 동네에 큰 어른이었다. 바람에 휘날리는 꽃 너울 같았다. 그 당시 구장 직은 지금처럼 경쟁하여 투표해서 뽑는 대표가 아니다. 그저 중론에 따라서 추천하고 수락하는 것이다. 임기가 있는 것도 보수가 대단한 것도 아니다. 나누는 것이 있을 때 일상에 조금 좋은 것으로 제일 먼저 인사하는 것이 대접이다. 물론 간혹은 못마땅해 하는 사람도 있지만 요즈음처럼 극렬하게 비판하고 반대하여 질타하지 않았다. 꽃들의 세상처럼 자연의 이치대로 해로움도 이로움도 없이 무해무득하게 마을 일에 의견을 내고 설득하여 모두가 함께 잘 살아가도록 이끌어 나갔다.

철없던 악동시절, 학교를 오가던 길에는 작은 마을을 거쳐서 지나다녔다. 살구꽃이 활짝 핀 봄볕 좋던 어느 날 학교를 마치고 돌아오던 길이었다. 또래들이 장난을 치다가 어느 집 허름한 헛간 속에서 알 품은 암탉을 보았다. 악동 몇 녀석들이 한동안 궁리를 하다가 한적한 틈을 타 몰래 달걀을 꺼내오다가 멀리서 바라보는 주인이 있다는 것을 몰라 붙잡히고 말았다. 당시 경제 사정으로 보아 용서

받지 못할 일이라 경찰지서로 끌려가고 말았다. 무서운 공포에 한동안 떨고 있을 때다. 구장님이 나타나 우리를 데리고 나오는 순간 그는 우리들을 구원하는 구세주였다. 동네로 돌아와 엄하게 꾸짖는 꽃피는 계절 봄이 돌아오면 어린 싹 돋아나듯 불쑥불쑥 구장님이 기억난다. 흐드러지게 피고 흐드러지게 지는 구장 집 살구꽃, 조금은 우뚝하지만 군림하지 않고 함께 어우러지는 살구나무였다. 잘못은 혹독하게 야단치고 훈계하면서도 용서는 바다같이 넓게 하는 구장님의 아량이 지금까지 가슴에 남아 있다. 곤경에 처했을 때 손 내밀어 잡아주고도 생색내지 않는 것이 어른의 처사다. 그런 지도자가 조금은 더 차지하고 대접 받는 것을 당연하게 생각하는 사회가 우리 모두가 바라는 사회다.

마지막 본 소 이야기

올 겨울은 눈도 많이 오고 유난히 추웠다. 엎친 데 덮친다고 구제역이 만연하여 세상인심도 춥다. 한참 자라나는 소와 돼지들이 생매장을 당하는 장면을 매일같이 뉴스로 보는 겨울이다. 도시를 조금만 벗어나도 지역마다 방역을 하기에 야단법석이다. 눈 속에서 추위와 싸워가며 주야로 방역하는 사람들의 고초가 이만저만이 아니다. 방역하는 곳에서는 차량들이 서행을 한다. 흐름이 지체되어 어떤 사람은 짜증스러워 한다. 소와 함께 반평생을 살아왔기 때문에 내 마음은 다르다. 소는 나의 반려자이었고 짝이었다. 소들의 고통이 내 영혼의 고통이다.

태어나 성장한 곳이 60여 호 넘는 농가가 반달 모양으로 마주보며 제법 번족하게 살던 농촌 마을이었다. 동네사람들도 삼백 명은 족히 넘어 들엘 가나 산엘 가나 어딜 가도 사람을 만났다. 한 집에 소 한 마리는 반드시 기르던 시절이라 소도 송아지가 딸리면 가구 수보다 많아 농사철이면 들판에 누런 소들이 다문다문 했다. 좁은 골짜기가 사람과 소들의 세상이었다. 내가 길러 탄생시킨 소만해도 몇 십 마리는 족히 될 것이다. 소는 농부와 한 집에서 같이 먹고 같이 자고 같이 일하는 한 식구인 동반자다.

소와 함께 살던 마을이 어느 때부턴가 게으름뱅이 곶감고지에 곶감 빼먹듯 한 집 두 집 사라지기 시작하더니, 지금은 스무 집도 못 되는 열아홉 집만이 남아있다. 그리 많던 소들도 어찌어찌 하더니 슬금슬금 봄눈 녹듯 없어졌다. 지금은 소도 없고, 어린아이도 없는 노인 몇 분만 사는 마을이 되었다. 사람은 줄었어도 농경지는 그대로다. 몇몇이서 기계로 농사일을 하기 때문에 소가 꼭 있어야 할 이유가 없어졌다. 지금은 소를 목축 농가에서 비육우로만 기른다. 농가에서 소를 기르지 않는 세상이 되었고 소를 가족같이 사랑하며 살던 세상은 전설이 되고 말았다.

고향마을 맨 꼭대기 집, 진산 어르신네만 유일하게 아직까지 소를 기르고 있다. 늙은 내외분이 소처럼 양순하고 욕심 없는 분들이다. 연만하여 농기계를 작동할 줄을 몰라 넓은 면적은 기계를 빌려 농사를 짓지만. 작물이 심어진 밭고랑 사이 같은 협소한 곳에는 당신이 익숙한 소가 필요하다며 고집스럽게 소를 기르고 있다. 간혹은 마을 사람들도 소규모로 소가 필요할 때는 자기 집 소처럼 몰고 나가 이용하고 소먹이로 부산물을 갖다 주고는 한다. 동네에서 사랑을 독차지하던 소다.

지난 가을에 진산 어르신의 집을 옆으로 지나다가 소를 보았다. 좋은 사료를 정성으로 먹여 키웠지만 한눈에 봐도 늙어 보이는 암소였다. 뿔은 노각이 되었고 특히 털이 윤기를 잃고 주름져서 노쇠함을 느꼈다. 주인 영감님이 밖에 나와 있어 소가 나이가 많은가 봐요, 했더니 나 죽으면 같이 죽을 거여 했다. 양지 바른 곳에 누워 지그시 눈을 감고 되새김질을 하는 것이 주인 영감님 내외분의 안녕과 평화를 기원하는 것처럼 보였다. 같이 가던 손자들에게 할아버지가 옛날 농사 지을 때 함께 하던 소라고 가르쳐주었다. 소를 처음 본다고 한다. 요즈음 아이들은 누렁이 소들이 집 밖으로 나오지를 않아 소를 볼 수가 없어 소를 모른다.

구제역이 만연하는 어느 날 우연찮게 지나는 길에 고향마을에 들렀다. 구제역 파동이 마을에도 밀려와 진산 어르신네 집으로 가는 길목인 동네 허리에다 인줄을 치고 외부인의 접근을 철저히 막고 있다. 일용품을 팔러 다니는 슈퍼 차마저도 왕래를 막고 일체 통행을 못하게 폐쇄를 시켜 내 발길도 막는다. 마을 사람들의 대단한 호응과 열의를 보고는 잘하고 있다고 안심을 했다. 부디 진산 어르신네 소만은 이 아우성 틈에서 꼭 살아남기를 기원하고 돌아왔다. 그 후 들리는 소식으로는 가축거래가 해지되자마자 우려와 걱정으로 더는 버티지 못 하고 처분을 하였다고 한다. 고향에 마지막 소가 없어졌다는 소식이 나의 과거가 없어진 것 같아 허전하고 쓸쓸하다. 아마 모르기는 해도 이제는 고향마을에 소 울음소리가 영영 없어 졌는지도 모른다. 너무 야속한 겨울이다.

온 나라 소들이 너무 많이 눈도 못 감은 채 꽁꽁 언 얼음 땅에 생매장이 되었다. 죄 없고 순박하고 천진한 소들이 천형을 받아 참혹하고 끔찍한 수난의 계절을 보냈다. 왜 자연은 이 땅에 재앙을 뿌릴까? 구제역은 아시아와 아프리카 일부에서만 발생한다고 한다. 가슴 터지게 유감스럽다. 우직한 소가 큰 눈을 껌벅이며 흘리는 눈물이 내 눈물이다. 소가 당하는 수난이 인간이 당하는 수난이다. 사람은 이 어려운 난관을 힘은 들지만 극복을 할 수 있을 것이다. 세상만사는 사람 마음에 따라 살길이 열리고 사람마음 따라 해결할 방법이 나온다. 일체 유심조 一切唯心造라 했지 않나? 하지만 소와 함께 살아온 사람들의 가슴으로 흐르는 안타까움은 어찌한단 말인가! 마지막으로 보았던 소가 눈에 아른거린다.

꽃과 함께 했다

가을 들길을 걷는다. 쑥부쟁이 들국화도 따라와 동행을 한다. 자주 꽃, 하얀 꽃들이 번갈아가며 손을 흔들어 준다. 수줍게 환영을 하는 느낌이다. 잔작한 몸으로 가냘프게 웃는 웃음이 왠지 애처롭다 못해 애잔하기도 하다. 계절을 마무리를 하는 꽃들이다. 꽃의 운명도 제각각, 예쁜 화단에서 사랑 받고 피는 꽃이 있는가 하면 비바람 부는 들판에 피는 꽃도 있다. 들국화는 이름 그대로 들꽃이다. 하찮게 보아오다가 반겨보니 또 다른 모습이다. 가까이 다가가 들국화 한 송이를 꺾어 들고 말을 걸어 본다. 짙은 들꽃 향기가 코끝을 찡하게 찌른다. 덧없이 피고 지는 들꽃들도 이 계절을 놓치지 않으려고 안간힘을 쓴다. 꽃들도 계절이 아쉬운가보다. 꽃들의 계절이 나의 계절이다. 꽃들이 살아온 계절 이야기를 더듬어 본다.

먼저 민들레 이야기다. 민들레 꽃씨는 하늘 높이 날아올라 세상구경을 실컷 하다가 체념한 모습으로 내려앉는다. 꽃씨는 넓고 기름진 곳을 다 버려두고 돌 틈 사이를 찾았고, 누구도 피해가는 개똥 위에도 마다않고 자리를 잡은 민들레 꽃씨. 빛 없는 땅 속에서 먼지 같은 몸으로 겨울을 버티어 냈다. 낮은 곳에서 싹을 틔워, 바닥에 붙어서 피는 꽃. 발길에 채이고, 뭇 발자국에 밟히는 꽃. 허리 굽혀야 비로소 볼 수 있는 꽃이다. 탄생의 축복도 성장에 박수도 못 받았다. 하지만 민들레꽃이 피어야 봄은 왔다. 민들레의 시작은 그렇게 작았지만 화창한 봄을 가져다주는 꽃이다. 개나리 진달래도 불러 오고, 산과 들을 하얗게 물들이는 벚꽃을 피우게 한 꽃이다.

여린 봄꽃들은 계절을 여름에게 넘겨준다. 너무 짧아 아쉬운 봄을 남긴다. 푸른 오월은 장미의 계절이 시작이다. 꽃 중에 꽃은 단연 장미다. 장미꽃이 필 때 나도 정념으로 삶의 활력을 얻는다. 한잎 두잎 꽃잎을 여는 꽃봉오리는 열여덟 살 소녀의 얼굴이다. 봉오리를 감싸고 있는 녹색의 꽃받침이 싱그러워 눈이 시리다. 차츰차츰 꽃잎들이 피어나는 짜릿한 순간으로 여름이 짙어진다. 조그맣던 꽃봉오리가 활짝 피면 절정. 코끝에 가져다 대면 향기 또한 유혹이다. 온몸에 퍼지는 느낌, 그 황홀함을 누군가에게 전해주고 "당신도 장미꽃처럼 아름답습니다." 했다면. 아쉬움이 없는 장미의 계절이었을 텐데. 그러지를 못해 나의 장미의 계절도 아쉽게 끝이 났다.

무르익는 여름, 백 가지 꽃이 핀다. 어디에도 꽃이 지천이다. 산비탈엔 흰 망초꽃이 피고 개울둑에는 찔레꽃이 만발한다. 말을 타면 경마 잡히고 싶다고 꽃 세상에서 나는 꽃 욕심을 내는 푼수를 떨었다. 깨끗하고 청순한 순백의 백합은 어디에 피었을까? 멋쟁이 칸나를 찾으려고 목을 길게 빼고 두리번거리기도 했고 해바라기를 감고 오르는 나팔꽃을 부러워했다. 나의 뜰에는 피지도 않는 양귀비꽃도 찾아다니는 어리석은 짓도 했다. 초가지붕 처마 끝에 숨어서 피는 맨드라미 채송화가 나에게 어울리고 함께 할 꽃이라는 것을 알고 나서야 철이 들어 여름을 보내주었다.

억새꽃이 가을을 흔드는 계절이다. 국화꽃도 핀다. 가을을 상징하고 대표하는 꽃이 국화다. 품종이 그지없이 많아 꽃의 빛이나 모양이 각양각색이다. 국화향기는 외로워서 서성이는 가을 남자를 지난 날로 빠지게 한다. 국화는 군자를 의미하고 표상하는 꽃이라고 하는데 나는 그렇게 느껴지지가 않는다. 소인배인가 보다. 어느 시인이 국화를 보고 누님 같다고 했듯이 나의 심정도 그렇다. 어느 꽃의 미소가 저리 수더분하고 탐스러울 수가 있을까? 시골스럽고 어수룩한 우리 누님이다. 국화 앞에 서면 자비롭고 진중한 누님의 젊은 날 순박한 얼굴로 보여 어리광을 부리고 싶다. 부드러움이 넘쳐 나의 잘못을 탓하고 꾸짖지 않는 누님이다. 시들지 말아야 할 누님의 꽃과 이 가을을 함께 한다.

　찬바람이 불면 서리가 내리고 얼음이 언다. 겨울 유리창엔 하얗게 서리꽃이 핀다. 겨울 꽃이다. 얼음 꽃은 형형할 수없는 꽃의 모양이다. 톱니바퀴처럼 돌아가는 계절, 그 계절은 그 계절의 꽃이 있다. 겨울이라고 어찌 꽃이 없겠는가? 겨울을 함께 하는 꽃이 서리꽃 얼음꽃이다. 향기 없는 꽃일망정 날카로운 꽃잎으로 나를 움츠러들지 못하게 찌른다. 차갑게 날을 세우는 꽃이다. 장미나무엔 가시가 있지만 사람들은 그 나무를 가시나무라 부르지 않고 장미나무라 부르는 것은 아름다운 장미꽃이 피기 때문이다. 얼음꽃빛은 붉지는 않지만 기기묘묘한 모양세로 사람의 마음을 곧추세우는 꽃이다. 차고 매서운 서리꽃은 반성하게 채근하고 다그치는 꽃이다.

　흘낏 보이는 엽지기 머리 위에도 하얗게 서리꽃이 피었다. 흰머리 빛이 보기가 거북하다. 향기마저 잃은 꽃이다. 누가 시들게 한 꽃일까? 설마, 내가, 아니겠지. 목이 마른가 보다. 비바람에 젖어 이리 휩쓸리고 저리 쓸리는 꽃, 보는 마음이 짠하다. 하지만 품고 있는 소망만은 보름달처럼 둥글다. 평생을 함께한 꽃이 저렇게 서리꽃이 되었다니. 무릎이 탁 쳐진다. 유리창에 핀 서리꽃을 호호 불어 녹여주듯 따뜻하게 보듬어 주어야 할 꽃이다. 푸르지 않다고 외면하고 타박할 꽃이 아니다. 꽃은 열매를 맺기 위해 핀다. 열매를 맺었으면 꽃은 제 할 도리를 다한 것이다. 위로 받을 꽃이다. 그 꽃과 함께해서 나의 한 세상도 흔들리지 않았다.

네잎클로버

개울 옆 풀밭에 클로버가 멍석만큼 퍼졌다. 연한 토끼풀이다. 아침이슬을 함박 받아 풀잎이 반드레하고 푸르다. 풀잎은 모두가 파랗지만 클로버 잎 빛은 검은 빛을 띤 유록(黝綠)색으로 더 짙푸르러 사람의 눈을 사로잡는다. 흰옷을 입고 지나가면 금방이라도 초록물이 묻어날 것 같다. 억수같이 쏟아지던 비를 여러 날 맞아도 변하지 않는 풀빛이다. 하얀 나비 한 마리 날아와 하얀 꽃 위에 나풀대면 평화다. 산들바람이 살짝 흔드는 풀밭, 평화롭고 행복하게 살고 싶은 이상향도 저런 빛 저런 세상일 것이다.

여름 풀밭에는 어딜 가든지 토끼풀이 자란다. 클로버는 여느 풀들처럼 한 포기 한 포기 외롭게 떨어져 살지 않는다. 떨기를 이루어 다른 풀들을 모두 내쫓고 작은 군락 하나를 만들어 산다. 쫓겨나는 풀들은 아무 대항도 못하고 자리를 내어 준다. 클로버에는 점령군 같은 악랄한 특성도 있다. 아주 옛날 선조들이 좁은 골짜기 하나를 차지하면 후손들이 옹기종기 마당을 맞대고 집을 짓고 사는 우리네 삶을 닮았다. 인간들은 자자손손 집을 이어 지어 작은 마을을 만들고 클로버는 풀밭에다 호랑이 무늬를 만든다.

클로버는 꽃도 특이하다. 보통 식물은 꽃을 가지나 잎 속에 피워내어 감추어지기도 한다. 클로버는 잎보다 한층 위에다 꽃을 피워 올린다. 오로지 목표가 우선이고 자기의 지향점이 뚜렷한 의지의 표현이다. 모든 꽃들은 온힘을 다해 마지막까지 꽃잎을 펼치고 처절하게 꽃잎을 떨어드리지만, 순백의 클로버 꽃은 끝까지 꽃송이로 남아 있지 떨어지지 않는다. 끝끝내 입술을 앙다무는 꽃잎이 진정 여성스러워 꽃답다.

어릴 적 잔디밭에서 네잎클로버를 찾으려고 두 눈이 붉어지도록 초록의 풀밭을 훑어보았던 기억은 아마 누구에게나 있는 추억일 것이다. 나 역시 토끼풀밭에 서거나 앉으면 네잎클로버를 찾는 것이 습관이 되었다. 오래된 버릇이라 지금도 찾는다. 요행으로 행운을 잡고 싶은 얄팍한 내 속마음을 버리지 못하고 속 보이는 심정으로 네잎클로버를 아직도 찾고 있다.

일요일 모처럼만에 손녀가 다니러 왔다. 유치원 다니던 모습은 없어지고 이젠 제법 소녀티가 난다. 집 근처에는 산책로가 잘 정비된 하천이 있다. 저녁나절 냇가에 아이와 함께 나왔다. 요즈음 도시하천은 정비가 잘되어 옛날 구정물 내려가던 개울이 아니다. 올해는 비도 많이 와서 더욱 맑은 물이 흐른다. 산책하는 보행로에는 주인 따라 나온 강아지도 쫄랑대고 비둘기들도 구구댄다. 습기도 많고 토양도 기름진 곳이라서 탐스러운 클로버가 흐드러지게 자랐다. 향기 좋은 하얀 꽃으로 꽃반지도 만들고 꽃목걸이도 만들어 목에 감아주었다. 나비처럼 팔랑대며 좋아한다.

몇 아이들이 네잎클로버를 찾는 것을 보고는 손녀도 찾겠다고 한다. 아이들도 나폴레옹이 네잎클로버를 찾으려고 몸을 숙이는 바람에 총알을 피했다는 이야기도 알고 있다. 네잎클로버를 찾으면 아이들도 행운이 올 거라고 믿는다. 한동안 손녀도 찾고 나도 찾아 몇 개를 찾았다. 무척 좋아한다. 초록 풀잎 같은 기분으로 웃는 얼굴이 짝 바라진다. 책갈피에 끼워 오래 지니고 있겠다는 정서는 옛사람들과 똑 같다.

깨금발을 뛰고 어깨를 흔들며 집으로 돌아올 때. 또래 아이를 데리고 산책 나온 어느 아주머니 한 분이 손녀 손에 들린 클로버를 보고는 깜짝 놀라며 "네잎클로버를 찾았구나!" 자기 일처럼 기뻐한다. 다정한 칭찬에 아이도 기분이 좋은가 보다. "네" 하고는 "이거 하나 드릴까요." 하고는 푸른 잎 하나를 나누어준다. "아이고 고마워라." 소녀처럼 좋아하며 행운을 빈다며 발걸음이 가벼워진다.

꽃반지 낀 손으로 네잎클로버를 곱게 간직하고 돌아왔다. 지각없는 아이도 행운을 잡고 싶은가 보다. 살다보면 우리에게는 어쩌다 행운이 다가올 때가 있다. 느릿한 일상 속에 어딘가에 숨어 있다가 어느 날 느닷없이 다가와 손끝에 닿는 것이 행운이다. 행운은 아주 특별한 감동을 맛보게 한다. 생각지도 않았는데 우연히 다가와 일상에 양념 같은 활력소가 되고는 한다.

행운은 일상의 생활 속에서 끊임없이 쌓이고 쌓인 퇴적층을 일순에 말끔히 청소해주는 청량제이기도 하다. 행운은 자기가 희망하고 갈망하며 한없이 쫓아가도 찾아지지 않는 것이다. 행운을 기다리는 것은 로또복권에 당첨되고 제비뽑기를 하여 경품을 타는 기쁨을 욕심내는 마음의 찌꺼기다. 복권 번호가 맞으면 가슴이 뿌듯하겠지만. 행운의 네잎 클로버를 찾으면 마음이 따뜻한 어린이가 되는 맑은 기쁨이다.

행운은 누구에게나 한 번은 반드시 온다고 한다. 왔을 때 잡는 순간의 재치가 필요하다. 지금 와도 좋고 조금 있다가 다음에 와도 좋은 것이 행운이다. 조바심할 이유가 없다. 성급하여 네잎클로버를 찾으려고 클로버 무더기를 무참히 짓밟고 세 갈래 이파리 클로버를 뽑아버리는 잘못은 하지 말아야 한다. 네잎클로버도 좋지만 세 이파리 클로버가 더 여일하게 우리의 일상을 지켜주는 행운이기 때문이다.

단짝

"어! 이게 누구야? 종삼이 아냐." 우연찮게 재래시장 골목을 지나다 언뜻 보이는 모습으로 긴가민가하게 찾아낸 얼굴이다. 기억하기 어려울 만큼 세월이 흘렀다. 서로가 반갑기보다 쭈뼛거려진다. 이마는 메뚜기처럼 뒤로 넘어 갔고 퀭한 눈빛이며 빛바랜 옷차림에 멀리서 봐도 등이 굽어 눈 설게 보인다. 기운찬 기색이라고는 눈곱만큼도 보이지 않고 체념한 사람같이 인파에 밀려 땅만 보고 걷고 있었다. 이십대 초반 소싯적에 나와 아삼륙이던 짝꿍을 생각지도 않게 만났다.

그는 내가 철없을 때 어느 정치인을 만나 멋모르고 따라 다니다가 만난 친구다. 나이도 엇비슷하여 선거 때 소위 캠프라고 하는 여관에서 먹고 자고를 함께 하던 도반이다. 옛날이나 지금이나 선거판이라는 것이 심야회의 같은 제법 결연한 요식행위도 있지만. 정탐과 계략 권모술수가 한데 뒤섞여 어지럽게 춤을 추는 판이다. 선거를 치르는 동안은 부글부글 끓는 가마솥 분위기라서 그들과 함께하면 묘하게 짝패가 자연스럽게 만들어진다.

그 와중에도 종삼이는 항상 느긋하여 재치와 유머가 남달라 주위에 긴장을 풀어주는 능력이 있는 천부적인 재담꾼이었다. 짓궂은 나와 제법 똥창이 맞아 '오성과 한음' 소리를 들어가며 돌아다니던 단짝패였다. 정치적 과도기 때 선거판 패거리들은 말로만 떡을 하는 사람들이 모이는 떼거리들이다. 되지도 않는 허무맹랑한 일에 매달려 스스로 흥분하는 사람이 대부분이다. 창조하는 비전보다는 험담으로 세상을 비판하길 즐긴다. 때문에 자기의 현실이 희망이 없어 비참하고 한심하기 짝이 없는 따분한 적자인생이 모여드는 곳이다. 죽을병이 들면 무당 불러 굿을 하는 격으로 막판에 지푸라기라도 잡아보려고 쫓아다니는 신세들이다. 그 속에서 만나 짝꿍이 되었다.

장가들고 나서부터 야망이 있으면 모를까. 개가죽을 벗겨먹어도 남의 들러리 서는 일은 하지 말라는 주위의 권유로 그 바닥을 벗어났다. 시골정치도 마약 같아 그 이후에도 몇 번은 더 기웃거렸지만 그때처럼 열성당원은 아니었다. 종삼이는 다른 주군을 찾아가므로 인연이 끊어졌다. 그 후 간혹은 본 적이 있지만 오랫동안 연락도 없고 만나지 못해 잊히던 사이다. 평생을 그 바닥에서 지냈다고 한다. 요즈음은 나이 먹어 사냥 끝난 사냥개가 되어 연고가 조금 있는 어느 시골농장에서 지내고 있다고 한다. 지나간 과거에는 저마다 부끄러움이 있다. 내가 그런 짓거리를 하고 다녔다는 사실을 지금은 아는 사람이 별로 없다. 감추어두었던 편린이 들추어지는 기분이라 찜찜하지만 옛 짝꿍의 정이 그리워 골목 선술집에서 크게 취한다.

짝꿍은 대개 감성이 여린 청소년기나 젊은 시절에 많이 만들어진다. 생각이 같다고 하지만 그보다는 첫 느낌이 좋으면 달라붙게 마련이다. 여학생들이 단짝이 되면 화장실에 갈 때나 물을 먹으러 갈 때도 창자를 맞이은 것처럼 따라다닌다. 그와 나도 그랬다. 잠시도 떨어지지 못하고 그렇게 붙어 다녔다. 한 동안은 계집애같이 간사스레 간사를 떨어 간사 병에 걸린 병자처럼 둘이서만 놀아 주위의 눈총을 받았다. 단짝으로 의기투합하여 무엇을 얻으려 했는지 지금에 와서 생각해보면 한심하기 짝이 없다.

살아오면서 손꼽히는 짝꿍이 몇 있다. 청소년 시절 고향에서 부터 지루한 군대생활을 하는 동안에도 서로가 의지하려고 짝꿍을 만들었다. 변치 않고 영원이 함께할 줄 알았다. 짝꿍도 저마다 가야 할 인생길은 다르다. 각자의 삶의 영역을 찾아 헤어지는 것이 인생살이다. 죽고 못 살도록 절친한 사이라도 결국은 물방울 떨어져 산산조각나듯 풍비박산이 되고 만다. 그런 줄도 모르고 각박한 사회생활을 하면서도 나보다 조금 커 보이고, 훌륭하게 보이는 사람이 있으면 단짝이 되고 싶어 한다. 뺑을 쳐가면서도 친절하게 지내려고 바짝바짝 다가갔다. 참 허망하고 비굴한 꿈을 꾸었던 것이다.

친구 하나가 천군만마라 하지만 영원하기가 참 어렵다. 단짝을 만들어 마음을 나누며 사는 것이 덧없는 짓이라는 것을 머리가 희끗해지면서부터 알게 되었다. 다정도 병이라고 짝패를 이루면 득도 되지만 손해도 따른다. 둘이 똘똘 뭉쳐 하나 같이 단짝이 되면 조직이나 무리는 시기하는 눈빛으로 본다. 조직과 한 덩어리로 어우러지지 못하면 정보를 얻지 못해 자연히 따돌림이 되고 낙오가 된다. 폐쇄가 되어 얻는 것보다 잃는 것이 더 많아진다. 단짝도 영원하지 않다는 것이 진리다. 언젠가는 찢어지고 갈라지고 나면 미움이 생겨 가슴앓이를 한다. 몇몇 짝패를 놓치고 나서야 철들자 망령이라고 뒤늦게 우정이란 것이 이런 거로구나 터득을 하게 된다.

사람 사는 것이 사람과의 관계요 사귐이다. 편협하게 누구를 미워하는 것이나, 이 사람은 내 편이라고 감싸 안고 곱게 보는 것도 죄 짓는 일이다. 쓰는 사람이라고 손을 잡고 못 쓰는 사람이라 등을 돌리는 것은 인간처세로 바람직한 일이 아니다. 자기의 안목으로 사람을 저울질하는 것은 실수가 있게 마련이고 우를 범하는 짓이다. '애도 좋다 어른도 좋다' 하고 둥글게 사는 것이 젤로 편하다. 짝꿍 없이 살아보니 세발 장대를 휘둘러도 걸리는 것이 없어 좋다. 원만한 대인관계란 어느 한쪽으로 치우치지 않고, 어느 누구도 차별 없이 친절한 마음으로 대하는 것이다. 고로 단짝은 애착이다. 애착은 만들지도 말아야 하고 있으면 잡초 뽑듯 끊어버려야 한다. 종삼이도 그렇게 지나간 한 시절의 점 하나일뿐이다.

나팔꽃 부부젤라 ● 곽영호 수필

다시 사는 나무

새 달력을 얻어 옆구리에 끼고 왔다. 다가올 한 해는 비닐에 쌓여 아직은 얼굴을 감추고 있다. 세월은 가는 것일까, 지금처럼 배급 타듯 받아오는 것일까? 살림 하나를 새로 장만하듯 새해를 얻어 들고 들어온 기분이다. 한 해를 버리고 또 한 해를 다시 살아야 한다. 요즈음은 새마을금고 같은 금융기관이 아니고는 달력 구하기도 쉽지 않다. 수영복 입은 늘씬한 모델사진이 있는 대문짝만한 맥주회사 달력을 얻어다 좁은 나무마루에 걸어 놓으면 가는 세월이 환했다. 아파트 뒷마당에 있는 느티나무도 옷을 홀딱 벗고 알몸으로 서있다. 나무도 한 해를 내려놓고 다시 사는 꿈을 꾼다.

참 씩씩하고 화려했던 나무가 계절의 버림을 받아 앙상한 줄기만 남았다. 드나들 때마다 잘못된 마음을 고쳐주고 부족할 때는 용기를 주던 나무였다. 가까이 다가가 발가벗은 나무를 살펴본다. 나무의 속내가 보인다. 늠름하게만 보이던 아름드리 나무기둥은 삐딱하게 기울어졌고 부러지고 꺾인 가지도 있다. 밑동 속이 썩어 검은 부분도 있고, 옆 가지가 고약하게 비집고 들어와 상처 깊게 피 흘리며 싸우는 가지도 있다. 떵떵거리며 일 년을 떨치고 드날리던 나무도 힘겹고 버거운 어려움이 있었나보다. 창피한 것은 푸른 잎으로 가리고 아픈 것은 옹이 마디로 감추며 살았다.

나무는 두껍게 껴입었던 옷을 홀홀 벗어던진 알몸이다. 한숨 한 번 푹 쉬고는 이 꼴 저 꼴 안 보고 겨울잠을 자려는 것이다. 깊이 잠들었다가 새봄이 찾아오면 다시 살아나 환생 할 차비를 한다. 잘 살았건 못 살았건 지난 일 년을 후회도 미련도 없이 툭툭 털어 버릴 수 있다는 것은 나무만이 가진 행복이다 과거를 거울 삼아 제2의 삶을 다시 살아보면 실수도 어리석음도 없을 것이다. 나무처럼 잘 못 살아온 것은 고치고 모자란 것은 보충하여 새롭게 다시 사는 기회가 나에게도 주어진다면 새로워질까. 나무는 알몸으로 겨울잠을 자면서 무엇을 반성하고 무엇을 다짐 할까?

온종일 겨울 김장을 하고 늦도록 뒷설거지를 마치고 힘겹게 들어 온 아내는 "아이고 죽겠다, 아이고, 아이고" 하며 아스러지며 짚불 꺼지듯 쓰러진다. 피곤한 몸에서는 양념 냄새가 진동을 한다. 오직 한 마음으로 다른 생각 없이 일구월심으로 살림에 전념하는 향내다. 지켜보다가 말 한 마디 툭 던져본다. "여보, 우리 이다음에 다른 세상에 가서도 다시 만나 다시 한번 살아봅시다."했다. 잠시 주춤 대다가는 그러자고 흔쾌히 대답을 한다. 서로에게 길들어 사는 사이라 별수 없지 싶다가 의심스러워서 고개 돌려 얼굴을 쳐다보니 조건이 있단다.

저 세상에서 다시 만날 때는 당신이 내가 되고 내가 당신이 되어 바꾸어서 살아보잔다. 생각 할 겨를도 없이 내 입에서 튀어나온 말이 "나는 살림은 못 해" 했다. 그러니까 그렇게 살아 보자는 것이라고 한다. 자기도 대책 없고 마련 없는 삶을 살아보고 싶다며 눈을 하얗게 뜬다. 한참을 생각해 본다. 그렇게 바꾸어 다시 만나 두 번째로 살아보는 그림을 그려본다. 그렇게 살아봐도 행복이 보장되기는 커녕 오히려 지금만도 못할 것 같은 느낌이 든다. 나의 능력이 보인다. 다시 만나자고 할 것인가, 만나지 말자고 할 것인가. 고민이 밤을 붙잡는다.

아내의 입꼬리에는 또 다시 만나기는커녕 지금 만난 것도 후회스럽고 아니꼽다는 숨은 표정이 보인다. 나무같이 환생하여 두 번 다시 산다면 호강하고 싶을 것이다. 칠칠 흐르는 밍크코트 옷으로 곱게 치장하여 귀부인이 되고 싶은 욕심이 어찌 없겠나? 능력도 없으면서 다시 만나자고 성화 바칠 일이 아니다. 하지만 살아가면서 물과 공기의 고마움을 모르듯 아내는 내가 준 하해와 같은 완전자유의 맛을 모른다. 어느 누구도 주지 못하는 자유의 맛을 놓치지 않으려면 다시 만나야 할 것이다.

나무는 다시 태어나려는 푸른 꿈이 가지 끝마다 탱탱하게 몽우리져 있다. 잘 훈련되어 의기충천한 병사들이 돌격 명령만 기다리는 형국이다. 저 몽우리들의 힘은 제아무리 눈보라가 심하게 치고 영하 수십 도의 맹추위가 위세를 떨쳐도 끄떡 하지 않는 무서운 기다림이다. 오달지고 당찬 기운으로 보다 나은 봄을 꿈꾸고 있다. 살아 온 지난날들보다 더 크고 화려하게 잎과 꽃을 피어낼 꿈을 나무는 꾼다. 돌아오는 봄에는 보다 푸르고 왕성한 나뭇잎으로 하늘을 가리는 그늘을 나에게 보여 줄 것이다.

물 한 동이 확 쏟아 버리듯 수많은 잎사귀들을 단숨에 비워버리고 다시 태어나 새롭게 살아갈 나무가 부럽기도 하다. 하지만 나에겐 그럴 필요도 방법도 없다. 허망한 꿈이다. 아내는 고단한 숨소리로 금방 잠이 들어 하루를 내려놓았다. 감당 못하는 피로감으로 나무처럼 새파란 꿈도 못 꾸고 깊은 잠에 빠진다. 꿈을 꾼다 해도 꽃눈 없는 헛꿈일 것이다. 제발 이 세상 내팽개치고 도망가는 꿈이나 꾸지 말았으면 한다.

나무는 올려다봐야 높은지 낮은지를 알고 인생은 살아봐야 행복인지 불행인지를 안다. 인간의 삶은 능력대로 경쟁하며 사는 것이다. 지금 내가 이십대로 돌아간들 나에게 무슨 능력이 있겠나? 머리가 총명해서 여봐란듯이 박사가 되어 모든 사람들을 이롭게 할 수가 있나? 알량한 경험으로는 급변하는 세상을 따라

갈 수도 없다. 별수 없이 이대로 한 번만 살자. 두 번 다시 살아 봤자 뾰족한 수가 없다. 이 한 세상이나 정겹게 살자.

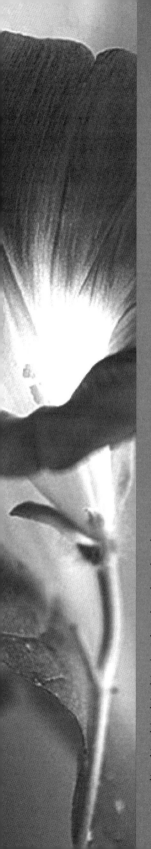

04.
지지고 볶다

낡은 비닐 바람에 찢기다

간밤에 비바람이 드세게 불었다. 아침 얼굴들이 모두가 머리끄덩이를 잡고 한바탕 드잡이를 하고 난 꼴들이다. 연약한 풀들은 제 몸 하나 지탱을 못하고 쓰러졌다. 밤새도록 어두움을 두드리고 나뭇잎 떨어지는 소리가 무수했다. 바람의 매를 무참히 맞은 유리창도 얼얼한지 눈동자가 말똥말똥하다. 어둠 속에서 네 편 내 편 분간도 못하고 대판거리로 싸움질을 했나보다. 밖으로 보이는 전깃줄엔 비닐조각이 길게 감겨 몸부림을 친다. 발기발기 찢겨지는 측은한 모습이다. 거친 세파는 세상살이를 찢어 놓는다.

몇 년째 혈압 약을 먹고 있다. 약이 떨어졌다. 꼬치에 곶감 빼먹듯 헤프다. 사람이 변변하면 미리 준비를 하련만 약을 다 먹고 빈병을 보고야 마지막을 안다. 혈압뿐만 아니라 병원 가는 것이 일상이다. 찢어져 너풀대는 낡은 비닐 같은 몸이다. 집 앞 길은 옛 모습이 고스란히 남아 있는 낡은 거리다. 보잘것은 없어도 은행도 있고 병원도 과목마다 줄줄이 있다. 눈물이 마르는 안구 건조증 때문에 찾는 안과, 피부질환 때문에 가는 피부과, 치과도 종종 자주 간다. 의사는 나의 병을 알고 나는 의사들의 행동반경을 안다. 조촐한 백반 집에 동네 의사들이 모두 모여 점심을 함께 먹고 정확하게 2시에 헤어진다. 나는 4시쯤에 가서 여유롭게 진료를 받는다.

떨어진 혈압 약을 받으러 오늘은 내과에 왔다. 집 베란다에서 보이던 비닐이 길 양옆 전봇대를 버팀 하는 전깃줄에 친친 감겨 병원 2층 유리창을 때린다. 애처롭게 사정하고 빌고 또 비는 모습 같다. 젊은 의사선생에게는 일찍이 나의 주치의가 되어 달라고 종이 없는 임명장을 수여한 바가 있다. 간호하고 조무하는 분들도 자주 만나 스스럼이 없이 농담을 하고 지내는 사이다. 통상 혈압을 재고 이상이 없다면 내가 세상 돌아가는 이야기로 말문을 열면 잠깐의 시간을 함께 하였는데 오늘은 내 말을 자르고 어렵게 말을 한다. 의뢰서를 써 줄 테니 대학병원에 가서 대장검사를 받아보라고 한다.

나는 대학병원엘 가면 바보가 된다. 병원 치癡다. 어떻게 접수를 하고 어디로 가 진료를 받는지 조차도 모른다. 꼬불꼬불한 복도는 왜 그리 많은지. 비 호감뿐만 아니라 자신이 없어 거부를 하였다. 딱하게 보였던지 그러면 건너편에 선배가 하는 원院자 들어가는 병원에서 하라고 간곡하게 권한다. 곁눈으로 눈치를 보니 무슨 조짐의 증상을 보고 하는 말일지 싶다. 이상한 예감마저 들어 불안하다. 거절을 못하고 그렇게 하겠다고 병원을 나왔다. 찢겨진 비닐은 온 종일 몸을 흔든다. 무엇 하나 위로받지 못하는 처절한 몸짓으로 해 세월을 하고 있다.

가르쳐 준대로 병원을 찾았다. 의사는 진맥도 안하고 주의사항이 인쇄된 종이를 앞에 놓고는 설명을 한다. 검사를 해 봐야 알기 때문에 약을 줄 테니 정확한 시간에 먹고 절대 금식이라고, 물만 많이 마셔 위와 대장을 깨끗이 청소를 하고 내일 오라고 한다. 혹시 모르니 보호자를 동반하라고 한다. 찜찜한 기분으로 돌아오다가 집 앞에서 나부끼는 비닐을 올려다본다. 비닐은 밤새 빗물로 세수를 했어도 찌든 때가 씻겨지지 않았다. 나의 속 때는 씻겨질까? 걱정이 된다. 보호자를 동반하라고 했다. 숙제 못한 아이처럼 입이 떨어지지 않아 쭈뼛쭈뼛하다 겨우 입을 열었다.

다음 날 지시사항을 철저히 지키고 병원에 갔다. 간호사가 "재워 드릴 것예요"

하는 소리까지만 기억한다. 정신을 차린 곳이 회복실이다. 용종이 있어 떼어냈고 보호자가 화면을 통해 확인을 하였다고 한다. 입원을 하라고 한다. 코앞이 집이라 집에 가겠다고 해도 막무가내다. 주사도 맞아야 하고 용종을 질병관리 하는 기관에 검사를 받아야 하므로 이틀간 입원을 하라고 한다. 여섯 명이 쓰는 병실이 없어 2인실에 갖다 놓는다. 비용이 비싸 마다해도 방법이 없단다. 전깃줄에 걸려 찢어진 비닐이 내 꼬락서니와 실루엣이 되어 겹쳐 보인다. 상념에 잠긴다. 내가 찢겨진 것인가. 씻겨져서 새로워진 걸까? 헷갈린다.

토시 짝만 한 주사액을 두 개나 달고 주사를 맞는다. 영양공급이 되므로 물 한 모금도 삼키지 말란다. 하루를 굶었는데 또 이틀을 굶으라고 한다. 먹는 즐거움을 새삼 느낀다. 보호자 보고 집에 가라고 재촉을 한다. 보이지 않아 집에 간 줄로 알았는데 한참 만에 들어와 옆 빈 침상에 눕고는 자기도 단식을 해보겠단다. 새로 환자가 들어올 때까지는 양해를 받았다며 떡 본 김에 제사를 지내겠단다. 단식이 건강에 좋다면서. 병실 관리하는 아줌마가 들어와 보고는 깔깔 웃는다. 나이롱환자 소리는 들어 봤어도 나이롱 보호자는 처음 봤단다. 보호자가 가야 밖에 나가 예쁜 짓도 하겠는데 성가시다. 전깃줄에 비닐은 감긴 것일까 얽매인 것일까?

두 가지 신문의 깨알 같은 기사를 다 봐도 해는 중천이다. 애꿎게 TV 채널만 돌린다. 아침저녁 회진 때 의사는 빙긋이 웃으며 단식 환자 혈압도 재어준다. 단식도 가끔 하면 건강에 도움이 된다고. 오던 날 점심부터 다섯 끼를 굶고 나니 완전 환자다. 환자가 보호자를 간호한다. 여덟 끼를 굶고 나서야 회복하는 방법도 가르쳐주고 회복 식을 얻어먹는다. 내가 먹을 죽을 나누어 준 것인데 내 덕인 줄도 모르고 의사한테만 고맙고 감사하다고 열 번 절을 한다. 그도 나를 찢어 놓는 사람이다. 기운 잃고 관절 아픈 다리로 절룩거리는 그는 내가 찢었다고 한다. 서로가 서로를 찢었다고 원망을 한다.

집으로 돌아와 다시 비닐을 내려다본다. 비닐은 매듭만 남고 다 찢기어 없어졌다. 비닐도 처음 만들어졌을 때는 얼마나 투명하고 깨끗했나. 얇은 몸으로 바람도 막고, 비도 막아내던 몸이 저 지경이 되어 결국은 비바람 앞에 무릎을 꿇은 것이다. 생각을 바꾸자. 세월을 탓하고 서로를 원망한들 뭘 하겠나. 어차피 동행하는 처지인데. 측은지심을 버리고 짜릿하게 사랑을 하자. 춘향이와 이 도령처럼. 내 나이가 어때서, 그까짓 것을 못 하겠어.

일그러진 초상화

맛으로 유명한 장호원 복숭아를 먹으러 이천에 갔다. 산골에서 농사를 지으면서 이따금 여주, 이천지역을 지날 때면 이상향으로 동경하던 지역이다. 야트막한 산들은 여인의 눈썹처럼 정겨웠고, 돌 하나 없는 기름진 땅이다. 은빛모래 위로 흐르는 맑은 시냇물이 풍요로운 곳으로 보였다. 감미로운 복숭아를 실컷 먹고 농촌마을 속살을 보고 싶어 동네를 한 바퀴 돌아보았다. 어인 일인지 빈집들이 드문드문 하다. 피폐한 농가 사이로는 호화로운 저택이 우뚝우뚝 하다. 양극화가 심하다. 겉으로 보기에는 화려하고 평화롭던 농촌마을이 속병 앓듯이 허물어져 가는 빈집들이 있다. 가난은 맨 먼저 울타리로 오고, 다음은 횃대에 달라붙고, 살강까지 들어오면 뗄래야 뗄 수가 없다는 옛말이 있다.

사리에 맞는 말로 삶에 교훈이 된다. 가난과 궁핍이 오지 않도록 경계하라는 격언이다. 민초들이 경험한 지혜가 응축되어 전해져 오는 말이 속담이다. 격언과 속담이 우리의 삶에 효소역할을 하여 생활에 지침이 된다. 나처럼 우매한 사람도 생각을 깊게 하지 않아도 삶의 이치를 구구단 외우듯 쉽게 깨닫는 요령을 가르쳐주는 고마운 지혜. 바른 말만 잘 들으면 자다가도 떡이 생긴다고 했다. 하지만 종잡을 수 없이 변하는 요즈음 세상에서는 진리의 말도 시속 따라 변하고 틀리는 말이 되었다.

'농자는 천하지 대본' 이란 말이 있다. 이 말만은 진리이고 불변할 것으로 믿어 평생 신앙처럼 믿음으로 신봉하고 몸소 실천하며 지켜 온 말이다. 먹을거리를 해결하는 것이 삶에 근본이고 최선이라고 생각했다. 농사짓고 살면 몸은 고단해도 마음은 그지없이 행복할 것이라고 믿었다. 자연을 벗 삼아 하늘의 뜻에 순응하며 주는 만큼만 받아 욕심 없이 목가적으로 살고 싶었다. 꾸밈없는 삶에 낭만이 있을 줄 알고 농사꾼으로 살아왔지만. 막상 겪어보니 생각하는 것처럼 그렇지가 않았다. 나를 옥조이고 가두어 놓는 말이었다.

모든 생명체는 배가 고프면 먹이를 찾는다. 없으면 무엇으로라도 대체를 하여 기어코 찾아내어 먹기 때문에 굶어 죽는 일은 거의 없다. 유독 먹잇감을 여축하는 개체가 있다. 다람쥐와 들쥐, 개미와 꿀벌, 그리고 사람뿐이다. 이들도 사정이 또 다르다. 다람쥐와 들쥐는 어디에다 무엇을 얼마만큼을 저장하였는지를 기억하는 능력이 없어 잠시도 쉬지 못하고 평생을 고생한다. 개미와 벌은 장소는 아는데 얼마만큼의 양이 필요한지를 판단을 못해 허리가 휘도록 일을 한다. 사람은 두 가지를 다 알지만 먹이 찾는 부류가 있고 다른 일을 하는 부류가 따로 있다. 가정이란 소단위로 형성이 되어 분업을 한다. 똑같이 집짓고 똑같이 먹이를 마련하여 똑 같이 나누어 먹는 공생공존을 하지는 않는다. 사람만이 가지는 특별한 문화 때문에 직업과 계급이 생긴다. 일부가 먹을거리를 마련하여 일부에게 제공을 한다.

주문처럼 외워서 뇌까리던 말이 언제부턴가 의심이 가기 시작했다. 농사짓는 일이 사람의 본디이고 최고로 착한 직업이라고 한 말은 과연 누가 한 말일까 곱씹어 본다. 힘들게 일하는 사람이 자신을 위로하고 긍지를 가지려고 했을까, 아니다. 아마도 '농자 천하지 대본'이란 말은 농사일을 하지 않는 사람이 힘들게 일하는 사람을 보고 '잘한다, 잘한다,' 칭찬하는 것처럼 꼬드기기 위해 만든 말 같다. 농사는 하늘이 주는 계절의 기후와, 어려운 자연의 환경을 극복하여 짧은 시기에 성과를 내는 일이므로 그렇게 녹록하지가 않다. 힘도 들고, 때를 놓치면 실패가 뒤따라 환상적인 일이 아니다. 조금만 해보면 싫증나고 짜증이 나서 농사짓는 사람이 자기 일을 대본이라고 큰 소리 칠 처지가 아니다.

예전부터 조금이라도 배운 사람은 농사일을 하지 않았다. 농업고등학교나 농과농대를 졸업하고 농사짓는 사람은 거의 없다. 농약가게에서 일을 했으면 했지 농사를 지으려고 하지 않는다. 군림할 뿐이다. 농협조합장을 하려면 양복 입고 읍내에서 왔다 갔다 해야지 논 귀퉁이에서 일만 하는 사람은 조합장이 될 수가 없다. 지금은 두레패 펄럭이는 농기의 커다랗고 의젓한 '농자는 천하지 대본' 이라는 깃발마저도 도시 공연장에서나 볼 수 있다. 모두가 떠난 농촌에서는 구경도 못하는 것이 요즈음 농촌 실정이다.

잠시 한때는 조금은 넉넉한 적도 있었다. 거두어 들인 농작물을 장에 내다 팔면 돈이 되어 자식들 학자금도 대주어 가며 겨우겨우 살아 본 적도 있다. 그런 풍경은 디지털 사진이 만연하는 이 시대에 빛바랜 흑백사진으로 남아 나뒹구는 그리운 향수鄕愁의 한 조각이다. 시대가 변하고 인심이 변해 농사꾼이 대우를 받기커녕 천덕꾸러기 신세가 되어버렸다. 개떡 주고 사들인 비탈 밭이 도로 개떡 값이 되고 말았다. 우리뿐만 아니라 전 세계 어느 나라 농사도 천대받는 직업이다.

세계 여러 곳을 여행하며 농촌 실정을 봐도 역시 농촌은 서글펐다. 중국 산동반도 곡창지대를 온종일 차로 달려가도 옥수수 밭이 끝이 보이지를 않는다. 기름지고 광활한 평야다. 농민들을 수없이 스치고 지나가면서 봐도 누구 하나 반듯하게 이발한 사람을 못 봤다. 세계인의 입맛을 주무르는 베트남 커피농사도 우리가 삼복중에 붉은 고추를 골라 따듯 골라서 따는 고되고 험한 일이라 그들의 손마디는 거칠었다. 사람 몸뚱이만큼 크게 열리는 바나나 농사꾼도 힘에 겨워 개미허리로 기어 다녔고, 염천에 두꺼운 가죽옷을 입고 파인애플 농사짓는 사람들은 생지옥에 죄수 같았다. 농사짓는 일이 하늘이 내린 천직이란 말은 틀린 말이다. 혹시 모르지 누군가가 정치를 잘한다면 모를까.

광교산을 배우다

십오 층 아파트 창문을 열면 광교산이 한눈에 들어온다. 펼쳐져 보이는 산의 풍경이 참으로 수려하고 듬직하다. 마치 풍채 의젓한 초등학교 때 교장선생님의 기품이다. 한참을 더 보면 자식 가르치기에 힘겨워 굽어진 아버지의 등허리 같다. 광교산은 수원의 주산이다. 한남정맥 끝자락에 해발 580여 미터의 토산으로 수원, 용인, 의왕 세 도시의 꼭지 점에 있다. 광교산이란 이름은 한문으로 빛 광 光, 가르칠 교 敎, 빛으로 가르친다는 뜻이다. 오늘도 빛을 찾으려는 사람들이 물고기 떼처럼 찾아든다.

이름대로 산이 품은 수원은 교육의 도시다. 손꼽힐 만큼 특출한 종합대학교를 여섯이나 품고 있다. 명성과 평판이 널리 알려진 학교들이다. 초중고교는 또 얼마나 많은가. 산은 항상 양팔을 벌려 모두를 힘껏 포옹하는 자세다. 오른 팔을 휘감아 주먹을 불끈 쥔 자리가 봉담峰潭이다. 그 곳 역시 대학이 여섯이나 있다. 일개 읍邑지역에 동리洞里마다 대학이 있는 셈이다. 열두 개의 대학을 아우르고 추스르는 산은 광교산뿐이다. 한 도시에 하나도 있기 어려운 대학을 열둘이나 품고 있다는 것은 수원의 자부심이며 자랑이다. 가르친다는 사명으로 솟은 광교산의 자존감이다. 대학교육은 사회의 기둥과 동량을 기르는 교육이다.

아침이면 도시를 지나는 성균관대역, 화서역, 수원역 풍경이 수족관에 담긴 물고기들이 유영하듯 몰려다닌다. 광교산 품에 안기려고 찾아오는 물고기들이다. 젊고 활기차다. 광교산의 푸른빛을 보고, 맑은 정기를 받으려고 오는 것이다. 그날의 광교산 얼굴빛을 살피고 배우려 한다. 빛으로 가르침을 주는 광교산 얼굴빛은 항상 다르기 때문이다. 부드럽고 유순하다가도 쾌도난마처럼 단칼에 내려치는 산바람도 분다. 산위에서 부는 바람이 산의 기백이다. 차디찬 얼음 같은 기상과 예리한 정신을 본받으려고 이른 아침부터 찾아오는 것이다. 산 그림자 빛이 뒷짐 쥐고 호령하는 아버지의 눈빛처럼 오늘도 푸름이 여실하다.

광교산은 자연의 순리대로 가르친다. 억지로 가르치려 들지도 않고 억압으로 배우라고 채근하지도 않는다. 봄이면 약동하는 초록빛을 보여주고 따라오라고 손짓할 뿐 쫓아오지는 않는다. 여름은 짙푸른 녹음을 펼쳐놓고는 푸른 기운을 듬뿍 받으라고 던져준다. 가을에는 알알이 열매 맺는 방법도 가르쳐주고 이별의 의식도 넌지시 귀뜸해주는 산이다. 겨울은 흰 눈으로 덮여 스스로를 반성토록 하고 새로운 마음을 다짐하게 한다. 그러면서도 근심하고 끌탕하는 것은 절대로 가르쳐주지 않는다. 아는 척하거나 잘난 체하지 말고 겸허하고 겸손함을 닮으라 한다.

우리 집에도 가르치는 사람이 있고 배우는 학생이 있다. 가르치는 사람은 늘 책상에 쭈그리고 앉아 가르치는 얄팍한 수단을 찾는다. 가르치는 요령을 궁리하기에 정신없다. 광교산처럼 자기 모습대로 가르치면 될 것을 왜 저리 꾀를 부리는지 모르겠다. 물 흐르는 순리대로, 바람 소리대로, 구름의 형상으로, 꽃빛으로, 별들의 사랑으로 가르치면 될 것을 요령을 부린다. 광교산이 가르치는 방법이 모범이고 으뜸이다. 배우는 아이들은 또 어떤가. 근본의 이치는 뒤로하고 얄밉상스럽게 공식만 외운다. 순리에 맞지 않아 조금 하다보면 싫증이 나고 짜증스러워한다. 배우는 것이 억지춘향이다. 광교산처럼 순리로 가르치고, 풀벌레들처럼 쉽게 배우는 산의 가르침을 저버린 것이다. 배워 익히는데 무슨 묘수가 필요한가.

봉담峰潭이란 지역 이름의 의미는 산봉우리 위에 연못이라는 뜻이다. 지역에는 대형 저수지가 세 개나 있다. 그 저수 물은 그 지역에서는 사용되지 않는다. 옛부터 이곳은 다른 지역을 위해서 존재하는 땅이라 했다. 옛 사람들이 풍수개념으로 지어진 이름이지만 선경지명이 엿보인다. 연못의 물은 머물다 흘러가는 물이다. 마찬가지로 이 지역에서 배운 사람들은 이곳에 머무를 필요가 없다. 공부를 마친 학생은 뒤도 돌아보지 말고 흩어져야 한다. 넓은 세상으로 나가 이 사회를 이롭게 할 사명이 있는 사람들이다. 저수지 물이 마른 곳을 적셔주듯 배우고 익힌 만큼 자기 몫을 감당하라는 것이 봉담 땅의 속뜻이고 당부다.

광교산에 내린 물을 지켜본다. 남쪽으로 떨어진 물은 수원 전체를 휘돌아 황구지천을 따라 유유히 흐른다. 편안하고 안녕하게 진위, 평택 뜰을 지나 아산만 해넘이가 멋진 서해에 닿는다. 한편 수지, 용인 쪽으로 떨어진 물은 분당을 지나 탄천으로 흘러들어 한강을 상류에서 만난다. '망아지는 제주로 보내고 사람은 서울로 보내라.'는 말처럼 서울에 휘황한 빛을 흠뻑 받아 좋은 세상을 한껏 즐기며 흐른다. 서북쪽으로 길을 잡은 물은 안양천을 따라 공장지대로만 쑤시고 다니다가 검은 몸으로 한강을 끝자락에서 만난다. 먼발치로 서울구경을 한 고단한 몸, 풍기는 땀 냄새만은 그윽하다. 물도 흐르는 길 따라 꿈이 다르다.

저녁노을이 붉게 물들면 모여들었던 물고기들도 흩어진다. 한날한시에 떨어진 빗물이 흐르는 진로가 제각각이듯 물고기 방향도 다르다. 광교산이 다른 방향으로 세상을 펼쳐놓고 있기 때문이다. 광교산에서 갈라지는 물들은 남이 가는 길을 부러워하지도 않고 자기가 가는 길을 탓하고 원망하지도 않는다. 그저 묵묵히 흐를 뿐이다. 광교산은 지나가는 구름은 쉬어가게 할 뿐, 흐르는 물은 붙잡지도 부르지도 않는다.

광교산의 빛은 자유와 평등이다. 자유는 얽매이거나 구속 받지 않고 자기의 생각대로 사는 세상이고, 평등은 치우침도 없고 모두가 차별 없이 동등한 것. 더불어 하나가 되는 것이다. 혈기 왕성하던 푸른빛 광교산이 단풍들면 하나의 빛으로 일체가 되는 이치다. 오늘도 물고기들이 찾아와 하나가 되는 법을 배운다.

지지고 볶다

전화벨이 길게 울린다. 아내의 전화일 거라고 짐작이 가서 미적거리다가 숨이 넘어갈 때쯤 받는다. "전화를 왜 이리 늦게 받으실까?" 뒤에 숨어서 속을 빤히 들여다 보고 하는 전화 같다. 퉁명스럽게 "어디시어?" 하고 물어 봤다. "나, 종아네 집에 와 있는데 저녁 먹고 가라고 해서 늦으니 라면을 끓여 자시든지 반찬 타박 좀 실컷 해가며 해결하셔."한다. 아침에 몇 마디 한 걸 꽁했나보다. 친밀하게 지내는 집에 가서 시위를 한다. "흥, 마음대로 하라고!" 넓은 바다와 같은 자유의 은총으로 날 '왕따'를 시킨다.

이쪽으로 와서 저녁을 같이 먹고 가자든지 아니면 맛있는 것이 있으면 얻어 가지고 갈 터이니 집에서 기다리고 있으라는 말은 없다. "반찬 많이 하지 말라고." 한마디 한 것을 가지고 나쁜 소리도 아닌데 성질이다. 고약하다는 생각이 들어 은근히 화가 난다. 볼일도 없으면서 밖으로 나온다. 불편한 마음으로 차도 안 타고 매갈 없이 거리를 헤매고 걷는다. 마음으로 깊이 사귄 사람으로부터 배신을 당한 허탈감이 어두움 속으로 다가오고 저녁 바람이 약을 올리고 스쳐간다.

가로등 불빛을 받고 집 근처를 한 바퀴 돌았다. 저녁 한 끼를 해결하는 방법이 무엇일까를 고민스럽게 생각한다. 한동네 있으면서 지나다니며 보기만 했지 한 번도 들어가 보지 않던 중국집 붉은 문을 열고 들어섰다. 내가 할 수 있는 최고의 방법이다. 막상 들어와 보니 배달을 전문으로 하는 집이라 몇 개의 탁자에는 철가방이 놓여있고 어수선하다. 마지못해 밖에서 훤히 들여다 보이는 입구에 겨우

　　　　　　　　　　　　나팔꽃 부부젤라 ● 곽영호 수필

엉덩이를 붙이고 앉았다. 무선전화기로 정신없이 전화를 받는 여주인이 한 손으로 단무지접시와 자장면 한 그릇을 성의 없이 놓고 간다.

휘저어 몇 젓가락을 먹다가 울컥해진다. 너무나도 내 모습이 초라하고 쓸쓸하다. 이 방법이 최선이냐고 자신을 탓하고 원망해진다. 멋진 고급 음식점에 가서 점잖게 정좌를 하고 앉아서 기름지게 저녁 한 끼 먹을 주변머리가 없단 말인가. 아니면 정다운 사람을 전화로 불러내어 도란도란 이야기하며 저녁밥을 같이 먹을 친구 한 사람 없다니 참 처량하다. 숫제 안 먹고 말았으면 자존심이나 지켰을 텐데. 후회가 밀물처럼 밀려와 마음을 쪼개 놓는다. 고독하고 쓸쓸함에 내가 떠내려간다.

사방이 어스레해진 저물녘이 외로운 나의 팔짱을 끼게 한다. 쓸쓸함과 어두움이 나를 캄캄하게 덮어씌워 내가 없어진다. 짝꿍을 찾던 비둘기도 등지를 찾아 날고, 하루살이이만 모두가 함께 뭉쳐서 자기 세상을 만든다. 엘리베이터를 탔다. 양쪽 거울이 나를 째려본다. 불쌍하고 한심하다고 지탄을 하는 것 같다. 집에 들어가지 않고 저항하고 싶어진다. 되짚어 엘리베이터를 다시 타고 내려와 산 아래로 간다. 여름밤 시간이 꽤 초간하여 밤은 푸르스름하다. 야트막한 밭둑에 가지도 풍성치 못하고 키만 길쭉하게 자란 나무 한 그루 회뚝하니 서있다. 저 나무도 새 한 마리 날아들지 않는 외로운 나무다. 달빛만이 나무 그림자를 주무르고 있다.

이건 아니잖아

아내와 나는 살림 9단 소리도 들었다. 그렇던 사람이 지금은 퇴역선수가 되었다. 축구시합 전반전에 몇 개의 꼴을 먹고 나온 선수 신세다. 그렇다고 후반전에 나가지 않고 게임을 포기할 형편도 아니다. 이 게임은 이렇게 싸워야 이길 수 있다고 가르쳐 주는 코치도 감독도 없다. 오로지 둘이서 하나가 되어 대항하여야 하는 게임이다. 손자병법을 아무리 찾아 봐도 방법이 없는 싸움을 하겠다고 후반전에 출전하는 중이다. 경기규칙과 요령이 바뀐 줄도 모르고, 작전도 묘수도 없으면서 무모하게 맨몸으로 다가선다. 세상 물정도 모르는 깊은 산골에서 온 촌닭 같은 선수다.

살림살이 하는 방법이 180도로 바뀌었고 소비하는 패턴도 달라져 늙은이들을 어리둥절하게 하는 세상이다. 요즈음 세상은 한발 앞선 정보와 예리한 순간의 판단으로 살아가는 사회다. 옛날처럼 겨울양식 마련하고 연탄 장만하여 알뜰하게 여축하는 살림이 아니다. 앞집 새댁은 집에 앉아서 물건을 사도 공장도 가격으로 싸게 사면서 보너스대접을 제대로 받는데, 우리는 먼 곳에서 비싼 값을 주고 사서는 낑낑거리고 무겁게 들고 다니며 고생을 한다. 신세대들과는 세상 살아가는 요령이나 방법이 너무 달라 따라갈 수가 없다. 전자거래를 할 줄 아나? 새로운 정보를 찾거나 하나 딴 나라에서 온 사람 같다. 현대 사회와 맞수가 되지 못해 손해 보는 것은 둘째치고 창피해서 살 수가 없다.

아내도 답답하고 따분한지 세상사는 방법을 다시 배워 보겠다고 한다. 가당치도 않지만 말리지는 않는다. 구민회관에서 운영하는 컴퓨터 수업을 수강한다. 닉네임을 지어 달라고 해서 '금잔디'로 짓고 쓰고 있다. 같은 수강생들끼리 많은 메일이 오고간다. 메일이래야 풍경사진 아니면 좋다는 짧은 글 몇 토막들이다. 간혹 주책없는 남성들의 얄궂은 메일도 있는 눈치다. 부자가 된 것처럼 좋아하고 꼬박꼬박 읽는다. 얼마 전에는 나도 못하는 블로그를 만든다며 대문 삼을 글 하나를 써 달라고 한다. 짤막한 시 한 편을 써주었는데 벌써 만 여명이 넘게 다녀갔고 몇 십 명이 글을 퍼 갔다며 자기가 무슨 시혜를 베푸는 사람인양 흐뭇해한다.

말을 타면 종을 부리고 싶다고 몰려다니는 것이 재미가 나는지 '우리문화 다시 보기' 프로그램도 따라다닌다. 몇 차의 강의를 듣고 월 1회 현지답사를 하는 강좌다. 수강 인원이 제법 많은 가 보다. 단체사진을 찍어 온 것을 보니 대다수가 남성들이다. 그들도 모두가 벤치에 나와 앉아 있는 나 같은 후보 선수로 보였다. 영화 '시' 한 장면이 생각난다. 詩 공부하는 동아리 반에서 한 늙은이가 푼수를 떠는 장면이다. 이 모임에도 푼수깨나 떨겠다 싶었는데. 아니나 다를까, 우려한 대로다.

같은 라인에서 동행하는 친구가 있다. 회식을 할 때 누가 옆에서 영감이 뭐하는 사람이냐고 자꾸 묻더란다. 변변치 못 해 대답을 못 하는데 친구가 안쓰러웠던지 영감 없다고 했단다. 졸지에 솔로라고 소문이 났고, 회원 명단에 전화번호는 열려있어 시도 때도 없이 문자가 온다. "밥 먹자고." 용감하게 직접 전화하는 사람도 있다. 전화기를 놓고 잠깐 나간 사이 벨이 울린다. 받았다.

"할머니 친구인데 전화 받는 사람은 누군가."

목소리가 굵다.

"예 손잔데요."

목소리를 깔았다.

"할머니 들어오시면 이 전화번호로 전화 하시라고 해."

"예"

아내가 볼일을 보고 들어온다.

"당신은 이제 내 밥 안 먹어도 되겠소."

"왜"

"밥 먹으러 나오래. 밥 먹자는 사람이 어디 한 둘이어야지"

"내 밥 놔두고 왜 추잡스레 남의 밥을 얻어먹어."

내일은 가서 전화하지 말라고 단단히 야단을 쳐야지.

"이 사람들이 날 여자로 보나봐."

야단은커녕 그날도 회식하고 노래방까지 가서 벌금 물고 왔단다.

나팔꽃 부부젤라 ● 곽영호 수필

나스럽고 나다운 모습

"애들아, 할아버지와 놀아라. 엄마는 할머니하고 시장 갔다 올게." 졸지에 꼬마 대장이 된다. 집안 행사로 오랜만에 찾아온 손자들이다. 방학한 중학생 초등학생 갓 들어간 유치원생 층층이다. 꼬맹이들도 심심하다며 할아버지 하고 놀자고 한다. 안아주고 귀여워만 했지 함께 놀아보지는 못했다. 아이들 정서에 맞고 교육에 보탬이 되는 좋은 게임을 하면 좋으련만 그럴만한 능력도 없다. 무식하게 원초적인 몸으로 하는 놀이를 시킨다. 큰놈은 제 딴에 멋쩍은지 비슥거린다. 옆으로 걷는 게걸음도 시켜보고, 엎드려 앞사람 발목을 잡고 기어 다니게도 하고, 두 발 두 손을 묶어 벌레 술래잡기 놀이를 하게 한다. 몸으로 하는 놀이가 즐겁다는 것을 보여주고 싶어서다.

손과 발을 끈으로 묶어 벌레처럼 서로를 쫓게 했다. 제법 분위기가 달아올랐다. 생각과 행동이 한 덩어리가 되는 것을 혼연일체라고 한다. 어른이나 아이나 재미있는 경지에 다다르면 고민도 아픔도 없다. 그런 상태를 무아지경이라고 한다. 몸과 마음이 하나가 되고 최고로 긴장한 상태다. 몸 부딪침으로 까르르 까르르 웃음소리가 자지러진다. 까부름이 터져 오랜만에 집이 떠나간다. 얼마나 웃었는지 이마에 땀방울이 송골송골 맺히고 콧잔등이가 빨개져 새근거린다. 배꼽 잡고 웃기가 너무 힘이 들고 지치는지 소파에 폭폭 쓸어 진다. 정신없이 웃음보가 터져 멈출 줄을 모른다. 몸으로 느끼는 웃음이 참으로 진한 웃음이다.

한바탕 장난 판이 끝이 났다. 때마침 TV에 개그맨이 나와 여러 사람들의 특징을 성대모사로 또는 특유의 표정으로 흉내 내기를 한다. 흉내 내는 사람의 이름은 몰라도 누구를 흉내 내는지는 금방 알 수가 있다. 대통령 목소리도 흉내를 낸다. 특색 있는 목소리 한마디 특별한 표정 하나가 그 사람의 트레드 마크이고 특징이다. 그 사람을 부각시켜 보여주는 버릇이 그 사람의 참 모습이다. 사람은 누구나 좋건 나쁘건 자기만의 습관과 버릇이 있다. 천 냥 빚도 예쁜 말로 갚는다지만, 한 세상 살아가며 처세하는 데는 모습과 버릇이 대단히 중요하다. 겉모습이 신용이요 믿음이다. 비호감인 버릇은 버리고 인상에 남는 몸짓이 필요하다.

퍼뜩 생각이 떠오른다. 우리 아이들 눈에는 나의 모습이 어떻게 각인되어 있을까? 궁금하다. 아이들을 진정시키고 코미디처럼 할아버지 특색을 한 가지씩 흉내 내어보라고 했다. 쭈뼛쭈뼛한다. 방법을 다시 생각한다. 지폐 몇 장을 꺼내놓고 현상을 걸었다. 아이들도 황금에는 눈이 머는 심리를 이용하는 것이다. 산들바람처럼 촐랑거리는 초등학교에 다니는 계집애가 제일 먼저 시작을 한다. 한 아이가 하니까 모두가 줄줄이 따라한다. 중학교 다니는 놈도 동참을 하여 나만의 버릇이 열두 가지나 쏟아져 나온다. 때마침 들어온 엄마가 할아버지한테 까불면 못쓴다고 야단을 치는 바람에 멀쑥해진다.

유치원 아이들은 표현을 잘못하여 정확하게 전달이 되지는 않았지만 큰 아이들의 몇 가지는 정확했다. 따발총 쏘듯 급하게 따따따 말하는 흉내, 뒷짐 지고 눈 흘기는 모습이며, 고개 흔들어 아니라고 부정하는 표현은 사실 그대로다. 맑은 거울을 드려다 본 느낌이다. 아! 저것이 나였구나. 치부를 감추지 못하고 드러낸 것 같다. 철없는 아이들의 지적이지만 뒷맛이 개운하지를 않고 찝찔하다. 현상금을 적당히 분배하여 주고 내 자리로 돌아와 내가 나를 본다. 내가 나를 타박할 버릇들이다.

어찌 저 아이들 눈에는 변변치 못하고 부정적인 나의 모습들만 새겨져 있을까? 포근한 가슴으로 따사롭게 안아주는 부처님 같은 미소는 왜 기억을 하지 못할까? 양팔 벌려 하늘 높이 번쩍 들어 올리고 파안대소하던 그윽한 웃음은 까맣게 잊어버리고 기억조차 못 한다. 하기는 나에게는 떡 벌어진 양 어깨로 거침없이 세상을 휘젓는 활기찬 모습도 없고, 동화책에 나와 아이들 마음을 사로잡는 백말 탄 기사의 멋진 모습은 없다. 그저 쭈그리고 앉아서 술이나 먹고, 할 일이 없어 평생을 궁리만 하는 모습뿐이었으니 아이들 눈에 무엇이 새로워 깜짝 놀라는 것이 있었겠는가.

뒷짐 지고 옆으로 보는 습관은 만족하지 않고 아쉬운 것들로 못마땅하여 생겨난 버릇이다. 어제와 오늘, 내일이라는 미증유가 하루하루 쌓여서 평생 동안 만들어진 슬픈 옹이 마디란다. 나에게도 어머니는 한 평생 흰 무명옷만 입은 초라한 모습만 남아있지 않는가. 애들아, 켜켜이 쌓인 보기 싫은 버릇도 살붙이고 살면 정이고 사랑이란다. 부모는 자식을 웃을 수 있게 할 수가 있지만 자식은 부모를 원망만 하는 것이 부모 자식 간의 관계란다. 너희들이 흉내 내고 못마땅해 하는 할아버지 모습도 고뇌의 흔적이고, 더 깊이 바라보면 참사랑이기도 하단다. 버릇은 하루아침에 버릴 수 없는 것이니 어쩌겠니. 그러려니 해라. 뭐 큰 해로움이야 있겠니.

흔들리는 마음

입하立夏다. 여름의 시작 초록빛 향연이다. 아파트 베란다 창문으로 내려다보면 느티나무 몇 그루가 팔을 벌리고 서 있다. 제법 크다. 앙상한 나뭇가지로 짠 그물 이불로 바람을 막고 겨울을 났다. 뼈만 남았던 나무가 참새 주둥이만하게 초록 잎을 틔우기 시작한다. 오늘은 완연히 하늘을 가리는 대궐 같은 집을 지었다. 나무는 해마다 새롭게 더 크고 더 푸른 집을 짓고 산다. 모든 생명들이 진초록 오월의 빛으로 화장을 하고 너울춤을 춘다. 나뭇잎이 푸르게 일렁일 때마다 집을 뛰쳐나가고 싶은 마음이다. 마음에 날개가 돋는다.

집안이 답답하다. 별로 늘어놓지도 않았는데 갑갑하다. 매지근한 햇살이 들어와 마음을 지렛대로 들쑤시고 등을 떠미는 기분이다. 눈이 흐려지고 머리가 흔들린다. 집이 싫어진다. 어찌 이리 이율배반적일 수가 있나. 비가 오면 뛰어 들어오고, 배고플 때나 피곤할 때, 추울 때도 옷깃 여미고 종종걸음으로 찾아들던 집이다. 편히 몸을 눕혀 안식하던 집이 싫어진다니 무슨 일일까? 여러 해 동안 살 비비고 살아와 고운 정 미운 정 다 든 집이다. 의리를 저버리고 등을 돌려 배반을 하다니 천벌을 받을 일이다. 하지만 신록의 유혹이 너무 크게 흔들어 내 마음이 다독여지지를 않는다.

이유가 있다면 집에 머무르는 시간이 너무 길어 스스로 권태감에 빠져 짜증이 나기 때문이라고 이유를 만들어 본다. 소나기 쏟아지는 운동장에 물방울 튀어 오르듯 쓸데없는 반항심도 생긴다. 허리춤에 숨어 있던 후회도 송곳처럼 찌른다.

생각이 깊고 남들처럼 격조 있게 사는 사람이 아니라 가훈이나 좌우명 같은 것이 있을 턱이 없다. 그래도 자식들에게 누누이 하는 잔소리가 있다. 사내는 밖에 나가 매를 맞고 들어와도 좋으니 집안에 웅크리고 있으면 안 된다는 말을 입에 달고 살았다. 말이 씨가 된다고 내가 놓은 덫에 내가 치인 꼴이 되고 말았다. 어디 가서 놀고 마음 붙일 곳이 없다. 따분하고 안타까운 마음을 오월의 푸름이 사정없이 짓밟는다.

또 따른 원인이 있다면 이 집에서 너무 오래 살았다는 이유일 것이다. 그것도 이중인격자의 갈등하는 마음이다. 애초에 이 집으로 이사 올 때의 마음은 모란꽃처럼 활짝 피었다. 당시 지역에서 유일하게 투기억제책으로 중과세처분을 하던 아파트였고, 나와는 아무 상관없는 유명 인사들이 이웃에 산다는 이유만으로 어깨를 으쓱대기도 했다. 처음 시작은 아방궁에서 사는 기분이었다. 나는 늙어도 집의 명성은 영원할 줄 알았는데. 지금은 집이 먼저 늙어 늙은이 목주름처럼 추레하다. 낡은 집과 늙은 얼굴이 짜증나게 싫다. 오늘처럼 신록이 새 향기를 내뿜을 땐 심술이 더 난다. 배릿한 젖내 같고, 풋풋하게 흙 묻은 어머니 살냄새 같은 이 집의 향내를 잃어버린다. 묵은 정이 첫사랑 앙금처럼 오래 남는다는 것을 망각한다.

시골에서 소년기를 보내 자연현상을 많이 보고 자랐다. 봄이 되면 벌들이 분봉을 한다. 새로운 여왕벌의 탄생으로 한 집안이 두 집으로 분가를 하는 것이다. 벌집을 박차고 나온 신진세력들은 막상 갈 곳도 살 집도 마련되지 않은 상태로 무작정 이탈이다. 수천 마리의 벌들이 대책 없이 집을 뛰쳐나온다. 새들도 온갖 정성과 공을 들여 만든 둥지에 알을 낳고 부하를 한다. 먹이를 날라다 새끼를 키우고 나면 이소를 시킨다. 새들은 미련 없이 정든 집을 버린다. 풀줄기로 짓거나 흙으로 짓든 새집은 예술이다. 새는 정성을 다해 지은 집을 다른 곳으로 떠날 때는 아낌없이 버리고 간다. 아까움도 애착도 없다. 파란 계절에 새를 닮고 싶은 충동이 실바람처럼 살랑댄다.

흔들리는 내 마음은 새와 벌처럼 새 희망을 찾으려는 욕망도 아니다. 그저 무작정 벗어나고 싶을 뿐이다. 넓은 세상으로 나가 무엇을 할 수 있는 능력도 없다. 주말에 오라는 결혼식 청첩장을 받았다. 빨간 버스 몇 번, 파란버스 몇 몇 번을 타고 워커힐 호텔 앞 하차, 자세한 안내다. 그러나 나는 그 버스를 어디에서 타는 줄을 모르는 판수다. 노래방 자막 없으면 노래를 못 부르듯, 지하철 아니면 옴짝달싹도 못하는 판수다. 비행기가 뽑고 가는 하얀 구름같이 걱정이 길다. 내비게이션 안내 따라 자가용 운전 못하는 신세를 한탄한다. 여러 사람들에게 물어물어 힘겹게 찾아갔다. 밖에다 풀어놓고 내놓아도 아무것도 못하는 주변머리가 마음만 들뜬다.

잔치 술을 한 잔 얻어먹고 굽이치는 한강을 내려다본다. 도심 속에 숨어 있는 태초의 신록이 대단한 풍광이다. 유유히 흐르는 강물과 새들이 내 마음을 또 뒤집어 놓는다. 새들은 고속도로, 지방도로, 구분 없이 하늘을 자유롭게 날아다닌다. 휙휙 나는 새들이 약을 올린다. 바람은 자유로이 강물을 건너고, 구름은 춤을 추듯 산을 넘는다. 배부른 목소리로 노래를 부르는 새들이 짝꿍을 찾는 날갯짓만 바쁘다. 자연의 자유가 그지없이 부러워 넋을 놓고 오래 바라다본다. 나는 눈물겨운 과거에서 지금의 현재로 어떻게 와 있는 줄도 모른다. 오늘의 현재에서 어떤 길을 택하여 내일의 미래로 가야 할지도 또한 모른다. 그러면서도 무작정 떠나고 싶고 헤매고 싶은 마음은 무엇 때문일까? 오월의 훈풍이 내 마음을 흔드나 보다.

봄이 핀다

고향 화성을 멀리 떠나지 못하고 턱밑인 수원에 나와서 산다. 옮겨 앉았다는 기분이지 물도 설지 않고 낯도 설지 않아 그 나물에 그 밥이다. 대를 이어 살아서 친인척들이 고향주위에 맴돌아 산다. 저 面면에는 사돈댁, 이 面면에는 외가. 지역마다 거미줄마냥 연줄이 닿아있다. 서로 대소사를 챙겨야 하므로 찾아다니는 때가 종종 있다. 오늘도 물오르는 봄을 반기듯 다녀오는 중이다. 한참 왕래가 뜸하던 길이라 눈에 들어오는 풍경이 새로웠다. 농촌 들녘에는 완연하지는 않아도 봄기운이 피어나고 있었다.

발전하는 세상이라 다니다보면 농촌지역도 소득증대를 위하여 지방도로에 쉬어 갈만한 위치 좋은 곳에 농산물직판장을 운영한다. 화장실도 청결하게 운영하고 있어 가끔은 쉬어가기에 안성맞춤이다. 무심코 들렸다. 저녁나절이다. 농촌아낙네들이 봄나물을 봉지봉지 담아 펼쳐놓고는 해 세월을 한다. 물건 구입하려는 손님도 없고, 지는 햇살은 하루를 재촉 하고, 아직은 냉랭한 찬바람이 봄을 시샘한다. 급하지는 않지만 여유로 화장실을 들리고는 구경 삼아 서성거린다.

요즈음은 시골 할머니들도 핸드폰을 사용한다. 앉아서 전화를 받던 할머니가 나를 놓칠세라 서너 걸음을 뛰어나와 소매 자락을 망설임 없이 붙잡는다. 이상한 짓을 했나 싶어 섬뜩해 진다. 전화기를 얼굴에 갔다대고는 흔들면서 턱으로는 건너 마을을 가리키며 더듬거린다. 사연인즉 집에서 전화가 왔는데 기르는 소가 새끼를 낳는다고 연락이 와서 빨리 가 봐야한다며 물건을 떨이로 다 가져가라고 한다.

평생 집에 무슨 물건을 사가지고 들어가 본 적이 없는 사람이다. 어안이 벙벙하다. 과일 한 봉지 양말 한 짝 사 본 적이 없다. 경제치다. 교통카드 외에는 카드 사용도 할 줄 모른다. 기껏해야 내가 피우는 담배와 즐기는 술값 정도다. 그것도 한 종류 한 가지의 가격만 안다. 고급은 전혀 짐작도 못한다. 주춤거리는 꼬락서니가 딱하던지 노파는 사정하듯 또 가격을 낮춘다. 순간 내 설움이 보인다.

어머니의 주름진 얼굴과 굵은 손마디가 보인다. 사정하고 애원하는 어머니의 목소리다. 겨울을 놓지 못하는 찬바람이 흙 묻은 치맛자락으로 나의 옆구리를 때린다. 흥정 없이 하라는 대로 다 샀다. 주섬주섬 싸 주는 할머니의 손길을 기억하고, 튼실한 송아지 출생이 할머니의 봄을 따뜻하게 피워 주기를 기원하며 집으로 돌아왔다.

집 근처에 다가오니 이번에는 아내로부터 무슨 핀잔의 소리를 들을까 두려운 마음이 밀려온다. 현관에 발을 들여놓자마자 몸에 좋은 봄나물을 가쳐 왔다고 얼레바리를 쳐 본다. 평생 안하던 짓을 한다고 눈이 화등잔만 해진다. 냉이 한 줌 달래 몇 줄기 냄새를 맡는다. 비닐하우스에서 재배한 것이 아니고 들에서 직접 캔 거라고 단박에 알아본다. 덤으로 준다던 칡뿌리 한 토막을 이빨로 껍질을 벗겨내고 한 가닥을 질근질근 씹는다. 시골 태생이라 칡뿌리 맛을 아는지 단박에 봄 화색이 돈다. 생전 처음 상을 받은 기분이다.

준비하던 저녁상을 미루고 잠시 기다리라고 한다. 냉이 나물을 무치고 달래 된장찌개를 바글바글 끓인다. 달래 냄새가 온 집안에 가득 퍼진다. 너무 익숙하면서도 가까이 하지 못했던 향기다. 먹어 치우기엔 아까운 봄의 향내다. 이제 막 쌍갈래로 머리 땋은 상큼한 소녀의 미소 같은 느낌이 든다. 늙은이들만 사는 집에 봄이 활짝 핀다.

아내는 이상야릇한 말도 한마디 덧붙인다. 봄에는 눈과 귀를 열어놓고 나돌아다녀야 봄이 어디서 어떻게 오는지 보이는데, 다람쥐 쳇바퀴 돌 듯 집안에만 처박혀있으니 시도 때도 모르고, 봄이 오는지 가는지 짐작도 못하고 산다고 하소연 같은 푸념을 한다. 그도 봄 마중을 하고 싶은가 보다.

저녁 방송을 함께 보다가 지인이 보내 준 고로쇠 물통을 들고 와 마시라고 한다. 고로쇠 물통 빛이 화초 잎사귀 빛이다. 푸른빛인지 초록빛인지 고로쇠 물통을 만든 사람도 봄을 넣어 만들었다. 봄빛이다. 한 사발을 그득 따라 마신다. 맛은 짐짐하다. 이 물이 단풍나무로 치솟아 올라가 잠든 가지를 깨워야 할 물을 잔인하게 내가 마신다. 내가 봄을 방해 하는 것 같아 멋쩍은 생각이 들어 헛기침이 난다.

오늘 낮에 만났던 할머니와 송아지 이야기를 하였다. 할머니 집에 송아지가 태어나는 것은 참으로 기분 좋게 봄을 맞은 것이다. 할머니가 새 생명을 받는 것은 축복이다. 새 생명을 맞으러 고생하며 캔 나물을 내던져버리고 달려가는 할머니의 마음은 얼마나 두근거리고 설레었을까. 봄에는 새로운 만남이 봄의 참맛이다.

스르르 눈을 감고 주름진 할머니 얼굴과 새로 태어나 겨우겨우 걸음을 떼어놓을 송아지를 그려본다. 이 봄에는 송아지도 무럭무럭 자라고 꼬부라진 할머니 허리도 펴졌으면 좋겠다. 달래 먹은 입 향기로 기원을 한다. 봄이 따뜻하게 오고 있는 느낌이 든다. "우리가 만난 계절도 봄이었지?" 하고 아내의 얼굴을 쳐다본다. 그리운 사람을 만나는 봄이, 정녕 웃음과 희망이 피어나는 봄이다. 좋은 사람을 찾아 좋은 친구가 되어 주는 것도 이 봄에 할 일이다. 찌들어 있던 나의 겨울도 봄이 핀다.

황공무지로소이다

정월 대보름이라고 시래기나물이 상에 올라왔다. 옛날 어른들이 시래기 나물은 된장으로 무쳐야 제맛이란 말씀대로 된장과 들깨가루를 넣고 무쳐서 맛이 고기 맛처럼 좋다. 몇 십 년 만에 찾아온 강추위도 풀렸다. 나물밥을 먹고 팔베개를 베고 누웠으니 대장부 기분이 이만하면 괜찮다. 가난한 시절 신물이 나도록 먹던 음식이다. 가을에 버려지는 무청을 그늘에서 보살핌도 없이 말린 것이다. 가마솥에 삶으면 푸른빛과 모양이 변하지 않고 되살아난다. 나의 본래 입맛을 찾아주어 그지없이 고맙다.

진부한 애기지만 지난날의 나와, 오늘의 나는 너무나 많이 변해 있다. 하늘과 땅만큼 벌어진 천양지차다. 책보자기를 허리에 두르고 십오 리 길을 걸어 학교를 다니던 사람이 지금은 승용차나 비행기를 마음대로 탈 수 있고 손 안에 넣는 전화기로 어디에서나 어느 누구와도 이야기 할 수 있는 세상에 살고 있다. 씨름판에서 나보다 힘이 센 상대를 단판에 넘겨 이긴 기분이다. 여기서 뭘 더 바라고 무슨 불만이 있다고 투덜거릴 일이 있나? 고마운 세상에 감사할 뿐이다.

이 편한 나에게 아내는 무엇이든 배워 새로워지기를 바라는 눈치다. 채근도 한다. 깊은 바다를 메우고 높은 산은 옮길 수는 있어도 사람의 욕심은 잠재울 수가 없나보다. 구민회관에서 운영하는 요리강습을 받으라고 성화다. 자식들 봉양 받아가며 사는 노후시대가 아니라며. 조금이라도 수족이 성한 사람이 서로를 돌봐줘야 한단다. 그래서 간단한 요리를 배우라고 한다. 얼핏 들으면 '유비무환' 만약을 위한 대비로 준비를 하는가 싶지만 속내는 자신의 의무를 면탈하려는 꿍꿍이 수작인 듯도 싶다.

그런 의심을 하다가도 한편으로 다시 생각을 해보면 배워 두는 것도 보탬이 되면 되지 손해 보는 일은 아니고 괜찮을 것도 같다. 얻어온 안내문에 설명한 준비물을 읽어보니 개인용 식칼과 도마와 행주, 요리용 장갑, 행주치마는 필수이고 만든 음식을 담아가는 밀폐용기를 지참하라고 한다. 앞치마를 두르고 다닐 생각을 하니 정나미가 떨어진다. 조금 더 있다가 선선한 가을학기가 좋을 거라고 핑계를 댄다. 아내의 욕심은 비누거품처럼 줄지도 않고 점점 부풀어 오르기만 한다.

평생 배워서 자기의 존재를 확인시키는 것이 삶의 가치요 기쁨이다. 하지만 나로서는 버겁다. 현재 이대로가 좋다. 그저 황공할 뿐이지 더 오르려 하지도 무엇을 더 배우고 싶지도 않다. 여기까지 온 것도 감사하고 너무 빨리 달려와 현기증이 난다. 다가오는 세상이 너무 현란하여 볼 것도 다 못 보고, 들을 소리도 다 못 듣는다. 새로운 문화를 받아들일 능력이 없어 허덕거린다. 내 노력으로 지금의 세상에 온 것이 아니라 거센 파도에 떠밀리고 얼떨결에 휩쓸려와 어느 낯선 곳에서 아픈 엉덩이를 만지고 있는 꼴이다. 도대체 새로워지는 세상을 따라갈 수가 없다.

사람을 만나고 관계를 맺어 소통하는 것이 사람이 할 일이다. 유행을 쫓아 시대에 맞게 멋을 부리고 좋은 것을 얻어 만족하려는 것이 인간의 심리다. 갖고 싶은 물건을 구입하는 거, 영화를 보고 음악을 듣고 즐기는 거, 고생을 하면서도 낯선 곳을 찾아 여행을 하는 것은 모두가 즐거운 마음을 얻어 만족하기 위해서다. 그러나 어렵게 얻은 만족의 기분도 오래 간직하지 못한다. 만족의 시간도 추억일 뿐이다. 행복한 마음을 겨울 김장하듯 갈무리할 수도 없고 담아 둘 그릇도 없다.

만족한 행복이 사라지고 나면 그 다음 새로운 욕심과 욕구가 샘솟아 나를 괴롭힌다. 갖추면 더 갖고 싶은 마음의 충동이 싫다. 가만히 있고 싶다.

어린아이들도 좋아하는 예쁜 장난감을 한 시간만 가지고 놀고 나면 싫증이 나서 내팽개쳐버린다. 신문에 오르내리는 새로운 소문도 며칠만 지나면 사라지는 하루살이다. 정성으로 마련하여 아내에게 주는 선물의 효력도 5일쯤 가는 행복이고, 갖고 싶고 입고 싶어 구박을 받아가며 어렵게 구입한 새 옷도 몇 달만 지나면 싫증이 나고 입기 싫어진다. 이 좋은 세상에 갈구하여 성취한 만족의 기쁨이 기대한 만큼 길지도 오래가지도 않는다. 그런데도 사람의 욕망은 한도 끝도 없다.

물질이 주는 기쁨은 그렇다고 치고 두 마음이 한 마음이 되어 영원하자고 하던 사랑은 어떤가. 남녀 간의 사랑도 유효기간이 3년이라고 말하는 사람도 있다. 아마도 그 정도의 시간이 지나면 콩깍지가 벗겨지나보다. 아무리 다정한 부부도 흐르는 세월 앞에는 사랑의 호기심도 시들해져서 이후부터는 측은지심으로 살아가게 마련이다. 꽃도 청춘도 세월이 흐르면 시든다. 마음에 들어 즐겨 찾는 술집도 몇 번 가다보면 싫증이 나서 새로운 집을 찾는 것이 술꾼의 버릇이고 행태다.

지금 이대로를 만족하자. 새롭게 요리를 배우려고 발악을 하지 말자. 가을에 하겠다는 약속을 변명할 말이나 준비해 두어야겠다. 새 길을 가기보다 허둥지둥 오다보니 챙겨오지 못한 것들이 너무 많다. 가을 들녘에서 곡식을 수확하다보면 이삭을 흘리는 경우가 흔하다. 수확한 이삭보다 흘린 이삭이 더 탐스럽게 보여 농부의 마음을 아프게 한다. 지금부터는 버려지고 잊어버린 이삭이나 주워서 보듬자. 시래기나물을 먹고도 하회탈처럼 웃을 수가 있지 않은가.

사랑이란

제부도 바다시인학교에 다녀오던 때의 이야기다. 섬은 하루에 두 번씩 바닷물에 길이 잠기는 곳이다. 행사는 밤 아홉 시에 끝이 났고 열 시에 물길이 열리는 날이다. 수원까지는 멀지 않은 거리라 유숙을 하지 않고 돌아오기로 했다. 시향(詩香)에 젖어 얼추 도착할 쯤에 동행하는 젊은 여자동인의 전화벨이 울린다. 일행은 통화에 지장을 주지 않으려고 숨을 죽인다. 전화기 성능이 좋아서인지 소리를 크게 조절을 해 놓았는지 통화소리가 옆 사람에게 까지 들린다. 남편의 전화다. 시간이 늦었는데 고생하지 않겠냐는 걱정이다. 동승한 차가 다행으로 집 근처를 지나가니 안심하라고 한다. 남편이 마무리 인사로 "사랑해" 한다. 일행은 일제히 팝콘 터지듯 폭소가 터진다. 차 안에 있는 모두가 자신의 일상 모습이 아닌 듯 놀란 토끼눈이 된다.

세대 차이를 실감한다. 경험하지 못한 상황에 괴이쩍기도 하고 새로운 사랑을 보는 것 같아 그들의 사랑이 경이롭다. 일행 모두가 무어라 말은 못하고 웃음보가 터져 그칠 줄을 모를 뿐이다. 당사자는 뭐가 쑥스러운 일이고 웃을 일이냐며 오히려 부끄러운 일 아니라고 발을 동동거리고 자벌레마냥 머리를 흔든다. 자기들은 일상적인 인사이고 언제 어디서고 거리낌 없이 서로의 사랑을 확인한다고 한다. 웃는 사람들도 닭살 돋는다고 편잔을 하면서도 내심은 다른 것 같다. 말은 못하고 킥킥거리고 웃으면서도 은근히 자신들도 그랬으면 하고 부러워하고 선망하는 눈치다. 사랑에도 시대가 다르고 흐르는 유행이 다른가보다. 나의 사랑은 어느 시대 사랑이고 어떤 모양새의 사랑인지 견주어 본다.

늙은 아내도 이따금 옆구리를 툭툭 친다. 사랑하냐고? 사랑한다고 한 번만이라도 말을 해보라고 보챈다. 그 때마다 나는 해괴한 소리를 다 듣는다고 화를 낸다. 남녀 간에 사랑을 언약하고 부부의 연을 맺었으면 약속한대로 행동으로 실천하는 것이 더없이 순결한 사랑이지. 앵무새처럼 말로 하는 것이 무슨 사랑이냐고 퉁바리를 주고는 한다. 사랑은 단 한 번만 맹세하는 것이라고 큰소리로 야단도 친다. 호주머니 속에 은전 한 닢 넣어두고 있나 없나 매일같이 조바심해가며 꺼내보는 것은 사랑이 아니라고. 우리의 사랑은 쇠사슬로 묶어놓은 단단한 사랑이라고 거드럭거리기도 한다. 사랑에 목말라 애태우지도 않았고 불만스럽다고 투정하지도 않았다. 튼튼하게 붙잡고 있는 것이 영원한 사랑이라고 믿었다.

케케묵은 사랑의 방법은 요즈음 세상에 명함도 못 내민다. 세월이 지나면 강산도 변한다고 사랑하는 감정도 방법도 변했다. 신세대 젊은이들이 하는 사랑을 보면 너무 많이 달라져 딴 세상에서 온 느낌이 든다. 사랑하는 방법도 여인들의 유행하는 옷차림처럼 시시때때로 화려하게 변하나보다. 따라가고 쫓아갈 수가 없다. 꼭 조선시대에서 살다가 온 아주 오래된 옛날 사람같이 여겨진다. 사랑은 수선스럽지 않게 조금 비켜서서 근중하게 바라보는 것이 사랑인 줄 알라는데 격세지감이다. 오늘날 사랑은 꽃잎에 왕벌이 윙윙거리고 날아들듯 소리가 우선이다. 봄볕 내려 쪼이면 초록 잎이 팔팔 끓듯이 언제 식을지는 몰라도 겉모양이 먼저다. 때문에 사랑이 파르르 끓는 느낌이다. 내 젊은 날은 왜 이렇게 힘이 넘치는 사랑이 아니었는지? 저들처럼 사랑도 못 해 보고 이제 와서 구경만 하니 지난날의 청춘이 아쉽다.

다 놓쳐버린 세월이다. 젊은이들이 하는 사랑을 구경만 하는 구경꾼이다. 오늘날 사랑은 즐기면서 움직이는 에어로빅운동이다. 무거운 역기를 힘겹게 한 번 들어 올리고 알통 나왔나 팔뚝 만져보는 사랑이 아니다. 에어로빅 운동은 매일같이 가볍게 조금씩 쉬지 않고 하여야 체형이 유지되듯 사랑도 항상 말과 행동으로 표현을 한다. 늘 잇대어지고 끊어지지 않게 엮어 나가야만 사랑의 싹이 돋아나 자라난다. 에어로빅처럼 신나고 살갑게 한다. 나뭇잎에 바람결 스치듯이, 흐르는 물결이 조약돌에 머물다 가듯이, 사랑의 표현을 끊임없이 하는 것이 신세대 사랑법이다. 실천스러워도 상관없고 남에게 들켜도 얼굴 붉힐 일이 아니다. 서로의 마음이 부풀어 오르도록 가득하게 하는 것이 신 사랑 법이다. 힘들게 하지도 않고 능숙하게, 눈치 보지 않고 거리낌 없이 하는 것이 이 시대가 하는 사랑이다.

만개한 함박꽃이 해질녘이면 서서히 꽃잎을 오므리듯 우리의 사랑은 정리하는 시기가 되고 말았다. 미지근하고 측은한 사랑이다. 그나마 더는 식지 않고 끊어지지 않게 기도를 해야 할 사랑이다. 옆에 와서 사랑의 온도를 재자고 하면 민망하다. 요즘 젊은이들처럼 해바라기 꽃같이 활짝 웃는 사랑을 하고 싶은 마음은 굴뚝같다. 가을햇살같이 따끈따끈한 사랑을 해보는 것이 소원이라고 하늘을 쳐다보고 뇌까려도 본다. 연애도 한번 멋있게 해보고 싶은 마음이 옹이처럼 남았다. 아내를 툭 쳐본다. 아쉬움과 미련이 많이 남는 후회스러운 조선시대 사랑이지만 진중하게 마무리 잘하자고 입을 삐죽 내민다. 건너다보니 절터라고, 아직도 사랑이 뭔지 모르는 숙맥이라고 원망하는 눈초리가 새파랗다. 신세대들이 하는 사랑 법을 새로 배워보고 싶은 마음이다. 가르쳐주는 곳이 있을까?

효도를 보다

짐승은 암수가 만나 사랑을 하다가, 새끼를 잉태하여 분만을 하면 젖을 먹여 키운다. 어미의 젖이 마르면 어미와 새끼의 관계는 끝이다. 종족을 번식하여야 할 본능을 다 했을 뿐이다. 애정도 여한도 없이 남남의 길을 간다. 어미는 죽는 날까지 자립할 능력이 있기 때문에 걱정이 없다. 그러나 유독 사람은 다르다. 한 백 년 인생살이에 늙어지면 자기의 생활을 스스로 해결할 방편이 없다. 자식의 수발이 없으면 생명을 이어가기가 어렵다. 그래서 어버이 섬기는 일을 인류의 근본으로 삼는다. 아직은 아니라고 생각지도 않았는데 어느새 자식들이 보살펴 주는 보살핌을 받았다.

오지랖이 넓은 사람이라 주위 사람들이 황당한 일을 당하면 곧잘 참견을 하는 편이다. 배냇버릇같이 푼수를 떤다. 그러다가 막상 내가 터무니없는 일을 당해보니 막막하다. 얼마 전에 교통사고를 당하였다. 판단도 하여야 하고 처리할 일들이 소소하다. 우선으로 찾아지는 것이 자식이다. 연락을 했다. 한걸음에 달려와 보살피고 챙겨준다. 없는 종합병원 입원실도 찾아내고 보험회사 문제 등 모든 것을 서로 맡아서 처리를 하니 완전한 경로자가 되었다. 자식들이 나의 든든한 울타리라는 것을 처음으로 체험하고 실감한다. 누구로부터 도움을 받는 것도 행복이다.

부자지간의 친애를 짚어보고 생각해 보는 기회도 되었다. 자식을 아들 삼형제와 딸 하나를 두었다. 위로 두 형제는 무탈하게 잘 커서 일류는 아니지만 대학을 나와 선선히 제 앞가림을 하여 일가를 이루고 산다. 한 번도 일탈하지 않았고 가라는 길, 펼쳐진 길로만 갔다. 그것이 그렇게 고마워 떠받들어지고 긍지로 삼아 자랑하고 뽐내고 싶다. 미덥기만 하였지 눈곱만큼도 바라지는 않았다. 무슨 걱정이나 애로는 없는지 도와주고 보살펴줄 일은 없나 전전긍긍했다. 귀한 난초 한 촉 얻어다 키우듯 조심스러웠다.

막내는 학교성적도 신통치 않더니 성장해서도 속을 많이 썩였다. 걸핏하면 사고를 저지르는 사고뭉치였다. '못된 송아지 엉덩이에서 뿔난다.'고 하지 말라는 짓은 손들고 따라하는 성품이다. 술 먹고 밤늦게 들어오면 밤새도록 구박을 하고는 했다. 자기 사업을 하겠다고 출썩거려도 쳐다보지도 않았다. 어찌 어찌 하더니 이제는 제법 자리를 잡고는 사람 구실을 한다. 가끔은 용돈을 주기도 한다. 아직은 지원 받을 때가 아니라고 손사래를 치지만 받고나면 입이 귀에 걸린다. '굽은 나무가 선산 지킨다.'는 옛말이 되씹어진다.

처음으로 용돈을 받을 때는 감동을 해서 두 손을 덥석 잡았다. 가슴을 찌르는 감동을 느끼면서도 암소가 방귀 한번 뀌었구나 싶어, 피씩 웃고는 콧방귀로 맞장구를 쳤다. 이후 지켜보니 정기적이고 마음이 담긴 작심한 행동이었다. 체수가 작아 비 맞은 참새 같은 애물이라 애처롭고 가엾은 생각에 거절을 하였다. 아내에게도 받아서 이득 되는 것도 아니고 주는 사람만 힘드니 절대로 받지 말라고 하여도 막무가내다.

가끔은 야릇한 마음이 솔솔 들기도 한다. 다른 아들들한테는 어떤 기회가 아니고는 용돈을 상시로 받아보지를 못 했다. 좀 받아봤으면 하는 마음이다. 어느 땐가는 술 한 잔하고는 면전에서 용돈 좀 가져오라고 속내를 떨어 놓기도 했다. 싱긋 웃고는 싱긋도 하지 않는다. 오히려 옆에서 듣고 있던 며느리 대답이 가히 들어 볼만한 대답이다. 지역에 군수님도 중앙정부에서 예산을 많이 지원을 해 주어야, 군 살림을 잘하고 명이 나서 선거 때 표가 많이 나온다며. 아직은 아버지 어머니가 중앙정부라며 지원을 더 하라고 한다. 부자지간의 정을 정치적 이해타산으로 해석을 한다.

효도하는 방식도 세상이 발전하는 만큼 달라지고 변한다. 신 효행 풍속도가 기가 차다. 옛날 심청이 효심은 효도도 아니다. 참 약삭빠르게 효도를 한다. 노래에 소질도 없는 손자들에게 억지로 노래 몇 곡 가르쳐 할머니 앞에 세워 놓고는 상금은 엄마가 정한다. 틀리면 천 원, 안 틀리면 만원, 할머니는 노래가 어디가 틀렸는지도 모른다. 주머니만 털린다. 떠나고 나면 끼룩끼룩 웃게 하는 효도다. 얄밉고 예쁜 효도다.

이벤트적인 효도도 있다. 대수롭지 않은 화장품 한 병, 아니면 길거리 표일지 싶은 액세서리 한 점 손에 쥐어 준다. 취향이나 선호도는 뒷전이다. 그저 좋은 물건이라고 생색을 한껏 내고 나면, 요구사항이 가을 밤나무 알밤 떨어지듯 한다. 조금 눈치가 보이고 거북한 일이 있거나, 야단맞을 짓을 했을 때도, 집안에 탐나는 물건을 가져가려고 궁리를 할 때는 선물 이벤트작전을 펴고 효도를 한다. 사탕발림에는 거목도 맥을 못 춘다. 얼마 전에는 빛깔도 안 맞는 립스틱 한 개를 가지고 와 대물림하던 앙증맞은 목기 한 점을 달라고 한다.

나무의 열매는 가을이 오면 떨어진다, 새가 둥지를 떠나듯, 자식도 결혼을 하여 분가를 하면 부모 곁은 떠난다. 하지만 늙은이에게 남은 바램은 자식들의 보살핌뿐이다. 자식들의 효친한 마음만이 남은여생을 지켜주는 버팀목이다. 어려서는 부모를 따르고 출가해서는 남편을 따라 늙으면 자식을 따르는 여자의 '삼종지도'는 남자도 마찬가지다. 효심한 마음도 부모 하기 나름이다. 효성도 부모가 준 것만큼 받는다고 한다. 죽은 뒤 묘 발치에 와서 술 한 잔 따라 놓고 울컥거리는 자식의 그림자도 꼭 있어야 할 그림이다. 나를 기억하고 생각하는 사람이 내가 살다가 간 흔적이기 때문이다.

훈훈하게 불어오는 바람이 부끄러운 내 양심과 나의 눈을 찌른다. 눈물이
주르르 흐른다. 손등으로 닦아도 여전히 흐른다. 나는 울어야 할 사람인가
보다.

<바람이 되는 시> 중

나팔꽃
부부젤라

강물, 허리 펴다

초등학교 다니는 열 살배기 손자 놈이 그림을 그린다. 녀석이 뭘 해도 모두가 신통하다. 하얀 도화지에 자를 대고 널찍하게 두 선을 긋는다. 무엇을 그릴 거냐고 물어보니 강물을 그릴 거라고 한다.

"강물이 그렇게 일직선으로 흐를까?"

"그럼요, 지난여름 엄마하고 강에 가서 봤어요. 끝도 안보이게 곧장 흘러요, 파란물이 가득했어요."

강물과 다리와 강둑이 멋있어서 그것을 그리겠다고 한다. 아이가 기억하는 강이다. 깨끗하고 멋진 강이 손자의 강이다. 세상살이에 기본인 생명의 물이 어린 가슴에 충만하게 새겨져 영원한 자산으로 남는 것은 아이의 복이다.

뒤로 물러나 앉아 여남은 살 손자 나이일 때 나의 산천을 떠 올려본다. 참으로 가난했던 검은 개울이 보인다. 50년대 일이다. 일제강점기 때 아버지는 징용으로 끌려가 돌아오지 못했다. 고난은 겹쳐서 오는 법인지 6.25 전쟁이 발발하여 참혹한 세상을 맞이했다. 빈곤한 집에서 열 살 때부터 풀을 베는 꼴꾼이 되었다. 나무 뿌리마져 캐내어 땔감으로 쓰던 시절 동네 앞개울이 일터요 놀이터였다. 사람이 가난하면 산천도 가난해지는지 개울물은 마르고 풀도 자라지 않았다. 개울은 헌 털뱅이 옷 찢어지듯 허물어졌다.

나무가 없어 붉은 흙이 드러나는 벌거숭이 민둥산은 비만 오면 물이 "나 잡아 봐라!" 하고 급류로 변해 홍수가 나는 것이 연례행사였다. 흙과 모래가 떠내려와 개울바닥은 높아지고 개울둑은 수마가 할퀴고 가 논바닥으로 물이 흘러들고는 했다. 어느 해는 하나뿐인 생명줄 같은 우리 논 다섯 마지기 배미 허리를 처참하게 치고 나갔다. 가느다란 다리로 막아서도 거센 물살은 무심하게 밀치고 지나갔다. 그 해 벼농사는 폐농을 하여 목을 베어 죽음을 당하는 형편이 되었다. 홍수의 재앙은 천벌처럼 무서웠다.

복사토가 마당만큼만 밀려 들어와도 삽과 가래와 등짐만으로 퍼내는 시절이라 뼈가 부서지는 가혹한 일이었다. 실한 장정 일꾼이 없는 우리 집은 이러지도 저러지도 못해 난감했다. 학교도 못가고 돌을 골라내고 힘겹게 삽질을 하다가 그만 발등을 찍어 발을 다쳤다. 내 몸 아픈 것보다 어머니 가슴 아파하는 애절함이 더 나를 찢어 놓았다. 그 상처는 물 관리를 잘못한 죄인으로 낙인이 찍혀 평생을 지니고 살아온 징표가 되었다.

홍수로 둑이 무너지는 것을 시골말로 성천이 간다고 한다. '성천포락成川浦落' 고전에서 연유된 말이다. 옛 사람들도 논 밭 떠내려가는 것을 제일 무서워했나보다. 어머니는 하늘이 내린 벌이라 생각했다. 믿음이 신앙이 되어 하늘에 오르실 때까지 추수가 끝나면 떡을 해다 놓고 개울둑의 안녕을 빌었다. 농사짓는 동안 개울둑 관리는 매우 어려운 일이었다. 나무 말뚝 몇 개 박고 나뭇가지로 엮어 방천을 한 냇둑은 부실하기 짝이 없었다. 지금은 정부의 소하천 가꾸기 사업으로 견치돌이 쌓여 경운기가 다니는 둑길이 되었다. 탈농을 하고도 어머니의 영혼이 깃든 곳이라 아직까지 보존하고 있다.

몇 년 전에 정부가 실시한 강제 징용되어 돌아오지 못한 징용자 유족들을 위해 징용 길을 답사하는 기회가 있었다. 대상이 되어 현해탄을 건넜다. 일본 열도를 거쳐 소련령 사할린까지 가는 여정이다. 도시를 거처 농촌 마을을 지날 때 깜짝 놀랐다. 산야는 우리의 지형과 비슷한 산골짜기인데도 논과 밭이 바둑판 같았다. 산 끝자락 물도랑마저도 완벽하게 정비가 되어 있었다. 철저히 관리되어 허술한 곳이 한군데도 없었다. 튼튼한 국력이 전국토를 튼실하게 관리하고 있었다. 우리의 굽은 개울을 언제쯤 그리 곧게 펴질까?

북해도에서 빤히 보이는 사할린으로 건너갔다. 그 곳 산하는 일본과는 딴판으로 태초의 땅 그대로였다. 움푹움푹 파인 곳에는 물이 고이는 늪지대로 이어지는 진펄이었다. 북쪽에 위치해 추운 지방이면서도 물기 많은 지역이라 우리가 나물로 먹는 머위가 사람 키만큼 자라고, 미나리가 무릎에 닿는다. 섬 끝머리 붕긋하게 솟은 산이 그 유명한 미시비시 석탄광이다. 석탄에서 석유를 추출하는 양질의 석탄이 나오고 바닷가에서는 천연가스가 무진장 나오는 보물을 숨긴 땅이었다. 하지만 겉모습은 진흙물이 질퍽거려 불모지나 다름없었다.

수만의 한국 징용자의 뼈를 깎았고 수천의 우리 아버지들의 영혼이 묻힌 땅이다. 지금은 인류사회에 공헌하는 땅이라 탓을 못 하지만, 다만, 어느 한때 힘으로 지배했던 악독한 인간들을 증오하고 저주할 뿐이다. 아직도 많은 한국교민 2세, 3세들이 살고 있어 낯설지는 않지만 질퍽거리는 물 때문에 땅도 서럽고 물도 서럽고 사람도 서럽게 보였다.

한국대표부와 일본영사도 참석하여 제법 격식 있는 추모제를 지냈다. 유족들의 애끓는 추도사가 지역방송에 방송되기도 했다. 행사가 끝나고 교민대표의 안내로 관광을 한다. 연어 회를 먹으러 강 머리로 갔다. 바닷물과 맞닿은 강물이 열 손가락처럼 넓게 펼쳐 흘렀다. 포장된 도로도 다리 하나도 없는 자연 그대로의 강이다. 연어가 알을 낳고 부화하기에 좋은 물줄기이기 때문에 인공적으로 개발을 하지 않는다고 한다. 연어 회를 실컷 먹으면서 자연의 가치를 깨달았다.

물을 관리하는 치수사업이 정치의 근본이라고 옛 성현들은 말했다. 사람이 이용하는 물은 사람이 편리하도록 물을 다스려야 하고, 물에 사는 생명들에겐 그들이 좋아하는 물 세상을 만들어 주어야 한다. 그것이 인간과 자연이 공존하는 방법이다. 손자가 그린 강 그림이 허리를 쭉 펴고 활짝 웃고 있다.

오월의 바람

버스차창으로 들어오는 오월의 햇살이 한 아름이다. 어두움이라고는 눈곱만큼도 없다. 환하다 못해 햇살이 노랗게 꽃을 피운다. 석수장이가 만들다가 팽개쳐버린 돌장승 같은 내 마음도 울렁거리게 한다. 초록빛과 훈훈한 바람이 도대체 뭐길래 소녀도 아닌 이 무딘 가슴을 흔들어댈까? 한 손으로 반쯤 열린 차창 유리문을 잡고 머리를 기댄다. 소매 속으로 기어들어오는 오월의 바람이 겨드랑이를 타고 가슴까지 들어와 더듬는다. 바람의 황홀경에 취해 눈을 감아가면서 행복을 느낀다. 폐부에 와 닿는 바람의 맛이 십 년 묵은 체증을 응어리째 쓸어내리는 것 같다. 오월에 부는 바람은 생명을 부르고 움직이고 생동하게 하는 바람이다.

도시에서 살아 온 지도 꽤 됐다. 집 근처에 있는 산은 풀 방구리에 쥐 드나들듯하다 보니 가끔은 싫증이 나 외곽으로 이탈을 하고 싶어질 때가 있다. 푸른 계절이면 더욱 그렇다. 예전에는 십 리, 이십 리 길도 마다 않고 걷던 주변의 지역이지만 지금은 세상이 좋아져서 노선버스가 안 들어가는 부락이 없다. 마음에 충동이 일어나면 정해진 목적지도 꼭 가야 할 이유도 없이 가보는 버릇이 생겼다. 정류장에서 서성거리다가 마음 내키는 버스가 오면 무작정 올라타고 간다. 시내를 벗어나 들을 지나고 산을 넘고 내를 건너 꼬불꼬불 달릴 때면 그렇게 정겨울 수가 없다. 오늘도 그 짓을 하는 중이다. 유난히 추웠던 겨울을 징벌하고 싶은 마음에서인지 벌써 몇 번째다. 바람의 유혹이 나를 훨훨 날게 한다. 싱그러운 바람을 쫓아가는 나의 속내는 무엇일까. 좋은 세상에서 내 뜻을 이루지 못한 아쉬움 때문일까.

　내가 만들어 놓은 현실이지만 갑갑할 때가 있다. 그럴 땐 누구나 어디에라도 숨고 싶다. 만만한 것이 어릴 때 자라던 고향에서 옛날을 찾게 된다. 누구나 고향에는 살아 계시든 안 살아 계시든 부모형제가 있고 스스럼없는 이웃이 있고 정다운 동무가 있는 까닭이다. 그러나 비틀거리고 허우적거리면서 체면 없이 그냥 갈 수 없는 곳이 또한 고향이다. 대리만족으로 위안을 받고자 낯선 곳을 찾아 여행을 한다. 무작정 헤매는 것도 해보면 해볼 만하다. 비용도 많이 들지 않고, 빈 마음을 메우기엔 괜찮은 방법이라 마음 아픈 사람에겐 권할 만도 하다. 간간히 두엄 썩는 냄새가 코를 간질인다. 누구도 싫어하는 냄새를 나는 배냇적부터 인배기게 맡아온 냄새다. 싱그러운 바람이 눈물이 나도록 뿌연 눈동자를 씻어주면 연초록 잎이 반짝반짝 보이기 시작한다. 바람으로 세수한 얼굴이 오월의 하늘처럼 청량하고 산뜻하여 대형버스를 혼자 타고 가는 공허함도 느끼지 못한다.

　사 오십 리쯤 왔다. 시골 동네 버스종점은 대개가 마을회관 앞마당이다. 운전기사는 곡예운전으로 간신히 차를 돌려세운다. 정차시간은 단 몇 분, 할머니 두 분은 벌써 나와 회관 앞에 제비마냥 앉아 차를 기다리고, 저쪽에선 늙수그레한 아저씨 한 분이 허둥지둥 뛴다. 기사는 밖에 나와 근육 푸는 운동을 잠시 할 때 슬그머니 할머니들에게 말을 걸어본다. 바람이 참 맛있네요, 하니. 참 좋은 때지 한다. 그래도 지금은 옛날 같지 않고, 전에는 이맘때쯤이면 청 보리에 이삭이 나올 때라, 온 동네 보리밭에서 파도치듯 출렁이는 보리바람이 불면 가슴이 뻥 뚫렸다고 두 팔을 쫙 벌린다. 보리바람이 맛있지 요즘 바람은 맛없어. 할머니가 시인처럼 말을 한다.

　옆에 할머니는 심통이 난 눈빛으로 한 마디 거든다. "전번에 면장님이 와 그러는데 밥 한 그릇 쌀값이 150원이래." "넉꾸다이 맨 사람 한 시간 품삯이면 한 달 쌀값허구도 남는대." 그러니 제아무리 들바람이 좋아도 누가 흙바람을 마셔, 하루 품삯이 쌀 세 됫박 할 때가 농촌바람이 제일 좋았지. 이젠 시골바람은 개울에 소금쟁이나 먹고, 이리 날고 저리 나는 하루살이들이나 마시지 사람은 찾아오지도 마시지도 않는다며. 퇴비 썩는 냄새가 좋다는 도시양반을 처음 봤다고 투덜댄다. "그렇게 좋으면 이 동네 와서 좋은 바람 실컷 마셔가며 사시구려," 한다. 심기 틀어진 얼굴로 듣든 말든 혼잣말로 중얼거리는 할머니를 따라 다시 차에 오른다. 차 시동 거는 부르릉 소리에 놀랐는지 마중 나온 누렁이가 몸을 후르르 턴다. 털갈이 하는 털이 봄 안개처럼 피어올라 초록 바람이 안고 가고, 차도 오던 길을 따라 되돌아간다.

맥쩍게 낯선 곳을 찾아다니는데도 요령이 필요하다. 앉아 오던 자리 쪽에 다시 앉아야 못보고 온 풍경을 볼 수가 있다. 올 때는 혼자, 갈 때는 달랑 네 명, 오월의 미풍에 떠밀리는 기분이다. 뭔 일로 시장에 가느냐는 말 한마디에 말상대 없던 할머니들 너 잘 만났다는 표정으로 미주알고주알 밑두리콧두리 다 털어 놓는다. 나뭇잎 새로 돋아날 때, 내일 모래가 젊었을 때 저 세상으로 간 영감님 제사라며, 자식들이 저희들 집에서 지낸다는 걸 당신 살아 있는 동안은 당신 앞에서 지내라고 했다며. 보리밭 사이로 바람에 휘날리며 가던 상여가 지금도 눈에 선하다고 하신다. 며느리들이 와 다 하지만 미리 준비할 것이 소소하게 많아 그래서 장에 간다며, 틈 벌어진 틀니 사이로 뱉어내는 그리움이 아프지가 않다. 아리고 쓰린 그리움도 그리운 사람이 행복할 땐 오월의 너울바람같이 만족으로 충만한가 보다.

오월의 훈풍과 덜컹거리는 버스와 하루를 지내다가 기분 좋게 내 동네로 돌아

나팔꽃 부부젤라 ● 곽영호 수필

왔다. 오늘 보고 온 포도밭은 붉은 새순이 손가락만큼 돋았는데 과일가게엔 멀리서 온 청포도와 붉은 포도가 더미를 이룬다. 탱글탱글한 오렌지 빛도 유난하고 바나나 손가락이 나를 움켜쥔다. 젊은 주인 내외와는 목 인사 정도는 하는 사이다. 권투선수가 링에 오르기 전 맞수대결을 하듯 두 사람이 팔짱을 끼고 서로를 노려보는 눈빛이 사납다. 소비바람이 꽁꽁 얼어붙어 죽을 맛이라고 푸념이다. 두 사람에겐 아직 오월의 훈풍이 불지를 않았다.

맛있는 바람의 맛을 아쉽게 내려놓고 땅만 쳐다보고 집으로 돌아와 현관문을 당긴다. 이건 또 뭔 일인가? 집안에서 파스 냄새가 진동을 한다. 담이 걸려 근육통을 앓는 그도 이제까지 봄바람의 향기를 모르고 있다. 내일은 억지로 팔을 잡아끌고서라도 들녘으로 나가 오월의 바람 앞에 세워야겠다. 버스 떠날 때 몸을 푸르르 떨어 묵은 털을 바람에 날려 보내던 누렁이처럼 새바람을 맞아 봄 사람이 되었으면 좋겠다. 내가 오월의 바람이 되어 주자.

수원 우시장 이야기

　　수원 근교에서 농사를 지으면서 소를 길렀다. 요즈음은 증권객장에 나가 경제의 흐름을 파악하듯이 옛날에는 우시장엘 가야만 세상 돌아가는 물정을 알 수 있었다. 때문에 장날이면 장에 가는 것이 일상이었다. 수원 우시장은 전국에서 으뜸가는 규모로 수원 경제의 활력소 같은 역할을 했다. 지역경제의 중추는 소의 힘이었다고 할 만큼 큰 장이었다. 용인, 안성, 평택 등의 변두리 5일장을 마감하고 서울로 물량을 공급하는 집결지이기 때문이다. 이른 아침부터 몰려드는 소들의 발걸음소리는 전쟁터로 나가는 병사들의 발걸음 같았다. 삼지 사방에서 벌떼처럼 몰려들어 잠든 수원을 깨웠다. 추운 겨울이면 하얀 입김을 풀풀 내뿜는 소들의 열기는 역동적이다. 껄쭉한 소 울음소리는 내일의 희망이었고 살찐 황소 등허리는 농부들의 보람이었다.

　　쇠전거리는 정겹기도 하지만 거칠었다. 육두문자가 난무하여 여자들은 얼씬도 못하던 곳이다. 젖떼기 송아지의 어미 부르는 목 쉰 소리는 애처롭게 장바닥을 흔들어 놓았고, 좁은 골짜기에서 하늘만 보고 자라온 산골 소들은 바깥세상을 몰라 각박한 도회지 풍경에 멀미를 한다. 짝 못 찾은 황소는 행여나 하고 영각 소리가 길어진다. 기운이 펄펄 넘치는 어스럭송아지, 젊고 토실하게 살찐 암소, 늙어 추레한 소, 소 팔러온 사람, 소 사러 온 사람, 소매치기, 야바위꾼, 엿장수 모두가 뒤엉켜 아우성치는 도떼기시장이다. 칠성이란 놈 지난 장날 소 팔아준 구전 안 준다고 배은망덕하게 제 놈을 이끌어준 김 씨 아저씨한테 행악을 하고, 고삐

　　　　　　　　　　　　　　나팔꽃 부부젤라 ● 곽영호 수필

풀린 송아지는 천방지축으로 이리 뛰고 저리 뛰어 아수라장을 만든다. 꽃뫼 두부 마을에서 콩비지 먹고 자란 황소가 그 장날에 장원이다.

경험 없는 나는 소를 사려면 깊은 고민에 빠진다. 먹성 좋고 일 잘 하며 새끼 잘 낳는 소를 선택하여야 하는데 안목이 없다. 농사꾼에게는 소 한 마리 선택이 일 년 농사 흥망을 좌우한다. 때문에 쇠전에는 소 관상을 봐 주는 협잡꾼도 있게 마련이다. 경험 많은 사람의 조언을 듣지만 백이면 백, 모두가 다르니 혼돈만 더 한다. '눈 먼 송아지는 사돈한테 판다'는 속담도 있듯이 책임 없는 거래다. 밭갈이 는 잘하는지, 수태를 하였는지, 아픈 데는 없는지, 말 못하는 짐승에게 물어볼 수 도 없는 일이다. 소의 겉모습만 보고 합당한 소를 고르기가 참으로 어렵다. 며느 리 선보는 것보다 더 신중을 기하여야 한다. 한번은 경험 없는 나를 얕보고 먼 지 방 소를 사게 하여 일하는 방법이 달라서 낭패를 보기도 했다.

한 식구처럼 살면서도 가정경제 형편이 어려워지면 우선 기르던 소를 개비를 한다. 발굽이 닳도록 농사짓던 소를 팔러 가는 날이면 소도 정들었던 날들을 기 억하는지 눈물을 흘린다. 그 눈물이 우리 집 살림을 추슬렀다. 집을 짓고 논밭을 살 때마다 소가 흘리고 간 눈물이 이룬 것이다. 큰 소 팔아 작은 소를 사고 남은 돈으로 시집가는 누이 혼수도 마련하고, 청운의 꿈을 꾸고 공부하는 자식들 월사 금도 댔다. 새로 사서 끌고 오는 송아지는 주인의 인품이 어떠한지 궁금한가보 다. 송아지는 휘둥그레진 눈으로 힐금거리고 낯가림을 한다. 가슴은 팔딱팔딱 발 걸음은 타박 새로운 만남이다.

소 한 마리 팔면 푸른 돈다발이 한 보따리다. 수표는 흔하지도 않았고 농민들 이 믿지를 않아 대부분 현금 거래다. 셈수는 어둡고 흙만 만지던 투박한 손으로 많은 돈을 짧은 시간에 흙바닥에 쪼그리고 앉아 정확하게 헤아리는 것은 애당초

무리다. 서울 장사꾼은 빨리 세라고 불불 재촉을 한다. 그래서 소 한 마리를 팔려면 동네에서 똑똑한 사람을 동행하다보니 장바닥은 사람들로 백중물 넘치듯 한다. 서울 장사꾼들은 맞는 돈이라고 우기면 액수가 맞는지 틀리는지도 모르고 거듭거듭 둘둘 말아 몸에 지닌다. 눈치 빠른 소매치기 패들이 점을 찍어둔다. 귀신이 곡할 노릇으로 두 손으로 단단히 붙잡았는데도 소 판 돈을 감쪽같이 사라지고 만다. 한 장날이면 한 건씩 커다란 빅뉴스가 반드시 터지고는 했다.

우시장은 아침 일찍 개장을 하여 한낮이면 파장이다. 장꾼들은 추월네 목로술집이 아니면 수원 옥으로 몰려든다. 막걸리 한 사발에 머리고기 한 점을 새우젓국에 꾹 찍어 먹으면 시장기가 거뜬하다. 안면 있는 장꾼을 만나면 반갑다. 시집간 딸 사는 동네에서 온 사람을 보면 딸네 안부도 묻고, 집안에 혼기 맞은 처녀 총각이 있으면 혼인 중매도 간청하고, 세상 돌아가는 이야기를 이어가는 곳이 우시장 변두리 선술집이다. 우시장에서 지역 사람들이 살아가는 역사가 이루어졌다. 설핏한 햇살에 팔려간 소가 어른거리면 주인의 발걸음은 지칫거린다.

반 농사꾼, 반 소장수로 청춘을 살아온 나는 우시장에서 세상 살아가는 이치를 깨달았다. 사람들과 관계 맺는 요령도 터득하게 하여 준 곳이 장터다. 세상 물정 모르는 촌뜨기 어린 풋내기를 철들게 한 곳도 우시장이다. 삶의 학교였다. 무서운 현실이 바위덩어리마냥 짓눌러 비집고 나오려고 무던히 애를 썼다. 그 결과가 오늘을 이루었다. 젊은 시절 나의 푸른 영혼 한 자락이 깔린 곳이 우시장이다. 지역사람들이 순박한 정이 녹아 흐르던 장터를 지금도 만나고 싶다. 수원을 살찌우던 그 때 그 시절 수원 우시장이 그립다.

바람이 되는 시 詩

문학행사를 마치고 동인 몇이서 북악北岳에 올라 서울을 내려다보면서 도시구경을 한다. 한눈에 보이는 도시가 입 좁고 몸 넓은 청자항아리를 닮은 병 모양이다. 병에는 주둥이가 있다. 그 입구가 북악산과 인왕산 틈새인 자하문이다. 북풍한설, 삭풍이 몰아칠 줄 알았는데 막상 올라와 보니 그렇지는 않았다. 바람은 세 검정 굽은 골짜기를 용이 꿈틀거리듯 휘감고 길게 올라오며 한숨을 돌려 부드러운 훈풍이다. 물 허벅에 넘쳐흐르는 맑은 샘물처럼 촉감이 좋다, 바람의 맛이 갈증 날 때 옹달샘에 엎드려 시원하게 들이켜 마시던 물맛이다. 고갯마루 인왕산 호랑이가 다니던 길이 지금은 청운공원, 윤동주 '시가 있는 언덕'이 되었다.

가슴을 활짝 펼친 시비 '서시'가 큼직하게 서있다. 다섯 연의 시가 다섯 손가락을 벌린 사이로 지나가는 바람이 서울을 빗기고 씻긴다. 일행이 도착할 때는 겨울의 끝자락, 개나리 마른가지가 노란꽃잎 하나를 처음으로 수줍게 피워내고 있다. 우리 집 담장 개나리는 한참 겨울 꿈을 꾸는데 서울은 꽃도 한 발 앞서 피나보다. '서시'를 읽다가 목이 메어 성곽 섬돌에 손을 얹고 북쪽을 바라본다. 후회스러운 잘못이 가슴은 짓누른다. 북간도 용정을 여행할 때다. 술에 취해 선열들의 발자취를 게슴츠레한 눈으로 가을 들판 허수아비 옷자락을 보듯 했다. '일송정' 아래에서는 담배도 피웠다. 훈훈하게 불어오는 바람이 부끄러운 내 양심과 나의 눈을 찌른다. 눈물이 주르르 흐른다. 손등으로 닦아도 여전히 흐른다. 나는 울어야 할 사람인가보다.

바람은 협곡을 비집고 나와 깔딱 고개를 넘으면 푸른 바람을 만들어 푸른 꿈을 펼친다. 동네 이름도 청운동, 학교도 청운, 샘물도 청운 샘, 양로원마저도 청운 양로원이다. 나라에 꿈을 키우는 청와대가 한 손에 잡힌다. 지붕마루 청기와가 젊은이 등짝처럼 넙적하다. 맑고 깨끗한 詩바람이 제일 먼저 나라님 사는 집을 씻기고 닦는다. 그 다음으로 詩바람이 서울의 구석구석을 맑고 깨끗하게 한다. 공중화장실도 청운화장실이다. 시원하게 용변을 본 나그네 그지없이 편안한 마음으로 청운의 꿈 한 조각을 얻어 간다.

　'서시'가 첫머리로 내보내는 첫 바람은 우리들에게 당부하는 말이다. '죽는 날까지 하늘을 우러러 한 점 부끄럼이 없기를' 단단한 다짐이다. 힘이 없으면 상대에게 얕잡히는 법, 힘없어 무시당하며 남부끄럽게 살지 말자는 뜻이다. 부끄러움은 자기의 인격과 체면을 잃는 거, 자기의 몫을 자기가 찾아 먹지 못하고 남에게 빼앗기는 거, 모르고 어리석어서 상대에게 속아 후회하는 것이 큰 부끄러움이다, 자기의 잘못이나 결점이 많으면 남을 대하기가 떳떳하지가 못하다. 잘못하면 미안해서 상대방을 대할 낯이 없다, 책잡혀 남 앞에 나서지 못 하는 것이 부끄럼이다. 제발 그러지는 말자고 피를 토하며 당부하는 부탁이다.

　두 번째 손가락 사이로 새어나오는 詩바람이 이 시의 백미다. '잎새에 이는 바람에도 나는 괴로워했다.' 잎새에 이는 바람은 느끼지도 못할 만큼 미약한 것이다. 하나 '서시'는 한낱 잎새에 이는 바람 따위에도 괴로워하고 부끄러움을 알아야 양심 있는 인간이라고 한다. 잎새 바람처럼 작은 괴로움도 아파야한다. 억압을 받으면서도 억압인 줄을 모르고, 자유가 있는지 없는지 조차도 분간 못 하고, 콩과 보리를 구분 못 하는 숙맥 같은 사람, 힘도 없으면서 얼굴을 번쩍 들고 다니는 사람을 보고, '서시'는 얼마나 안타까웠으면 잎새에 부는 바람을 보고도 괴로워하자고 우리를 다그친다.

세 번째로 부는 詩바람은 우리에게 지혜와 용기와 꿈을 심어준다. '별을 노래하는 마음으로 모든 죽어가는 것을 사랑해야지.' 한다. 서로를 보듬고 서로를 사랑하란다. 미혹을 끊고 슬기로운 사랑의 마음을 가지라고 어느 시인은 이렇게 말했다. '너의 어깨에 기대고 싶을 때, 너의 어깨에 기대어 마음 놓고 울어 보고 싶을 때, 너와 약속한 장소에 내가 먼저 도착해 창가에 앉았을 때, 햇살이 눈부실 때.' 서시를 읊는다고 했다. 별을 노래하는 아련한 마음으로 누구를 꾸짖거나 탓하지 말고 용서하는 마음으로 별빛 같은 사랑을 하자고, '서시'는 사랑을 만드는 바람의 시다.

'서시'가 이 세상에 나오고 나서야 내가 태어났다. '서시'와 나는 같은 또래다. 또래에게 주는 마지막 바람도 있다. 그 말이 '그리고 나한테 주어진 길을 걸어가야겠다.' 했다. '서시'는 질곡의 길을 참 고생스럽게 무던히도 참고 걸어왔다. 지금에 와서야 파란 하늘에서 사뿐한 춤을 추는 바람이 되었다. 눈물이 난다. 나는 바람의 길을 처음부터 지금까지 지켜봤다. 이제 내가 '서시'에게 칭찬의 말을 해 줄 차례다. 뒤 따라오면서 어느 때는 도망도 가고 싶었고 포기하려는 생각도 했다. 참고 따라온 나 역시도 신통하다. 흘려주는 파란바람의 맛이 지금은 꿀맛같이 달고 좋다. '서시' 여! 고맙소이다.

마지막 구절에서 또 한 번 무릎을 친다. '오늘 밤에도 별이 바람에 스치운다.' 이 말 때문이라오. '서시' 여! 우리는 조금 더 가야하오. 내가 내일 다시 용정에 가서 옷깃 여미고 제사 올릴 일이 아니지 싶소. 달뜨고 별 돋는 밤에 나를 다시 한 번 되돌아보게 하여 주시오. 좋은 생각으로 좋은 세상을 올곧게 사는 나를 보겠다는 것이 '서시'의 꿈이 아니겠소. 이 밤도 별을 향해 사랑을 부르는 바람을 보내 주시오. 반짝반짝 빛나는 별이 내 곁에 오게 하시구려. '서시' 여!

이바구

어느 집이고 식구가 밖에 나갈 때는 바양인사를 하게 마련이다. 학생이 학교 갈 때는 선생님 말씀 잘 듣고 공부 열심히 하라고, 직장으로 출근하는 사람을 보고는 오늘도 수고하라고 한다. 내가 외출하려는 기색만 보이면 아내는 쫓아 나와 종 다짐하는 인사가 있다. 말조심하라고, 특히 여러 사람들과 어울려서 밥 먹을 때 잔소리 하지 말라고 뭔 자기가 큰 피해자인 양 정색을 하고 간곡하게 당부를 한다. 그런 인사를 받을 때마다 나는 그러겠다고 대답을 해본 적은 한 번도 없다. 나는 말하는 사람이니까.

집에서는 말이 없다가도 밖에만 나가면 주책을 부린다는 핀잔소리를 들을 때면 기분이 언짢다. 참견 말라고 큰소리는 치지만 막상 책망의 소리를 들으면 스스로를 되돌아보게 된다. '침묵은 금이고 웅변은 은이다' 초등학교 때부터 귀에 못이 박히도록 들은 소리다. 자주 보지만 과묵한 노신사들을 보면 얼마나 점잖고 믿음직한가. 푼수처럼 말을 많이 하면 자기 체통만 잃고 돌아오는 이득은 아무것도 없다는 것도 잘 안다. 묵언으로 수행을 하여 얻는 것이 참 진眞이라 했다. 오죽하면 말이 많으면 공산당이라 했겠나?

본래 나는 말을 많이 하지는 않았다. 산골에서 태어나고 자란 사람이라 말상대가 별로 없었다. 흰 구름만 둥둥 떠다니는 손바닥만 한 하늘아래, 이쪽에서 소리 한번 지르면 저쪽에서 메아리 되어 돌아왔다. 나의 말을 들어주기는커녕 뱉어버렸다. 말을 받아주고 들어주는 상대가 그리웠다. 바다는 산과 달랐다. 분노하여 목이 터지도록 울부짖고 소리쳐도 파도는 내 말을 들어주고 덮어주었다. 넓은 세상이 그리웠다. 낯선 곳에서 뿌리를 내리려고 몸부림을 치다보니 그만 수다쟁이가 되고 말았나 보다.

들어주지 않는 말을 떠벌이는 것은 공해다. 남에게 피해는 주지 말아야 한다고 생각을 해 침묵하기로 몇 번은 결심도 해봤다. 스님들처럼 묵언이라고 쓴 폐찰을 달고 다닐까 하다가 꼴사나울 것 같아 마음만을 다잡았다. 그러나 며칠이 못 가 일상에 화나는 일이 터지면 성질이 못돼 먹어 그만 도로 아미타불이 되고 말았다. 검은 개꼬리는 몇 십 년을 묵어도 흰 꼬리가 되지 않는다는 말이 맞다. 잠깐이지만 막상 입을 봉하고 지내보니 입에서 냄새만 나고 사는 맛이 나지를 않았다. 갑갑하기만 했다. 체면이 밥 먹여주나? 하는 생각이 파도처럼 밀려와 때려치웠다. 그래서 다시 입을 열고 산다.

맛깔스럽게 말하는 것도 재간이다. 유명인들이 몇 시간 동안 명증한 논리로 수많은 청중들을 손아귀에 넣고 쥐었다 폈다 할 수 있는 능력은 사람으로서의 최고의 경지다. 인간의 입에서 나오는 말이 인간을 즐겁게 해주는 최선의 방법이라는 것을 보여준다. 실언만 안 하면 달변이 침묵보다 백배의 값어치가 있다. 지식인들은 머리로 생각하고 가슴으로 느낀 것을 음식에 양념하듯 맛을 내어 재담으로 말을 한다. 나의 가슴엔 내재된 깊은 생각이 없다. 그저 밥이나 축내는 밥사요, 술이나 퍼 대는 술사다. 고로 내 입에서 나오는 말은 주사酒詐요 객담이다. 멋진 말을 하고는 싶지만 밑천이 없다. 시골 마실 방에서나 하는 냄새나는 말을 신세대들이 누가 들어주겠나. 내가 나를 봐도 참 한심하다.

내가 하는 말을 가만히 되씹어보면 열에 한 마디도 쓰는 말이 없다. 그저 시시덕거리고 낄낄거리는 농담일 뿐이다. 값어치도 없고 쓰잘때기 없는 말이지만 탁빼기 한 사발 놓고 마음 맞는 친구와 웃고 떠들면 즐겁다. 상대는 어쩐지 모르지만 나는 그지없이 행복하다. 요즈음 말로 최고의 힐링이다. 놀 거리 보다 얘깃거리가 있어야 만족하는 나다. 단조로운 것보다 유머러스한 것이 좋아 한마디 하면 "농담 그만하시고," 하면 멀쑥해질 때도 있다. 회자되는 말에 늙은 부부만 사는 집은 대화가 없어 적막강산이고, 남자 혼자 사는 집은 막막강산이라고 한다. 맞는 말이다. 그런데 여자 혼자 살면 금수강산이라고 한다는데 과연 그럴까? 말이 많은 집도 문제지만 말이 없는 집도 큰 문제다. 말이 없는 것은 산목숨이 아니다. 말은 그 시대 문화의 꽃이다.

우리 집은 특히 밥을 먹을 땐 말을 못 하게 한다. 복 나간다고, 얼마나 부자가 되고 싶은지 모르겠지만 참 딱하고 답답한 노릇이다. 도대체 어디서 배워먹은 풍습인지 모르겠다. 우리 집뿐만 아니라 그런 집이 몇 있다. 못돼 먹은 썩은 토막상식을 잊어먹지도 않고 평생을 뇌까리며 잘도 써먹는다. 서양 사람들은 저녁식사를 여유로운 대화를 즐기며 하루를 마무리한다는데 그런 소리도 못 들어봤나 보다. 5분 만에 뚝딱 먹어치우고 날보고 뭘 하라는 건지 모르겠다. 하긴 내일의 무슨 계획이 있는 사람도 아니지만. 비육 소처럼 비육되는 느낌이다.

주역이란 책이 있다. 천지만물의 변화하는 현상을 설파하는 경전이다. 읽을 능력이 없어 읽지는 못하고 들은 이야기다. 사람과 사람의 관계에서 남여를 불문하고 최고의 궁합이 상단전上丹田 궁합이라고 한다. 입이 맞는 커플, 즉 서로 말이 통하는 짝꿍, 배필을 으뜸으로 꼽는다. 부귀영화도 다 소용없고 오로지 대화로 소통하는 것을 최고로 친다. 대화가 사랑의 꽃이다. 옛사람들의 생각의 경지가 신비롭다 못해 감탄하게 한다. 말이 통하는 배우자와 사는 것이 최고의 행복이다. 그러나 그런 궁합은 백사장에서 바늘 찾는 확률이라고 한다. 나도 말이 맞는 짝을 못 찾았나 보다. 그러니 어쩌겠나? 밖에 나와 '내 맘대로' 나 혼자 떠들 수밖에.

암탉, 병아리 품다.

새해 달력을 얻었다. 요즈음은 경제 사정 때문인지 아니면 광고하는 방법이 달라져서인지 달력이 그리 흔하지가 않다. 전에는 기업체는 물론이고 동네 금은방들도 앞다투어 달력을 만들었다. 새마을금고에서 배포하는 주먹만 한 글씨의 달력뿐인데 그림 좋은 달력 하나를 얻었다. 새 달력을 얻으면 그림을 몇 번이고 보는 버릇이 있다. 암탉이 노란 병아리를 품고 있는 그림에 시선이 멈춘다. 새 희망을 품은 화목한 가족을 상징하는 그림이다. 내 영혼이 머무는 어머니 품속이 그려진다.

첫닭 울음소리, 계성은 상서로움을 상징하는 의미다. 새해 새 아침을 맞으면서 의욕을 불태워 스스로를 채찍질하라는 의미다. 화려한 수탉과 체크무늬의 깃털이 다문다문 섞인 우리의 옛 토종닭이다. 풍만한 암탉의 몸에서는 어머니의 온기가 묻어 있다. 어미 몸에 살포시 숨어 세상 밖을 바라보는 샛노란 병아리들의 새까만 눈동자에는 두려움이 가득하고, 이제 막 한 걸음 내디디려는 빨간 발가락은 앙증맞다. 혹시라도 어느 놈 하나 어찌 될까봐 긴장하는 어미의 시선이 날카롭다. 지난날 우리 집에서 기르던 닭이 알을 부화하여 거느리고 나온 병아리를 그려놓은 그림 같다.

암탉이 병아리를 품는 풍경은 우리 세대까지만 볼 수 있었던 그림이다. 지금은 부화장에서 병아리를 부화시키고 암수를 감별하여 양계장에서 대량으로 닭을 기르는 세상이다. 젊은 신세대들은 암탉이 알을 부화하여 병아리를 까내는 것을 이야기로만 들었지 보지는 못했을 것이다. 오래되어 없어진 광경이다. 나는 닭을 기른 것이 아니라 닭과 같이 살았다. 옛 시절 농가에서는 어느 집이고 닭 몇 마리는 식구처럼 함께 살았다. 특별히 돌보고 보살피지도 않았다. 텃밭이나 앞개울 뒷동산으로 다니며 풀잎 뜯어먹고 벌레 잡아먹으면서 제 스스로 살아갔다. 가끔은 모이를 주지만 대부분 집 밖에 나가 모이를 찾아 먹고는 했다. 둥지 찾아와 알 낳고 해가지면 들어와 잠만 자고 나가는 착한 식구였다.

닭이 알을 부화하는 산고는 치열하다. 알을 품으면 암탉은 며칠씩 물 한 모금도 안 먹으면서도 흐트러지지 않고 일관된 자세를 유지한다. 이십여 일 동안이다. 존속번영하려는 어미닭의 염원은 하늘도 탄복할 정도다. 어느 이름 있는 고승이 저렇게도 무겁게 정중동 묵언으로 면벽수행을 했으며, 무념무상 무위자연의 참선을 하였을까 싶다. 며칠이 지나 안쓰러운 마음으로 물과 모이를 갖다놓고 반짝 안아 옮겨 놓으면 제일 급한 배설을 한다. 생리작용도 참아내는 수행이다. 많이 먹지도 못하고 물 몇 모금 먹고는 다시 정진하는 것을 볼 때 어미의 일념에 감탄을 한다.

사진첩 속에 빛바랜 흑백사진 한 장이 있다. 일제 강점기 때 징용으로 끌려가신 아버지에게 보내 생면시키려고 어렵게 찍은 사진이라고 했다. 어머니 흰 무명 옷자락에 안겨 있는 사진이다. 세월이 오래되어 희미하다. 짐작하건데 해방 직전이라 보내지도 못했거나 보냈어도 받아보지 못했을 기구한 운명의 사진이다. 배경이나 분위기는 암탉이 병아리를 보듬는 자세와 비슷하다. 달력에 있는 병아리 사진에는 충만함이 가득한데 빛바랜 사진은 그렇지가 않다. 내가 봐도 슬픔만 가득하고 누가 봐도 한 귀퉁이가 텅 빈 쓸쓸한 사진이다. 결손가정이라는 표식만 영원히 남겨 놓은 사진이다.

봄볕 가득한 마당에 병아리 떼 쫑쫑대며 몰고 다니는 정경은 자유롭고 평온한 전형적인 농가의 풍경이다. 위험이라고는 조금도 없는 평화로운 집 마당이지만 어미 닭은 잠시도 긴장을 멈추지 않는다. 무서워 피해 다니던 개나 고양이를 만나면 가느다란 목에 깃털을 세우고 펄쩍펄쩍 뛰어올라 날카로운 발톱으로 경계를 한다. 힘세던 그들도 사나워진 성질 앞에서는 덤벼들지 못하고 슬슬 피해간다. 닭에도 언어가 있다. "이리로 와라, 위험하니 빨리 숨어라." 잘 훈련된 병사처럼 어미 명령에 일사불란하게 움직이는 것을 보면 병아리와 어미 닭은 한 생명이다. 암탉이 병아리를 보살핌에는 희생과 고통이 따라다닌다.

올망졸망한 어린것들을 키우려고 허둥대던 어머니도 암탉마냥 억척스러워지고 그악하셨다. 세상은 암탉이 울면 집안이 망한다고 핀잔하고 흘기는 눈살로 바라봤다. 가시덤불을 발톱이 닳도록 버르집어 모이 찾아주는 암탉은 제 할 일 잘한다고 칭찬을 한다. 그러나 홀어머니들이 살아보겠다고 조금만 발버둥을 치고 극성을 떨면 흉보고 지탄을 한다. 혼자 사는 여인들을 긍휼히 보고 불쌍하게 여기는 마음이 우리 사회에는 드물었다. 더욱 안타까운 것은 편모슬하에서 자라나는 아이들은 따가운 눈총 때문에 성격장애가 되기가 일쑤였다. 암탉처럼 홀어머니가 자식 키우는 일은 쉽지가 않았다. 간혹 성공을 하지만 아픔이 두 배다. 애비 없는 자식이라고 질시하는 이웃들의 눈초리에 나도 원만한 성격으로 자라나지를 못 했다.

어미 품에서 자라나는 병아리는 세상이 무서운 줄을 모른다. 외양간에 소 다리 밑으로 들어가기도 하고, 좁고 위험한 공간에 갇히기도 하며 풀 속에서 헤어 나오지를 못하기도 한다. 길 찾아 나오라고 애타게 부르는 어미닭의 목소리는 처절하다. 천방지축이던 나도 어머니 없이도 살 수 있다고 몇 번을 다른 길로 가고는 했다. 그 때마다 어머니는 쇠심줄처럼 질긴 정으로 나를 묶어 놓았다. 철없고 부질없는 짓을 수도 없이 했다. 헛짓거리를 한곳에 쌓아 놓았다면 산을 이룰 것이다. 이 세상에 젤로 잘 통하는 사람이 어머니이고 젤로 안 통하는 사람도 어머니인가 보다. 어찌 그리 안 맞고 안 통하였던지. 나는 병아리만도 못했다.

아저씨

시월상달 추수가 마무리되고 한 해를 감사하는 달이다. 선대 조상님 시제가 있어 모처럼 큰아들과 동행을 한다. 선산이 충남 성환 국립종축장 부근에 있어 10시까지 가려면 초간한 거리라 서둘러야 한다. 요즈음 젊은이들이 누가 조상숭배를 하고 조상치례를 하나? 일요일 아침 일찍 서울에서 차를 몰고 오라고 강제한 것이 못마땅한지 땡감 씹은 얼굴이다. 그러나 어쩌겠나. 아들에게 나의 세대 바통을 넘겨주는 통과의례인 것을.

묘제를 마치고 관리해주는 분의 집에 들어가 음복 겸 점심상을 받는다. 동네 꼬부랑 할머니 몇 분이 상을 차린다. 오늘날 농촌의 단면을 보는 것 같다. 따스한 아랫목에 앉아 있는 것이 면구스럽다. 할머니들은 연신 "아저씨"를 부른다. 상을 옮기고 음식을 나르는 일이 버거워 도움을 청하는 모양이다. 부를 때마다 문 앞에 앉았던 아들이 영락없이 대답을 하고 나간다. 할머니들 눈에는 아들이 아저씨로 보이나 보다. 내 눈에는 만년 청년인데. 아들도 자기가 아저씨라는 걸 인정하는 눈치다. 아들이 "아저씨" 소리를 듣는 것이 못마땅하다.

자동차 뒷좌석에 앉아 아들의 뒤통수에 돋아난 새치 머리카락을 보고 '어느새' 하는 마음으로 돌아왔다. 피곤하다며 겉옷을 벗고는 소파에 흐트러진 자세가 영락없는 아저씨 모양새다. 배는 불쑥 나오고 팔다리는 가느다란 거미다. 우리 집 내력에 없이 푸른 수염이 많이 났다. 가사도 없는 이상한 노래를 콧노래로 흥얼거린다. 차에 뭘 좀 싣는 것도 손가락으로 여편네만 시키고 까딱 않는다. 아저씨도 아주 낡은 아저씨다.

오월 생일이라 녹음에 싸여 돌 사진을 찍으러 갔었을 때가 생각이 난다. 사진 찍는 분이 참 잘생겼다고 사진을 확대하여 밖에서 보이게 걸어놓겠다고 하여 흐뭇한 마음으로 승낙을 하였던 기억을 한다. 엄마도 누가 보고는 사내놈이 곧잘 생겼다는 소리를 들을 때마다 힘이 났다고 했다. 88올림픽 때 TV도 못 보고 시험 공부를 한 학번이다. 내 눈에는 영원한 학생이고 영원한 청년인데 아저씨 소리를 듣다니?

옆에서 지켜보다가 애비 나이가 몇 살이냐고 물어 봤다. 아버지가 아들 나이도 모르냐고 모두들 타박이다. 내년이면 마흔 일곱 살이며 십 년 후면 정년이란다. 기업에도 불문율처럼 암암리에 나이 정년제가 있어 그 기간 안에 진급을 못하면 그마저도 보장을 못 받는다고 한다. 기업에서는 부장이 별이다. 백 명의 동기생 중 한 두 명의 확률이라니 산 넘어 산이다. 아들도 별은 달아야 할 텐데. '10년 밖에 남지 않은 직장'이라니 이럴 수가 정신이 아찔하다. 공연히 나이를 물어봐 걱정 하나를 더 얻는다.

하기는 10년이란 세월이 대단하다. 옛부터 십 년이면 강산도 변한다고 했다. 나의 지난 십 년을 되짚어 본다. 2002년 월드컵을 하던 해 첫 손자가 입학을 하여 할아버지가 노인이라는 걸 느꼈다. 하지만 새 천년의 시작 밀레니엄 분위기로 제법 들뜨던 시기라서 실감하지 못했다. 21세기 첫 일출을 보겠다고 꼭두새벽에 광교산 정상에 올라 떠오르는 태양을 보고 남들이 시산제를 지낸 막걸리를 한 사발 얻어먹고도 끄떡없이 뛰어서 하산을 하였는데, 지금은 한낮에도 마음을 다잡아야 겨우 오른다. 지난 10년 세월의 변한 결산표다.

홍안으로만 기억되는 아들의 얼굴에서 처음으로 세월을 본다. 더욱 가관인 것이 어쩌면 아버지가 아들의 직장정년을 볼 가망성이 높다. 세대교체가 지체되는 느낌이다. 한 세대는 30년 주기로 따진다. 낡은 세대가 사라져주고 새로운 세대를 맞이하여야 인간사회가 달라지는데 세대가 뒤죽박죽이 되어 혼란스러운 느낌이다. 아저씨 소리를 듣는 아들의 10년 후를 짐작 해 본다. 10년 후면 지금 고등학교를 다니는 손자가 대학을 나와 군대마저 제대를 하고 사회에 첫걸음을 딛는 때다. 장가들 걱정도 할 것이다.

앞으로 10년, 사람의 생명은 하늘의 뜻이라 모르긴 하지만 나의 속마음은 "10년쯤이야" 하고 건방을 떤다. 어쩌면 증손자를 볼 확률도 없지는 않다. 옛날 사고방식으로 생각을 하면 경사 난 일이지만 요즈음 시대 상황으로는 경하할 일이 아니다. 힘들고 각박한 형편이 우선이다 보니 반기기가 어렵다. 나의 마무리는 어느 시점이 가장 아름다운 시점일까? 생각하게 한다.

나무들은 일시에 꽃이 피고 동시에 열매를 맺어 여름 햇볕을 받아 커져서 가을에 똑같이 떨어진다. 다음 존속번식을 꿈꾼다. 밤, 대추, 도토리, 모든 나무열매가 다 그렇다. 그러나 사람이 먹고 생존하는 채소 열매는 그렇지가 않다. 오이, 토마토, 고추는 한 가지에서 익은 열매도 있고, 매치는 열매, 자라는 열매가 층층으로 있다. 연속해서 콩알만 하게 매치고, 우듬지에는 계속해서 꽃을 피워낸다.

나무처럼 살지 말고 내가 먹고 살아온 채소 열매처럼 살자. 고추나무는 가을을 걱정하지 않는다. 내일 당장 무서리가 내린다 해도 오늘은 하얗게 꽃을 피워 올린다. 가을 고추같이 살자. 빨간 고추는 자기의 분수를 알고 푸른 잎 속에 숨어서 조용히 살아온 세월을 반추한다. 푸른 고추는 더 붉어지려고 안간힘을 쏟고 가을을 지낸다. 열매를 맺든 못 맺든 꽃을 이어서 피워낸다.

꼬부라진 늙은이와 중노인 아들과 청년 손자와 꽃피는 증손 4대가 함께 사는 것도 겁낼 일 아니다. 힘은 들겠지만 나름대로 사는 맛은 있겠지. 그래도 할머니 할아버지의 내재된 사랑의 온기는 있어야 할 것이다. 끝맺음 할 때까지도 의무와 책임을 다하여야 할 텐데. 10년이란 세월이 걱정이다.

옥고 玉稿

　　양평 두물머리에 있는 소나기 마을에 다녀왔다. 소설가 황순원 선생을 기리기 위해 양평군에서 조성한 문학관이다. 선생님은 실향민으로 양평하고는 특별한 관련이나 인연이 있는 분이 아니다. 다만 소설 소나기 작품에서 끝마무리에 주인공 소녀가 양평으로 갔다는 대목 하나로 만들게 되었다고 한다. 무넘이 고개며 소나기로 빗물이 갑자기 불어나 징검다리 잠기는 실개천이며, 모두가 향수에 젖게 조성이 되었다. 우선 먼저 문학관에 들른다. 푸른 잉크 만연필로 쓰인 원고지가 붉은 글씨, 검은 글씨로 수없이 지우고 다시 고쳐 썼다. 괄호로 묶어 끌고 오고 끌고 나가고 빈틈이 없다. 전시된 새카만 원고지 한 장으로 작가의 처절한 고뇌가 느껴진다.

　　선생님은 천진난만한 소년소녀의 별스럽지도 않은 사춘기 마음을 찾아내셨다. 그것을 아름답게 표현하기 위해 무던히 고심한 흔적을 너무나도 역력하게 보여 주고 있다. 위대한 작가 분들도 원고지 한 장 메우기에 저리도 어려운 고통을 겪었나 싶다. 고뇌 끝에 작가는 소낙비로 불어난 시냇물을 소년이 소녀를 업어서 물을 건네주게 하였고, 침침한 수수깡 더미 속에서 젖은 살을 부딪치며 해쭉 웃는 웃음으로 소낙비가 멈추기를 기다리는 장면을 만들어 냈다. 어릴 때 체험도 해보았지만 수수깡 더미 속은 후텁지근하고 마른 잎 버석거리는 소리가 크게 들리지만 잠시 숨어 있으면 안정이 찾아지고 편안한 곳이다. 글 잘 쓰는 대가들도 좋은 장면 하나 만들기 위해서는 저렇게 혼신의 힘을 다해 첨삭과 고침을 거듭

했구나, 짐작하게 한다.

나를 비교해 본다. 글을 잘 쓸 기본이나 소양도 없지만 글 쓰는 자세부터가 틀린 것 같다. 담벼락에나 화장실 안에서 몰래 숨어 낙서하듯이 깊은 생각도 없이 전후좌우 문맥도 살피지 않고 제멋대로 휘갈겨 쓰고 나면 그만이다. 도무지 수정하고 보완할 줄을 모른다. 더 좋은 말이 있고 더 나은 표현이 있지 않나 고민해보지도 않는다. 이유는, 설계도 탄탄하지 않은 것을 억지로 쓰다 보니 싫증이 나서 더는 쓰고 싶지도 않아 제 진에 지치기 때문이다. 더욱 망측한 일은 한번 쓰고 나면 블랙홀에 빠져들어 몇 번을 읽어봐도 탈자나 오자마저도 찾아내지를 못 한다. 자기 생각에 스스로가 홀려 정신을 못 차리고 이상하리만치 분별을 못한다.

"마당을 나온 암탉"이라는 동화가 있다. 동화로서는 유례없이 백만 권이 팔려 무명작가로 밀리언셀러가 된 동화작가 황선미의 인터뷰 기사를 읽었다. 그는 헌 집을 고쳐 새집을 만드는 자세로 글을 썼다고 한다. 백번을 읽어 고치고 수십 번을 외워 수정하면서 일 년이 넘는 기간을 뜯어고치는 일로 지냈다고 한다. 뼈도 추려내고 살도 도려내며 수도 없이 새롭게 거듭 고쳐 한 작품에만 매달렸다. 듣다보니 내가 사는 옆 동네에서 살다가 남편 직장이 지방으로 전근이 되어 물설고 인심 선 타관으로 따라가 어찌 할 다른 생활의 방도가 없어 글을 썼다고 한다. 혹시나 하는 마음에 작품을 신춘문예에 응모 해 봤는데 탈락하여 관심을 내려놓고 있을 때, 어느 출판사에서 보고는 출판하자는 요청이 들어와 대박을 터트린 작품이라고 한다. 세상 뒷말로는 작품에도 사주팔자가 있다고 하지만 그보다는 완벽한 작품을 준비한 작가의 노력이 있기 때문이다.

작가의 말이 옳다. 글은 하나만 쓰면 되지 열 개 스무 개씩 쓸 필요가 없다. 하나의 글만 철저하게 고치고 다듬어 글의 체형을 만들고 생명을 불어넣어야 한다. 글이나 문장도 하나의 탄생인데 어찌 산고가 없겠나. 가끔 지면을 통해 이공

계 출신들의 군더더기 없는 깔끔한 글을 대할 때면 깜짝 놀라게 한다. 어느 유명 작가들보다 담백한 글이다. 그것은 그들의 깊은 생각을 정리 집약하여 썼기 때문이다. 산만한 생각을 간추려서 쓸데없는 것을 덧붙이지 않고 생각의 엑기스만 쓴 것이다. 그 훈련이 되지를 않아 나는 뒤죽박죽 엉망진창의 글을 어지럽게 늘어만 놓는다. 마른 콩깍지에서 알찬 콩알이 톡톡 튀어나오듯 박력 있고 알맹이 있는 글을 쓰면 좋으련만.

옛날 명사들은 글을 엿 고듯이 생각을 조려 글을 썼다고 한다. 낱알을 물에 불려 쪄서 엿밥을 만들고 갈아서 엿기름으로 삭인다. 그 삭임이 중요하다. 온도가 조금만 잘못되어도 시어지기도 하고 쉬기도 한다. 글도 생각을 어떻게 삭혀 어느 방향으로 쓰느냐가 관건이다. 걸러낸 엿물은 오랜 시간 불을 지펴 조려야 한다. 갈쭉한 조청서부터는 타지 않게 매우 조심스레 불을 때서 조려내야 한다. 마지막까지 정성을 드려야 한 덩어리의 엿이 태어난다. 제대로 만들어진 엿은 먹는 사람들이 보약같이 깊은 맛이 나고 달기가 꿀맛 같다고 감탄을 한다. 글도 엿처럼 단맛이 나야 읽는다.

앞으로 작은 글 하나라도 쓰게 되면 고운 옷도 입혀주고, 매일같이 쌍갈래 머리도 땋아주고, 분도 발라주며 새치름하게 눈썹도 그려주자. 사랑하는 마음으로 정 붙을 때까지, 손잡고 다녀도 보고 얼굴 활짝 피게 예쁜 볼도 쓰다듬어 주자. 저도 정들어 나 못 떠나게, 글 이름나면 내 이름도 난다고 생각하자. 토닥토닥 분 발라주면 싫다고 뿌리칠 일도 아니고 누가 본들 시샘하고 탓할 일도 아니다. 도망가려고 발버둥을 쳐도 꼭 붙들고 놓치지 말고 애인을 만드는 심정으로 다듬자. 혹시 어느 독자가 읽고 그림을 보았다고 할 때까지. 글 웃음소리를 들었다 할 때까지.

수원의 노래

어느 지역이고 그 고장을 상징하는 노래가 있다. 고향의 노래다. 민초들의 애환이 아련하게 배이고 담긴다. 의미가 좋고 가락이 좋으면 다른 지역 사람들도 애창을 하여 고장을 기억하게 하고 자랑하는 역할도 한다. 노래 한 곡조가 향토의 인심과 정서를 보여준다. 특색 있는 사연이 깃든 노래가 사람의 마음을 쥐었다 폈다 하여 명곡이 된다. 부산 갈매기가 그렇고 목포의 눈물, 소양강 처녀, 모두가 지역을 상징하는 무형의 문화재다.

내가 살고 있는 경기도는 한때 어느 도백道伯이 홍난파 선생이 지으신 '고향의 봄'을 도가道歌로 하자고 주장한 적이 있다. 행사 때 합창은 하지 않았지만 시작할 때나 끝맺음을 할 때는 배경음악으로 종종 사용하고는 했다. 전 국민 남녀노소를 불문하고 애창하는 너무 유명한 노래이기 때문에 경기도민만의 노래라고 주장하기에는 설득력이 부족해 인정을 받지 못했다.

하여, 근래에 새로 만든 경기도가道歌가 윤도현이 부르는 '난 여기에 있네.' 다. 자유로운 형식에 발라드풍으로 발랄하고 상쾌한 담가다. 경기도의 대표 요지인 수원역에서 제작 발표회를 하고 정식 도가로 채택이 되었다. 가끔 역내 방송으로 흘러나올 때면 내 고장 노래다, 하고, 귀를 세운다.

'나는 여기에 살겠네, 가슴 뜨거운 이곳에. 나의 오랜 얘기와 사랑하는 사람들, 모두 다 품에 안아주는 곳, 난 여기에 있네, 항상 여기 있어, 지금 이 순간 우리 함께 있어,' 수원 화성 길에도 태양은 늘 눈부셔, 광릉수목원 남한강변 이야기까지 이어지는 경기도 노래다. 앞으로 신세대들에게는 많이 불리어질 노래다.

경기도 수부도시인 수원은 일찍이 '수원의 노래'가 있다. 유달영 박사가 노랫말을 짓고 이흥렬 님이 곡을 부친 노래다. 학생 때 박사님의 해박한 강연도 몇 번 들어본 적이 있어 선생님을 짐작한다. 선생님만큼 수원을 사랑한 분도 없지 싶다. 서울농대 교수로 재직하면서 농민 운동가이며 지역의 문화인이자 수필가로 수원지역 많은 학교 교가를 도맡아 작사하신 분이다. 선생님의 흔적은 지금도 수원 도처에 남아있고 지지대 고개 끝자락 자그마한 평화농원이 사시던 집이다. 선생님의 대표적인 노래가 '수원의 노래' 다. 당시 학교에서는 학생들에게 가르치고 행사 때 부르게 하여 애향심을 갖게 했다.

'이 강산에 정기가 한 곳에 모여, 그림같이 아름다운 정든 내 고향, 이끼 푸른 옛 성에 역사도 깊어, 어딜 가나 그윽한 고적의 향기, 수원! 수원! 우리 수원, 정든 내 고향 수원, 날로 달로 융성하는 복지가 여기다.' 넓은 들, 넘치는 호수, 낙락장송 푸른 숲, 농학과 샘이 흐르는 곳이라고 예찬하는 노래다. 지금도 나는 수원의 노래를 부르면 가슴이 뭉클해진다.

사람은 망각의 동물이다. 장가들 때 처갓집 재향 가서 부르던 유행가는 벌써 예전에 잊었다. 노래뿐만 아니라 아름다운 추억도 시간이 지나면 다 잊는다. 그래도 용하게 흐르는 세월에도 씨앗처럼 간직되는 노래가 있다. 청소년시절에 거쳐 온 학교 교가는 완벽하지는 않아도 중얼거릴 수 있는 기억으로 남는다. 학생 때 배운 나의 애향가도 아직 가슴에 남아있다. 그 동안 살아오면서 나의 영혼 같은 '수원의 노래'를 예기치 않게 낯선 곳에서 두 번이나 듣는 기회가 있었다. 전율을 느끼는 깊은 감동을 받았다.

지난 늦여름 이야기다. 강원도 홍천에서 평창으로 넘어가려면 운두령을 넘는다. 굽이굽이 구비치는 고개의 운치가 허심한 마음으로 한 번쯤은 넘어 볼 만한 고개다. 고갯마루 야생화 민박집이 너무 멋지고 아담하여 하룻밤 유숙을 했다. 여름 휴가가 끝나가는 계절이라 홀로였다. 주인 영감님과 밤바람을 쐬다가 수원 이야기를 하게 되었다. 노인장은 50년대 말에 수원농고를 다녔다고 한다. 농림 학교 다닌 이력으로 야생화를 사랑한다며 옛날 수원의 멋진 팔경도 줄줄이 풀어 놓는다. 노인은 좋은 기억을 너무 많이 가지고 있었다. '수원의 노래'는 또렷했다. 청하지도 않았는데 '수원의 노래'를 부른다. 나도 따라 부른다. 술자리를 만들어 길게 이어갔다. 그는 눈물을 보였고 나는 대취하는 밤이었다.

또 한번은 미국 서부지역을 여행할 때다. LA 한인 타운에서 하룻밤을 지내고 삼대 케년을 지나 사막에 라스베이거스 밤의 문화도 구경하고 유토피아 같은 샌프란시스코를 거쳐 다시 돌아오는 여정이다. 며칠이 지나 다시 돌아 온 LA는 한 번 보고 간 곳이라 낯설지 않았다. 일정이 느긋해 쇠고기를 무한리필 하는 식당에서 늦은 저녁을 먹을 때다. 머리 하얀 주인할머니와 고향 이야기를 했다. 70년대 이민자로 수원여고 출신이시다. 할머니는 많은 기억을 잊고 있었다. 그러면서도 오로지 '수원의 노래' 만은 기억을 한다. 가끔 고향 생각 날 때면 당신도 모르게 부르는 노래라고 한다. 우리 일행들은 할머니 노래를 마음에 새기며 들었다. 미국에서 듣는 '수원의 노래'는 애절하게 아름다웠다. 짧은 시간 가슴 찡하게 뜨거운 연애를 한 기분으로 감동의 눈물이 핑 돌았다. 이 가을도 할머니는 수원의 노래를 부르실까?

사람의 본디 모습, 즉 본마음의 영혼은 태어난 고장의 정기를 받아 만들어지는 정체성이다. 고향 산천이 각인시켜주는 정서의 밑그림이 그 사람의 바탕이다. 그 바탕 위에서 인지人智가 깨어나서 세상을 열린 눈으로 보고, 세상살이를 풀어가

게 하는 힘이 된다. 수원 사람들은 '수원의 노래'가 심성정心性情이다. 평창 노인
이나 LA 할머니의 영혼의 본다는 '수원의 노래'다.

나무 이야기

태어나 자라난 곳이 높은 산 아래 산동네다. 더욱이 정남쪽으로 큰 산이 가로막혀 저녁 해가 다른 곳보다 일찍 넘어가는 깊은 골짜기다. 여북하면 동네 이름도 안골이라 지었을까? 벌판 사람들은 해가 지면 안골 놈들은 벌써 요강 뚜껑 두드리겠다고 비아냥거리는 소리를 듣는 곳이다. 얼마나 깊은 곳이었던지 전쟁 통에도 까마귀 떼 같던 중공군들만 한번 지나갔을 뿐 다른 피해가 없었던 곳이다. 있는 것이라고는 나무뿐이다. 지금도 수령이 수백 년이 넘는 나무가 몇 그루 있다. 이따금 고목나무를 보면 잊었던 나의 영혼을 다시 찾는 것 같아 마음이 섬뜩해지고 옷깃이 여며진다. 늙은 고목나무에는 나름대로의 풍기는 기품과 역사가 있다.

마을 진입로는 읍으로 가는 동쪽 길 하나뿐이다. 옆 동네와 뒷동네로 왕래하는 길은 좁은 산길 소로였다. 얼마 전부터 마을을 관통하는 새 길이 나는 바람에 멀기만 하던 산 너머 동네가 가까워졌다. 외지로 나가는 소통의 길이 바뀐 것이다. 우정 뒷동네 사람들과도 친해지고 소통이 되어 서로 관심을 갖게 되었다. 뒷마을 입구에는 옛날부터 마을을 보호하려고 풍수이론으로 심어진 비보목이 숲을 이루고 있다. 푸름이 멋있어 가끔은 화가가 찾아와 나무를 그리는 광경도 보았다. 멋있는 나무가 서있는 땅이 사유지라서 땅을 새로 구입한 임자가 나무를 조경수로 팔겠다고 한단다. 몇 안 남은 부락 촌로들이 동네를 상징하는 나무를 보존하겠다고 우리 동네까지 연판장을 받으러 다닌다. 각박한 세상 나무의 운명은 어떻게 될 것인지, 누구도 나무의 마음은 물어보지 않았을 것이다.

나무도 타고난 팔자가 있을까. 나무의 운명을 생각하니 마음이 울컥해진다. 고향 화성에는 이름 있는 나무들이 몇 그루 있다. 자랑하는 나무다. 용주사 절 마당에는 궁궐에만 심는다는 회양목을 정조임금의 지시로 심어져 몇 백 년을 살아왔다. 천연기념물로 지정되어 보호되어 오다가 몇 년 전에 죽었다. 나무의 죽음이 한 역사가 접히는 느낌이다. 그 후 어느 나무 칼럼니스트가 서신면 전곡리 공룡알 서식지 가까운 곳에서 350년 자란 물푸레나무를 발견했다. 그는 혼자의 힘으로 자기 의견을 펼치고 정부요로에 탄원을 하여 천연기념물로 지정을 받아냈다. 지금은 정부가 나무를 확보하여 버팀목도 세워주고 철책도 마련하여 국가의 보호를 받는 나무가 되었다. 지방정부나 주민도 못하던 일을 그 분의 끈질긴 집념으로 이루어 낸 것이다. 나무와 마음이 통하고 나무의 소리를 들을 수 있고 나무를 사랑하는 사람이다.

물푸레나무가 천연기념물로 지정된 다음 해에 꽃을 피워냈다. 5월경에 늙은 나무가 하얗게 꽃을 피워낸 것을 고추밭에서 일하던 할머니가 발견하여 동네사람들이 다 같이 보았다고 한다. 나이 많은 동네 분들도 물푸레나무가 꽃을 피우는 것을 처음 본 것이다. 백 년에 한 번 피는 대나무꽃처럼 촌로들은 사진 한 장 남기지 못하고 그들만 보고 말았다. 꽃은 피면 지는 법, 물푸레나무 꽃은 전설의 꽃이 되고 말았다. 꽃 소문은 무성하게 퍼져나가 지금도 인근에 떠돌아다닌다. 나무가 나라의 대접을 받아 꽃이 피었다는 둥, 고목나무에 꽃이 피면 좋은 세상이 올 거라고도 하고 또 다른 이야기는 어지러운 세상이 온다고도 하고, 별별 소문이 다 떠돌고 있다. 아마 모르긴 해도 미신적인 이야기로 치부되어 몇 십 년은 더 갈 것 같다. 나무를 죽이고 살리는 사람도 나무의 속마음은 모르나 보다.

사실로 증명하는 나무이야기도 있다. 오산 물 향기 수목원 산자락을 돌면 궐리사闕里祠가 있다. 안내문을 보면 중국에서 귀화한 공서린이란 분이 있었다. 중종

기묘사화 때 조광조와 한편이었다가 폐직이 되어 방황을 하다 이곳에 자리를 잡았다고 한다. 할 줄 아는 거라고는 글공부라 서당을 차렸다. 마당에 북을 걸어두고 치려고 은행나무 한 그루를 옮겨 심었다. 그 후 서당은 폐쇄되었어도 나무는 무럭무럭 자라 거목이 되었다. 백 년이 넘게 자란 나무가 어느 날 갑자기 말라 죽었다. 사람들은 천수를 다한 나무라 생각하고 무관심했다. 죽은 지 몇 년이 지난 뒤 때마침 수원화성이 축성되어 신도시가 건설될 때 죽었던 나무가 다시 살아난 것이다. 소문이 회자되고 정조임금 행차 때 격쟁에 상소되어 어명으로 조사케 하였다. 공자님 영신이 살아난 것이라고 결론이 났다. 하여 공자의 출생지 동네 이름을 따 궐리라 하고 궐리사 사당도 짓고 대단이 큰 비각을 세워 공자님을 기리게 하였다. 지금도 제향 때는 공자 후손들이 참석을 하고 곡부 공 씨 집결지가 되었다.

실록에 기록된 걸로 보아 사실 이야기다. 나이가 사백 살도 넘는데 은행나무는 지금도 가지가 청년의 장딴지마냥 투실하고 미끈하다. 죽었다 살아난 나무라고는 믿어지지가 않는다. 나무 가지가 힘차다 못해 지나치게 풍성하여 입이 다물어지지가 않는다. 호랑이는 죽어서 가죽을 남기고 사람은 이름을 남기듯 나무는 이야기를 남긴다. 어느 마을 어느 고을에도 나무 이야기는 있다. 그 이야기가 그 고장의 애환이고 그 마을의 역사다. 나무도 행복한 나무라야 오래 사나보다. 고목나무는 발아래에서 사람들이 살아가는 모습을 오래도록 지켜봐왔다. 사람들이 원력을 받고자 기원을 하면 나무는 묵언으로 희망을 준다. 고향 노거수 기둥에 등을 대고 달을 보고 싶은 밤이다. 터전을 잃어가는 뒷동네 나무도 새봄맞이를 안녕하게 하였으면 한다. 나무들의 평화가 우리들의 평화다.

콩나물 단상 斷想

심심한 저녁나절 식탁에서 콩나물 다듬는 것을 거든다. 머리 떼고 꼬리 자르는 거두절미를 한다. 뭘 할 거냐고 물어봐도 대답은 않고 부지런히 하라고만 한다. 콩나물 반찬은 기대가 되지 않는다. 평생 너무 많이 먹어 질렸기 때문이다. 오히려 아린 추억이 많아 머리가 젖어진다. 건성으로 몇 개를 다듬어보니 미끈거리는 것이 감촉도 안 좋고 금방 싫증이 난다. 엄지와 검지로 콩나물 뿌리를 잡고 뱅뱅 돌리며 장난이 쳐진다. 대화는 끊어지고 시선은 초점을 잃어 먼 바깥을 본다. 콩나물과 함께 하였던 지난날들이 칙칙한 흑백영화 장면처럼 지나간다.

콩나물은 콩을 불려 싹을 틔워 기르는 싹 채소다. 콩이 모태다. 과거 우리의 농사는 다양하지가 않고 논농사와 밭농사 오로지 두 부류였다. 중부지방에서는 밭농사로 가을에 보리를 파종하여 하지夏至 때 수확을 하고 뒷그루로 콩을 심어 두 그루 농사를 짓는다. 쌀이 본업이고 다음이 보리와 콩이 제삼의 작물이다. 식량을 위주로 하는 농사라서 채마밭은 손바닥만 한 텃밭 한 뙈기가 전부다. 콩처럼 사람을 행복하게 해주는 작물도 없다. 콩 뿌리에는 비료공장이 있어 거름을 주지 않아도 잘 자라는 식물이다. 심고 김 매주는 것이 관리의 전부다. 그렇지만 그 쓰임새는 참으로 다양하다.

우리의 식단은 콩 음식이 주재료다. 된장 고추장 두부 콩비지는 물론이고 도시락 반찬은 콩자반이 필수인 줄 알았다. 떡을 해도 콩고물이 들고 잡곡밥도 콩이 우선이다. 콩이 쓰이고 활용되는 음식이 부지기수다. 그중에서도 사시사철 무관하게 다가오는 것이 콩나물이다. 양념이라야 파 마늘이면 그만이다. 특별한 육수가 필요한 것도 아니고 지지고 볶는 기술도 필요 없다. 깔깔한 아침 입맛에도 말간 콩나물국에 밥 한술 말아 먹으면 무난하게 먹어지는 음식이다. 지독한 겨울 감기에도 고춧가루 듬뿍 넣어 뜨끈하게 먹으면 감기마저 뚝 떨어지는 약식동원藥食同源이라고 약이 되는 음식이다.

지금은 콩나물을 공장에서 대량으로 기르지만 어릴 적에는 각자 집에서 직접 길러 먹었다. 시루에 짚을 태운 재와 콩을 켜켜이 넣고 검은 보자기를 씌워 빛을 차단하고 물을 주면 콩이 발아를 하여 콩나물로 자란다. 물주기가 아이들에게는 놀이다. 한바가지 끼얹으면 쫘르르 내려가 또 한바가지 끼얹고 싶은 유혹이 따른다. 햇빛을 보면 콩나물 머리가 파래진다고 빨리 덮으라고 야단을 맞는다. 재미나는 꾸지람이다. 마지막 물이 한참동안 긴 여운을 남기고 똑똑 떨어진다. 시루 전두리에 귀를 대고 물방울 소리를 들었다. 빽 허그를 하고 귀를 등에 대고 육체로 전달되는 소리를 들으면 영혼이 묻어나는 소리다. 그런 소리를 들었다.

음식에도 구색이 있다. 그것은 오랜 역사와 전통이 만들어 내는 결과다. 처녀 총각이 시집가고 장가들 때는 잔치국수로 잔치를 한다. 지금은 음식이 흔하고 종류가 여려가지라 없어진 전통이 많다. 사골국물을 우려낸 잔치국수를 먹을 때는 반드시 콩나물과 함께 먹는 것이 제격이고 격식이다. 때문에 잔치를 하려면 콩나물 기르는 것이 우선이다. 지름이 1미터도 넘는 시루에 정성으로 기른다. 잔치에 얼마만큼의 국수와 얼마만큼의 콩나물을 먹었나에 따라 그 집안의 위세를 짐작하고는 했다. 얼마 전에 시골에서 옛 방식대로 콩나물을 곁들인 잔치국수를 먹을 기회가 있었다. 옛 맛을 깊이 음미했다. 단연 격식이 맞는 맛이라고 새삼 느꼈다.

콩나물국이 우리의 입맛이다. 매운 음식을 못 먹는 일본인들의 들척지근한 일본 음식이 강점기에도 발을 못 붙였다. 수천 년 동안 중국과 소통하고 왕래를 하였지만 기름이 뚝뚝 떨어지는 느끼한 중국 음식 맛을 우리는 받아들이지 않았다. 칼칼한 콩나물국 맛 때문이다. 요즈음은 콩나물 요리가 무궁무진하게 발전을 하였다. 아귀찜이나 대구 찜은 콩나물이 들어가야 제 맛이다. 한때는 콩나물 로스구이가 있었다. 강판으로 만든 번철에 기름 많은 쇠고기를 익히다가 콩나물을 섞어 먹는 음식이다. 술 한 잔 하기에는 안성맞춤이었다. 내 입맛에도 맞고 좋았는데 어느 틈인가 사라져 버리고 말았다.

콩나물을 생각하다보니 마음은 점점 비참하게 슬펐던 시절로 빠져든다. 지그시 감긴 눈에는 어머니 밥그릇이 보인다. 전쟁으로 먹을 양식이 부족하던 때 이야기다. 피난을 가지 못해 강냉이죽이나 꿀꿀이죽은 먹어 보지는 못 했지만. 그 대신 김치밥이나 호박 풀떼기로 하루에 한 끼니는 꼭 때웠다. 휴전이 되고 나서도 콩나물밥을 끊임없이 해먹었다. 콩나물밥을 하면 항상 어머니 밥에는 쌀이 없고 삐쭉삐쭉 뿔 내미는 콩나물만 있는 밥이었다. 그 밥그릇이 오늘 또 망령처럼 저 세상 가신 어머니 넋으로 아련하게 보인다. 돌이키기 싫은 세월에 슬픈 그림이 다시 살아나 마음이 짠해지는 저녁이다.

팔짱을 끼고 서성이다 저녁상을 받는다. 버섯과 야채를 많이 넣고 콩나물 잡채를 하였다고 먹어보라고 한다. 밥도 그토록 싫어하던 콩나물밥인대도 참기름 냄새가 폴폴 나 별식 맛이다. 양념장을 한 숟가락 얹어 먹으니 살살 녹는다. 지난날의 나무때기처럼 억세고 거칠었던 그 밥이 아니다. 어머니가 눈물로 삼키시던 밥이 새롭게 새 모습으로 영신靈神을 한 것이다. 어머니가 천상에 올라가신 것이 아니다. 어머니가 만들어 놓으신 천상에서 내가 살고 있다. 두 손이 모아진다.

어느 구름에서 비를 뿌릴지 모르는 것이 천심이고, 속절없이 기다리는 것이
인심이다. 어젯밤에 온 비는 참 예뻤다.

〈고운 비, 미운 비〉 중

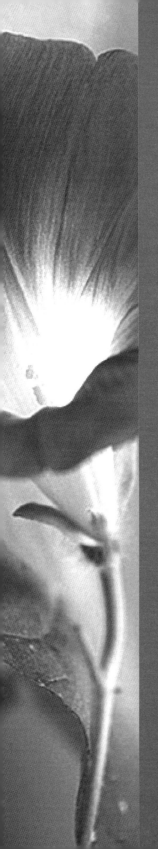

호박 인심

겁이 많고 운동신경이 느려 터져 운전을 못한다. 버스와 지하철 그리고 는 걷는 거 BMW가 나의 움직이는 수단이다. 대중교통이 원활하지 못한 농촌지역에 갈 때는 난처하다. 자주 가야 할 시골집은 하루에 버스가 세 번 다니지만 만나기가 어렵다. 차가 많이 다니는 면 소재지에서 스적스적 걸어도 30여 분 소요되는 거리지만 요즈음 걸어 다니는 사람이 어디 있나? 텃밭이며 빈집은 사정도 모르고 나를 속절없이 기다린다. 명절 같은 이름 있는 날은 자식들이 차를 몰아 걱정이 없지만 급한 일이 생기거나 아내와 함께 가야 할 때는 난감하다. 봄에 심어 놓은 호박을 따기 위해 쉬는 날 아들에게 구구사정을 해 동행을 한다.

오후에 꼭 가야 할 약속이 있다고 구시렁거리며 빨리 갔다 와야 한다고 못을 박는다. 도살장에 끌려가는 소처럼 억지로 가는 기색이다. 젊었을 때는 거침없이 걸어 다니던 거리다. 지금도 막상 걷자면 무난하지만 걷는 사람이 없어 초라한 모습이 부끄러워 걷지 못한다. 새벽 군용열차에서 내리면 얼마나 집이 그리웠으면 삼십 리 길을 한걸음에 달려갔던 길이다. 영화구경에 미쳐 다닐 때는 왕복을 하면서도 초간한 줄도 몰랐다. 유세 떨고 팅기는 아들이 밉다. 호박 몇 개 따러가기가 이렇게 힘드냐며, 무능한 영감 만나 좋은 세상 멋없이 산다며 비아냥거리는 아내의 볼멘소리에 속이 뒤집힌다.

도착해서 집안 어른들과 의논할 나의 일은 금방 끝이 났다. 호박을 따라고 한다. 무릎관절이 아픈 사람이라 관절에 무리가 가는 일은 하지를 못한다. 그래서 부탁하는 일은 조금은 들어주는 편이다. 아픈 다리로 봄에 욕심껏 호박모종을 얻어다가 심어 놓아 호박밭이 무성하게 어우러졌다. 잘 보살피지도 않았는데 호박은 심은 사람에게 열 배로 보은을 한다. 노랗게 익은 호박은 더 두었다가 늦은 가을에 따야하고, 애호박과 늦지 않을 것들은 더 두고 봐야 소용이 없다며 모두 따자고 한다. 따서 모아놓고 보니 너무 많다. 한 자루가 넘는다. 고추도 땄다. 조금만 가지고 가자고 티격태격 한다. 무슨 영문인지 모르지만 남김없이 다 싣고 가자고 고집을 부린다.

아들도 펄쩍 뛴다. 가지고 가서 장사를 할 것도 아니고 몇 개만 있으면 된다며 돼지 기르는 집 보고 가져가게 하라고 퉁명을 떤다. 듣고 보니 그것도 옳은 말 같다. 반들거리는 애호박이나 몇 개 가지고 가자고 반대의견을 확실히 했다. 아내는 호박잎을 따면서 묵묵부답이다. 두 사람은 반대, 한 사람만 찬성이다. 다수결의 원칙을 애초부터 모르는 사람이 외고집을 부린다. 아들은 심술이 났는지 싣으라는 짐은 싣지도 않고 저쪽으로 가서 빙빙 돌고 있다.

보다 못해 다가와서는 얼른 싣고 가자고 소리를 지른다. 필요 없는 짓이라고 아들은 기고만장을 하며 못 싣고 간다고 손사래를 친다. 필요한지 안 한지는 참견할 일 아니라며 꼭 가지고 가야 한다고 막무가내다. 두 사람이 실랑이를 한다. 주먹으로 차 뒤 트렁크를 탕탕 두드려도 문을 열지 않는다. 오히려 엄마가 하는 말을 물어뜯고 윽박을 지른다. 독 오른 독사 같다. 지켜보기가 아니꼽살스럽다. 아내가 측은해 보인다. 강력한 반대론자가 생각할 겨를도 없이 급작스럽게 동조자가 되고 만다. 싣고 가자고 급선회를 하여 아들을 나무라니 어리둥절해 한다.

옥신각신 승강이를 하다 마지못해 싣고 와서는 아파트 마당에 내동댕이쳐놓고는 화난 아들은 호박 한 개도 가져가지 않고 제집으로 가버렸다. 한마디 대화도 없이 왔다. 화를 내가 자초한 것 같고 마무리를 잘못한 것 같아 뒷맛이 짐짐한 호박 맛 같아 개운하지가 않다. 자루 속에 갇힌 호박은 어디까지 왔는지 궁금한지 굼실거린다. 무릎 아픈 아내는 어느 사또 마나님이나 된 양, 맨손으로 집에 오르시고? 혼자서 끙끙거리고 호박 자루를 끌어 올린다. 아들한테 미안한 마음이 들고 또한 아무 잘못도 없이 억울함을 당한 기분이다. 애꿎게 호박자루에 툭툭 발길질을 한다.

현관문 계단에 내팽개쳐두고는 나 몰라라 했다. 편들어주어 신고 온 것만으로도 대단한 사랑이며 은총이다. 힘겹게 올려다 놓은 것도 감사해야 할 일이다. 흙 묻은 몸을 대충 닦고는 그것도 일이라고 피곤한 느낌이 밀려와 낮잠을 잔다. 어둠이 몰려오는 저녁 무렵이다. 잠결에 들리는 소리가 인터폰으로 어느 집에 누가 있는지 확인을 하고는 가겠다고 하는 소리를 여러 번 들었다. 무슨 짓을 했나 싶어 나가보니 호박이 싹 없어졌다. 낡은 아파트라 노년층이 많이 살고 있어 옛 인심이 남아 있다. 고추 한 줌과 호박 몇 개씩 돌려주었다고 한다. 촌스러운 짓 했다고 타박을 한다.

엘리베이터에서 만나는 이웃들이 호박을 주어서 고맙다고 나에게 인사를 한다. 졸지에 인심 좋은 사람이 되었다. 버리고 가자고 고래고래 소리 지르고 성화를 바친 사람이 나라는 것을 이웃들은 모른다. 계면쩍은 웃음으로 인사를 받아도 이웃들은 나의 본심을 조금도 의심하지 않는 기색이다. 초인종이 울린다. 자기네 고향에서도 과일이 왔다며 먹어 보라고 주고 가고, 어느 집은 남쪽 바다 생미역과 이름 모를 생선을 올려주고, 별별 것들을 다 나눈다. 되로 주고 말로 받는다. 사소한 호박인심이 몇 배로 넝쿨째 굴러들어 왔다. 내 얼굴이 벌게진다.

부르다가 만 환상곡

첫아들이 태어날 때는 집에 없어 탄생의 기쁨을 실감하지 못했다. 태어났다는 소식을 듣고는 감동했다. 그 아들이 낳은 첫 손자도 태어나고 며칠이 지나서 보게 되었다. 처음으로 눈을 마주쳤을 때 닮았음을 직감으로 느꼈다. 나의 유전인자를 보는 것 같았다. 둘째 아들은 첫 딸을 낳았다. 그도 역시 태어난 지 얼마 만에 병원 신생아실 유리창을 통해 첫 생면을 했다. 생그레 웃는 배냇짓으로 할아버지를 맞아주었다. 첫눈에 좀 더 크면 얼굴이 제법 예쁘겠다는 생각이 들었다. 초록나뭇잎 사이로 새어나오는 빛을 보는 것 같았다. 예쁘게 자라라고 푸른 오월의 빛에 소망을 실었다.

돌아와서는 이름을 짓는다. 처박아두었던 옥편도 갖다놓고는 밤을 지새운다. 여자아이는 이름이 예뻐야 하는데 신세대에 맞는 심플한 이름이 떠오르지 않는다. 묵은 관습이 몸에 밴 보수골통 머리는 자꾸만 옥편만 뒤적거려진다. 농사지을 때 이름에 대한 느낌이 있었다. 감자 품종 이름이 대단히 많다. 모두가 조선시대 점잖은 선비의 아호 같아 별스럽다 생각했다. 나도 그 흉내를 내는지 몇 글자를 짜 맞춘다. 나름대로 설명을 붙여 대여섯 개를 준비했다. 아들 며느리가 보고는 발음이 무겁다고 못마땅해한다. 자기들 생각대로 민서라는 이름을 짓겠고 한다. 무시당한 것 같아 기분이 언짢다.

핏덩이 하나가 온 집안을 분망하게 하더니만 그럭저럭 별 탈 없이 잘 자라주어 백일을 넘기고 첫 돌잔치를 하고나서부터는 계집애 티를 낸다. 아장아장 걷고 두 돌이 지나 말을 배워 소통이 된다. 집 근처에 넓은 공원이 있어 항시 유치원 아이들이 야외놀이를 나왔다. 깨끗하게 옷을 입혀 아이들 틈에 자주 데려다 놓고 함께 한다. 애는 애가 좋아한다고 얼굴이 해반드르르해 아이들이 좋아했다. 또 안전학교로 지정되어 운동장에 인조잔디가 깔린 학교가 옆에 있다. 수업이 끝난 오후에는 아이들이 바닥에 모여 앉아 논다. 그곳에다 갖다 놓으면 민서도 아이들을 좋아하고 아이들도 잘 놀아주고 잘 가르쳐주었다.

아이들 틈에서 쓰지는 못해도 글자를 쉽게 배워 어려운 간판글씨도 읽어내고 셈수도 천재처럼 한다. 특히 정확한 발음으로 말을 하여 감탄을 하게 한다. 재롱 같지는 않았다. 보는 사람마다 될성부른 떡잎이라고 칭찬을 아끼지 않아 어깨가 으쓱했다. 천재라면 교육을 어찌 시키나 한편 걱정도 되었지만 어찌되었건 마음을 비우기보다 부풀리고 싶었다. 천재소녀가 되었으면 하는 꿈이 풍선을 타고 하늘 높이 날아오른다. 더욱 세심한 손길로 보살펴 주어야겠다고 다짐도 한다.

인구가 많지 않은 희귀한 성씨 집안이라 유명한 인물이 그리 많지 않다. 본향에서는 여성 쪽으로는 현숙한 분이 여러분 계셔 현모양처 전통의 집안이라고 일컫는다. 그 여파로 소설이지만 심청이 어머니가 곽 씨 부인으로 대리되었고, 김구 선생님을 지킨 분도 어머니 곽만년 여사다. 집안을 표상하고 대표하는 여성분이다. 현존하는 몇몇 걸출한 여성분들이 집안 명분을 지키고 있다. 종친회 사무실엘 가면 외손이 잘되는 집안이라고 자부하고 긍지로 여기는 소리를 듣고는 한다. 그 내력으로 내심 현명한 여성으로 성장하기를 바라는 욕심이 샘솟는다.

피부도 곱고 얼굴 생김새도 보통은 아닐 거라는 생각이 자꾸 머릿속에서 맴돈다. 지능이나 적성검사를 받아보고 싶은 마음이 굴뚝같다. 여러 곳을 수소문해봤지만 대개가 학교에서 단체로 설문지로 검사를 대행하는 업체들이다. 어린

아이 한 명을 검사를 받으려면 대학심리학과 교수를 찾아가야 한다는 말에 뜻을 이루지 못했다. 유아원 종일반에 들어간 다음에도 여전히 총명하여 저게 무언이 되기는 되겠다 싶어 또 뜬구름을 잡는다. 이왕이면 아나운서가 되라고 TV에다 손가락질을 해대며 욕심의 집을 대궐 만하게 짓는다. 어린것을 앉혀 놓고 방송인이 되라고 귀가 닳도록 종 다짐을 하는 푼수 없는 할아버지가 된다.

유치원을 마치고 초등학교에 입학을 했다. 할아버지가 머릿속으로 그리던 아이가 아니고 보통의 아이가 되었다. 키도 작달막하고 말수가 없는 새침데기다. 본모습이 나온 것이다. 학교에 들어가면 온통 휘젓고 판을 칠 줄 알았는데 할아버지의 기대에는 못 미친다. 요즘 아이들 모두가 영악하다는 걸 몰랐다. 그렇다고는 하지만 아무래도 이상스럽다. 엄마 말에 의하면 선생님이 우수하기는 한데 특출하게 월등하지는 않으며 뚜렷한 적성도 아직은 발견하지 못했다며 조금 더 지켜보자고 했다고 한다.

높은 산에 혼자 올라가서 가사도 곡조도 틀리는 노래를 목이 터져라 부르고 난 느낌이다. 잡은 고기를 놓친 허전함이 밀려온다. 너무 일찍 판단 없이 밑그림을 크게 그렸나보다. 잘못된 허욕에서 정신을 차린다. 하지만 넓고 넓은 이 세상에 네가 설 자리가 어디 아나운서뿐이겠니? 이제부터는 할아버지가 부르던 환상곡을 응원가로 바꿔 부르련다. 나중 난 뿔이 더 우뚝하다고 기회는 얼마든지 있단다. 이번 겨울에 산타클로스 할아버지를 만나거들랑 새로운 너의 꿈을 꾸어라. 그 꿈이 이루어지도록 응원을 해줄게. 꼭 이루어질 희망의 꿈으로.

돼지풀

어젯밤에는 잠을 자다가 이불 한 자락을 끌어다가 덮었다. 색바람이 났나보다. 신원한 소나기 한 보지락 지나가더니 늦더위가 꺼졌다. 무성했던 여름에게 수고하였다고 위로를 해주고 싶다. 아침 해가 뜰 때 산기슭에 가보았다. 물 내려가는 개울바닥에는 온통 돼지풀 세상이다. 농사짓던 때는 지긋지긋하여 원수 같았던 풀이다. 언젠가 식물 공부한 친구하고 풀이름 이야기를 하다가 돼지풀이 아니고 고마리 풀이라는 정식 이름을 알게 되었다. 다른 지역에서는 고만 좀 나라고 고만이 풀이라고도 하고 뱀 풀이라 부르는 곳도 있다고 한다. 우리지역에서는 애나 어른이나 돼지풀이라고 부른다. 나 역시 언제까지나 돼지풀이라고 부를 것이다. 돼지풀을 원수라고 구박만 했지 바르게 알지 못했다. 다시 알고 보니 감동이 있고 배울 점이 많은 풀이다.

이들이들한 돼지풀이 붉은 태양을 반긴다. 휙휙 부는 바람이 잎을 흔들어 놓아 이드르르 하게 초록물결이 친다. 바람에 넘어지는 초록 잎들의 색깔이 희뜩희뜩 다르게 보인다. 돼지풀 잎도 앞뒷면의 빛깔이 다를까? 아니다, 잎이 나온 시기에 따라 어린잎과 다 자란 잎의 색이 다를 뿐이다. 풀잎의 앞면과 뒷면의 빛깔이 다르면 독성이 있는 풀이다. 그래서 표리부동表裏不同이란 말이 생겼다고 한다. 사람도 마음이 음충맞아서 겉과 속이 다른 사람이 있다. 오래 겪어봐야 그 사람의 속마음을 알 수 있듯이 풀잎들도 자세히 보아야 앞 뒷면의 색깔 차이를 구별할 수가 있다. 돼지풀은 어뜩 보면 얼룩덜룩 더 짙고 덜 짙은 무늬가 있지만 초록은 동색草綠同色, 같은 초록빛이다. 앞뒤가 다르지는 않고 순수하다.

돼지풀 잎의 생김새는 특별나다. 유럽에 옛 무사들이 들고 다니던 방패모양을 똑 닮았다. 서양 사람들도 돼지풀 잎을 보고 방패를 만들었나보다. 개울바닥에 반드르르 한 풀 군락을 내려다보면 마치 투구 쓰고 창과 방패를 들고 도열한 군사들을 사열하는 느낌이 든다. 돼지풀도 무사들처럼 강하다. 돼지풀을 뜯어먹는 동물이나 벌레도 없고 어울려서 사는 풀마저도 없다. 독불장군이다. 손으로 만져보면 이유를 알 수 있다. 잎에 잔털이 있기 때문이다. 줄기를 잡고 위에서 아래로 살살 훑어보면 대단히 부드럽다. 반대로 아래서 위로 훑어보면 아주 딴판으로 까슬까슬하고 꺼끌꺼끌하다. 때문에 무엇도 접근을 못한다. 상대방에게 피해를 주지 않고 자기를 지키는 것이 최고의 수신修身이다. 자기 방어가 철저한 풀이다.

들이나 길가에 볕이 잘 드는 곳에서도 잘 자라고, 계곡이나 냇가 물속에서도 잘 자란다. 물속에서 살면서 줄기가 땅에 닿을 때마다 뿌리를 뻗어 무진하게 줄기가 퍼져나간다. 돼지풀이 생명을 펼쳐나가는 힘만큼은 지구상에 어느 것도 따라가지 못할 정도로 강인하다. 늦여름이면 돼지풀은 꽃을 피워 가을을 알린다. 그래서 오늘도 가을이 왔나 싶어 물가에 나와 본 것이다. 쌀알만 한 하얀 꽃받침에 빨간 꽃이 핀다. 짙푸르고 무성한 잎 사이에서 살포시 피는 꽃, 소녀처럼 예쁘다. 말할 수 없이 작아 앙증맞은 꽃이다. 청초하고 맑은 열여섯 살 계집아이 해맑은 웃음이다. 저토록 억척스러운 풀도 속마음은 꽃빛처럼 예쁘고 깨끗한가 보다. 숨겨두고 간직한 아름다움이다.

어릴 적 동네 앞으로 흐르던 개울에 빨래터가 생각난다. 개울이라야 도랑물 정도 흐르는 물이었다. 조금 넓은 곳에 움푹이 파여 물이 한 바퀴 돌아 잠시 머물다 넘쳐가는 곳이다. 위쪽에서는 야채를 다듬어 씻고, 물 깊은 곳에는 넓적한 돌판 몇 개 갖다놓고 빨래를 했다. 아주 더러운 것을 닦는 곳은 맨 아래쪽, 이웃 간에 불문율이다. 그 다음이 돼지풀 밭이다. 시궁창 물이 돼지풀밭을 지나면 깨끗해진 다. 돼지풀이 더러운 오물을 뿌리로 먹고 줄기에 감아 녹여 정화시켜주기 때문이 다. 조물주가 사역을 시킨 것처럼 군소리 없이 사명을 다한다. 구정물이 내려가 면 어린 물고기뿐만 아니라 어리고 연한 싹들도 치명적인 피해를 본다. 돼지풀이 더러운 불순물을 없애는 환경지킴이 역할을 했다. 옳은 일을 위하여 자기 몸을 희생하는 살신성인 殺身成仁하는 모습이다. 하찮다고 업신여기기만 했던 돼지풀 이 참으로 여러 가지 역할을 하는 자연의 필수 요원이다.

　같은 환경 속에서 생명체들이 부대끼고 한 동안 살다보면 더러워져서 썩고 생 채기가 나기 마련이다. 오염된 것을 닦고 씻어 본래대로 되돌려 놓는 정화작용은 누군가는 해야 한다. 그것을 돼지풀이 한다. 인간사회가 더럽힌 물을 사람들이 천대하는 돼지풀이 정화를 한다니 자연의 이치가 아이러니하다. 투정도 불만도 없이 사명으로 하는 돼지풀을 인간들이 원수 같다고 천대할 일이 아니다. 돼지풀 은 하늘 천 따 지 같은 글도 배우지는 못했다. 그러면서도 너도 살고 나도 살자는 봉사하는 자세로 헌신을 한다. 구정물 먹고 맑은 물을 만들어 내는 돼지풀이 진 정한 자연의 수호신이다. 썩은 것을 맑게 하는 것이 올바른 자연환경 창달이다.

　사람도 마음을 씻고 닦아야 한다. 마음도 고인 물과 같아서 흐르지 못하면 썩 고 앙금이 가라앉는다. 더러운 개울바닥을 돼지풀이 깨끗하게 정화하듯 마음도 씻어야 한다. 내 마음을 걸러주는 돼지풀은 무엇일까? 나도 누군가가 함박눈 퍼 붓듯이 포근하게 사랑을 뿌려주면 새로운 마음이 될 텐데. 그런 사람이 없다. 나 이 탓만 하고 있다. 치사恥事하고 창피한 사람으로 남지 말고 스스로 돼지풀이 되 었으면.

물 없는 하루

단수가 되었다. 아파트는 정기적으로 물탱크 청소를 하기 때문에 급수가 끊어질 때가 간혹 있다. 계획된 일이라 사전에 구내방송도 하고 안내문도 부착을 하여 주민들에게 작업시간 동안 사용할 약간의 물을 준비토록 한다. 모처럼 무박으로 남쪽 바다 구경을 하고 늦게 돌아온 다음날이다. 방송을 못 들어 사용할 물을 예비하지 못했다. 막상 한 모금의 물도 없으니 생활이 돌아가지를 않는다. 세상살이에 미련한 사람이 크게 낭패를 보고 나서야 뒤늦게 철이 들듯이 허탈한 우리의 꼬락서니가 우습다.

하루 종일 관광버스에 시달려 방전된 상태가 탓이다. 고단하여 뒷정리도 못하고 엎질러진 물처럼 널브러졌다. 아내는 잘 먹고 잘 놀다 왔는데도 머리가 빙빙 돈다고 한다. 여정이 너무 멀었나 보다. 피로가 밀려와도 이상하게 잠이 들지 않는다. 허리는 끊어지는 것 같고 온몸이 쑤시고 느른하여 뒤척이기만 한다. 보고 온 경치가 어른거려 멀미가 난다. 여수에서 돌산 갓김치를 먹다가 너무 맛이 있어 갓김치를 사가지고 가자고 해도, 집에 있는 멸치젓으로 직접 담가보겠다고 하여 한 다발을 사가지고 왔다. 아내는 현기증이 난다면서도 억지로 일어나 시들어가는 갓을 소금물에 절여 놓았다. 그리고도 딴전을 부리는 바람에 아주 늦게 잠이 들었다.

늦잠에서 깨어보니 물은 이미 끊어졌다. 낭패다. 분명 아침에도 안내방송을 하였으련만 깊은 아침잠에 빠져 듣지를 못한 것이다. 영문을 몰라 인터폰으로 관리소에 왜 물이 안 나오느냐고 물어봤다. 물탱크 청소하는 날이라며 방송도 못 들었냐며 오히려 퉁바리를 준다. 푼수 없는 사람이란 소리를 들을까봐 얼른 수화기를 내려놓고 그제야 전후사정을 알게 되었다. 일상의 생활에 구멍이 뚫린 것 같고 톱니바퀴에 이가 빠진 느낌이다. 세상 돌아가는 사정도 모르는 사람이 되어 생활의 이탈을 맛본다.

아무것도 할 수가 없어 서성거리기만 한다. 정수기 스위치를 눌러봐도 커피 한 잔, 라면 한 그릇 끓일 물도 나오지를 않는다. 한 번 사용하고 난 화장실은 두 번의 응답이 없다. 싱크대는 설거지할 그릇들이 더미를 이루고, 세탁기 앞에는 어제 벗어 던져놓은 옷들이 널브러져 흘낏거린다. 밤늦게 절여놓은 갓이 숨이 꼴까닥 넘어가고 있다. 제일 화급한 일이다. 옆집에 사정을 해 볼까? 체면만 사나운 일이다. 생각다 못해 집 앞 칼국수 집 온화한 인상의 할머니 집으로 들고 가자고 한다. 서로 인사는 하고 지내는 사이다. 방법이 없어 죄인처럼 절인 갓을 내가 들고 갔다.

사정 이야기를 하니 흔쾌히 주방을 내어 주신다. 영업시간이 아직 아니라 천만다행이다. 아내는 자기 부엌처럼 편하게 갓을 씻어놓고 물기가 빠질 때까지 양념하는 방법도 가르쳐주어 배우고 왔다. 절박한 순간에 구원을 받은 심정이다. 멸치액젓을 찾아 가르쳐 준 대로 양념을 한다. 손 씻을 물도 없이 김치를 담그자니 여간 불편한 일이 아니라고 투덜거린다. 억지춘향으로 버무려 넣었다. 그것마저 뒷정리를 못하니 더 꼴불견이고 볼썽사납다. 물이 이렇게 소중한 줄도 모르고 아무렇게 혼전만전 쓰던 버릇이 부끄러워 뒤통수를 얻어맞은 기분이다.

아침밥도 못 해먹고 남은 빵조각과 물 없이 하는 계란 부침으로 끼니를 때웠다. 물이 얼마나 중요한가를 고통으로 체험하고 이제야 물 없이는 살 수가 없다는 것을 뼈저리게 체감한다. 커피 한 잔이 간절하다. 물을 사 오라고 재촉이다. 물을 업신여긴 징벌로 시련을 주고 싶어 사오지 않았다. 물이 그립다. 물이 콸콸 나오는 소리가 들리는 듯하다. 하찮다고 무시하던 물이 생활에 기본이라는 것을 절감한다. 팔짱을 끼고 지난날의 물을 생각한다.

예쁜 물, 고마운 물, 그리운 물, 아픈 물들이 줄줄이 눈을 스친다. 어릴 적 찰방거리던 고향집 앞개울도 보이고, 소낙비 맞아 물에 빠진 생쥐 같던 단발머리도 생각이 난다. 부슬부슬 내리는 봄비를 맞으면서 처음으로 고독을 씹어도 봤고, 봄볕 그립던 겨울 초가집 추녀 끝에서 똑똑 떨어지는 고드름 물도 받아 먹어봤다. 차디찬 방울 물이 나를 지혜와 용기로 다잡게 하여준 물이다. 한 모금의 물을 못 넘겨 세상 떠나신 어머니, 그 물 한 방울만 넘기셨어도 하는 아쉬움이 몰려온다. 마지막 한 숟가락의 물이 평생 가슴 아픈 물이 되었다. 추억은 아쉬운 때만 기억되어 되살아나나 보다.

칼국수 할머니 집 벽에 걸린 액자에 빼어난 필체로 쓰인 상선약수 上善若水 글씨도 눈에 아른거린다. 흔히 주위에서 쉽게 볼 수 있는 문구다. 물에 관한 말일지싶은데 무슨 의미의 말일까? 할 일이 없어 인터넷으로 검색을 해 본다. 사람의 마음이 물처럼 움직이는 것이 제일 착한 마음이란 뜻이다. 유유히 흐르는 물은 어디에 부딪쳐도 모두를 품어주고, 무엇을 만나도 끊임없이 사랑으로 적셔준다. 불평도 경쟁도 하지 않는 것이 물이다. 물처럼 초연한 삶을 살자고 다짐을 주는 글이다.

해질 무렵에 물이 나오기 시작했다. 친정 엄마 만난 것처럼 반갑다. 우선 먼저 이를 닦고 몸을 닦아 새롭게 한다. 정신없이 맥 놓고 주제넘게 사는 나를 반듯하게 세우기 위해서다. 목욕을 하고 나니 물 만난 고기처럼 힘이 솟는다. 아내도 콧

노래를 하며 밥을 한다. 세탁기도 돌리고 청소도 한다. 물이 고맙다며 청소기도 안 쓰고 물걸레로 바닥을 뽀득뽀득 닦는다. 고마움을 몰랐던 마음을 물에게 속죄를 한다. 봄을 기다리는 베란다 화분에 물도 준다. 쏟아지는 물을 두 손으로 받아본다. 물도 쑥스러운지 하얀 미소를 짓고 손가락 사이로 빠져나간다.

스탠딩 스피치

메밀꽃 피는 마을 봉평, 여름바람이 계곡을 따라 흐르는 곳이다. 지인한 분이 여름이면 찾아가 쉬려고 산막 하나를 마련했다. 모두들 좋다고 하는 흥정계곡이다. 회원들이 모여 단합하는 모임을 한다하여 찾아가는 길이다. 오랜만에 자연을 질주해 본다. 해바라기 꽃 닮은 한 여름날 햇살이 찌푸리기만 하던 입꼬리를 들어 올려 준다. 눈에 보이는 산과 들이 울먹이고 싶도록 짙푸르다. 푸름에 거하게 혼절하다가 점심때가 기울어서 도착을 한다. 처음 맞아주는 집과 주위를 돌아본다. 멋진 풍광에 마음도 파래진다. 물소리와 바람소리, 산새소리를 모처럼 듣는다. 여름 맛을 제대로 느낀다.

애초에는 일찍 모여 점심을 잔디밭 마당에서 즉석요리로 할 계획이었다. 일행들 도착이 제각각 늦어져서 준비가 되지를 않았다. 급한 대로 강원도 고유음식인 메밀국수로 간단하게 우선 먹자고 한다. 황토흙집에 조롱박이 마당을 온통 뒤덮어 운치가 있고, 전통 분위기가 물씬 나는 업소를 찾았다. 길목에 방송국차가 와 있어도 별 생각 없이 들어갔다. 다수의 인원인 우리가 그 집을 점령하다시피 하였다. 음식을 주문하고는 서로가 늦게 오게 된 사연들을 화려하게 변명하고 있을 때, 남색치마에 하얀 모시저고리를 얌전하게 차려입은 주인아주머니가 다가와 방송 팀이 나와서 촬영을 한다며 협조를 부탁한다.

방송용으로 촬영을 한다니까 전원이 박수를 치며 환호를 한다. 이유도 없이 좋아하며 무슨 촬영이냐고 묻지도 않는다. 의아해하는 사람조차도 없다. 무조건 기분 좋은 호응이다. 유명스타가 되고 싶었던 꿈이 이루어졌다고 착각을 하는 모양이다. 어린아이처럼 '텔레비전에 내 얼굴이 나왔으면 정말 좋겠네, 정말 좋겠네,' 하는 어린이 마음이다. 차려지는 음식들이 조명 따라 카메라가 움직인다. 모두가 음식에는 마음이 없고 촬영에만 신경을 쓴다. 머리에 귀마개를 쓰고 마이크를 들고 있는 사람이 메밀에 대해서 이야기할 사람을 찾는다. 일행들이 '우주 왕' 나보고 하라고 한다.

카메라를 한 뼘도 안 되게 바짝 얼굴에 들이댄다. 물 만난 고기처럼 시원하게 한마디 하고 싶은 마음은 굴뚝같은데 입이 열리지를 않는다. 전혀 준비가 되어있지를 않아 참 난처하다. 겉멋은 들어 "에 에" 하다가 언뜻 생각 난 말을 한다. '평야지대에 사는 사람들은 인삼을 먹어야하고 산간지대에 사는 사람들은 메밀을 먹어야 한다.'고 어디서 들었던 말을 한마디 내뱉다. "다시." 연설하듯 힘주지 말고 일상적으로 대화하듯 하라고 채근하는 눈빛이 파랗다. 메밀 막걸리 한 잔을 들이키고 다시 해 본다. 소용이 없다. 발음이 꼬이고 이번에는 멘트가 늘어졌다며 또 다시 하자고 한다. 벌 받는 것 같아 일행들의 안쓰러워하는 눈빛이 뒤통수를 찌른다.

매끄럽게 말도 못하고 촬영도 산뜻하게 끝나지 않은 것 같아 분위기만 무거워졌다. 계면쩍기가 이를 데 없다. 식사가 끝날 쯤 방송장비도 거듭거듭 챙겨서 철수를 한다. 옆에서 누군가 언제 방송 하느냐고 묻는다. 자기들은 찍기만 했지 편집하는 분이 따로 있어 어느 장면이 방송되는지는 자기들도 모르고 무슨 프로라고만 알려준다. 며칟날 몇 시에 방송이 될지는 자기들도 모른다고 퉁명을 떤다. 촬영을 하자고 사정하며 아양을 떨 때는 언제고 영 생판 다르다. 밑진 장사를 한 기분이다. 하기야 손해 볼 것도 득 본 것도 없는 짓이다.

모닥불을 피워놓고 주먹만 한 별을 헤는 밤이다. 낮에 한 스피치가 마음에 거려 편하지가 않다. 목에 가시가 걸린 것처럼 찝찝하다. 못하는 것도 많지만 말 한마디 반듯하게 못 하다니. 나의 빈 모습을 보여 준 것 같아 후회가 막급하다. 회원들도 자꾸 낮에 있었던 촬영 이야기로 대화가 흐른다. 헛기침은 왜 했으며 표정이 너무 굳어 교장선생님 훈시하는 것 같았고, 손은 왜 쓸데없이 흔들었으며, 눈은 카메라를 보지 않고 딴 곳을 봤다는 등 칭찬인지 흉인지, 모두들 한마디씩 하는 소리에 고개가 떨어져 좋은 밤을 놓친다.

살아오면서 말 한자리를 제대로 못해 후회한 적이 한두 번이 아니다. 공식적인 모임은 물론이고 회식이나 술자리에서도 가끔 자기소개를 할 때가 있다. 신식 말로 그것을 스탠딩 스피치라고 한다. 아무것도 아닌 것 같지만 그것이 자신의 첫인상이다. 매번 실패를 했다. 콘텐츠도 없고 좋은 형식으로 구성도 못 했다. 여러 번 해 봤으면서도 사람들 앞에만 서면 떨리고 몸이 비비 꼬인다. 스탠딩 스피치는 CM송처럼 짧은 말로 청중 속으로 자기를 들이미는 것이다. 그걸 못한다. 숨쉬는 것처럼 쉬워보여도 그것이 자연스럽고 편안하게 잘 되지를 않는다.

돌아와서 일주일 후다. 혹시나 하는 마음에 알려 준 방송프로 시간에 TV를 켠다. 기대하는 마음이었다. 음식점 전경과 우리가 먹었던 음식접시들이 클로즈 업되고 게걸스럽게 먹는 한 장면이 스치고 지나갔을 뿐 내가 한 말은 내레이터가 대신 설명을 한다. 촬영할 때는 악다구니를 치더니 싱거운 사람들, 핀잔을 하면서도 서운하다. 여러 차례 반복을 하였으나 내가 한 말은 생명을 얻지 못하였다. 옛날에 할머니가 늘 하시던 말씀이 생각난다. 사내자식은 "뭐니 뭐니 해도 언제 어디서나 말 한자리 똑 부러지게 하는 것이 젤이여!" 그 말씀을 새겨들을 걸.

때 검사

긴 장맛비가 물러간 뒤다. 짙푸른 초목 위로 8월의 끓는 태양이 여봐란듯이 내려 쪼인다. 강아지 혓바닥을 한없이 잡아당기는 무더운 날씨다. 집에서 조금 떨어진 곳에 계곡이 있다. 길게 흘러내려온 계곡물이 저수지와 맞닿는 지점은 물이 넓고 충만하게 흐른다. 장맛물이 쓸고 지나간 개울바닥은 맑은 거울같이 깨끗하다. 나무그늘 아래에서 어른들은 과일을 자르고 아이들은 물놀이하는 정겨운 한여름 풍경을 본다. 얕은 물에 발가벗은 아이들 우윳빛 몸에서 하얀빛이 광이 난다. 건너편 연 밭에 핀 백련 꽃봉오리 같다. 유년 시절 찌들어 살던 때의 나의 자화상이 더듬어진다. 감아 빗지도 못한 머리는 뭉치고 엉겨 붙었다. 피부는 때가 많아서 새카맣게 빛이 났고 손등은 굴참나무 껍질 같았다. 땟국이 뚝뚝 떨어지던 그때의 내 모습과 오늘의 저 아이들을 견주어 볼 때 참으로 격세지감을 느낀다. 아침 햇살만은 그때 그 찬란함 그대로다.

코를 줄줄 흘리고 눈만 깜빡이는 아이들 앞에서 때까치선생님의 특기는 때 검사였다. 물론 하루 이틀 전에 때 검사를 할 것이라는 예고는 한다. 얼굴만 고양이 세수를 하고 겨울을 지냈다. 추운 날씨에 온종일 밖에서 흙 범벅이 되어 놀다보면 손에 때가 가마솥에 누룽지처럼 굳어 쩍쩍 갈라졌다. 때 검사 준비를 한다. 소여물 끓이던 가마솥에 물을 데워 여물 냄새나는 여물통에 들어가 목욕을 한다. 어머니는 이리저리 돌려가며 때를 벗기려고 애를 쓰셨다. 겨우내 덕지덕지 붙은 때가 쉬 벗겨질 리 만무하다. 물은 점점 식어가고 몸에는 소름이 새파랗게 돋아

물만 묻히고 만다. 때는 그대로 목욕은 하나마나였다. 손등에 때가 거북이 등가죽처럼 갈라져서도 마음만은 진흙탕물이 피워 올린 흰 연꽃 같은 아동의 마음이었다.

드디어 때 검사하는 시간. 홑바지에 속옷도 제대로 못 입은 아이들을 세워놓고 차례대로 옷을 홀랑 벗긴다. 대나무 자를 들고 샅샅이 몸의 때를 찾아 지저분한 곳을 딱딱 때릴 때는 겁이 나서 덜덜 떨고 아파서 파르르 떨었다. 맞는 소리에 뒷자리 아이들은 손에 침을 뱉어서 때를 조금이라도 닦으려고 여기저기서 퉤퉤 하는 소리가 끊이지를 않았다. 검사에 불합격을 받은 아이들은 "나는 까마귀사촌입니다." 라고 적힌 종이를 들고 복도에 서있었다. 모처럼 공짜 구경거리가 생긴 다른 반 아이들은 창가에 달라붙어 처참한 꼴을 킥킥거리고 지켜봤다. 겨 묻은 개가 똥 묻은 개를 나무라는 꼴이다. 동무들의 비웃는 웃음과 대나무 자의 사정없이 파고드는 아픔 속에서 부끄러움을 참아내는 일은 쉬운 일이 아니었다. 들고 있던 종이가 얼마나 무거웠던지 지금도 얼굴이 화끈거려지는 기억이다.

청결을 가르쳐 주시려던 선생님은 우리들의 때 묻은 가슴을 씻겨주지는 못했다. 오히려 마음속 깊이 어떤 것으로도 씻어지지 않는 마음의 때를 새겨준 때까치선생님이다. 가혹하게 지적을 받는 아이의 눈으로는 세상을 삐뚤어지게 보게 되어 선생님이 너무너무 싫어졌다. 공부 잘하는 아이와 못하는 아이를 차별하여 보는 눈빛이 달랐고, 부잣집 아이들과 가난한 집에 아이들을 대하는 미소도 달랐다. 못생긴 아이와 예쁘게 생긴 아이의 차별마저도 심했다. 이 세 가지에 모두 해당하는 나는 때까치선생님을 무던히도 미워하고 증오했다. 무슨 악연으로 선생님과 수년을 함께했다. 눈을 감으면 얼굴과 목소리가 잊혀지지 않고 오롯이 기억 속에 살아난다. 답답한 날이나 울적할 때면 지금도 환상으로 나타나 마음에 생채기를 내주고는 하는 분이다.

　성장하면서도 별별 검사를 다 받고 살았다. 중 고등학교 때는 복장 검사를 수시로 받았다. 단추는 왜 그리 잘 떨어지던지. 그 때도 때 검사할 때처럼 지적을 많이 받았다. 왼쪽 가슴에 붙여야 할 명찰이 오른쪽에다 달아 조롱꺼리가 되기도 하고, 군대생활도 검사 받는 것이 생활이다. 총은 병사의 생명과도 같은 것, 지급된 총에 총구를 빛이 나도록 닦아야 한다. 총구에 녹이 슬면 총알이 명중을 하지 못한다. 검사할 때마다 불량을 받아 기합으로 걷어차이는 조인트를 수도 많이 맞았다. 단정하지 못한 것은 게으른 탓도 있지만 여건이 맞아야 한다. 더운물과 비누가 있었으면. 요즈음처럼 재봉틀로 명찰을 달았으면. 녹을 방지하는 기름을 총구에 칠할 수 있었다면 반짝반짝 빛나는 총이 되었을 것이다. 때를 못 닦고 묻히고 산 세월이 억울하고 한심하여 되돌아보기조차도 싫다.

　때까치선생님은 실향민이셨다. 학생들에겐 무서운 호랑이 선생님이었지만. 전쟁으로 무너진 학교를 일으켜 세운 입지전적인 선생님이시다. 왜소한 체격에 지병이 있어 천수를 못 누리고 우리들이 철들 때쯤 세상을 떠나 학교 근처 공동묘지 끝자락에 잠드셨다. 나달나달한 소맷부리를 아이들에게 보이지 않으려고 손가락으로 연신 집어넣는 버릇이 있던 가난한 선생님이다. 후손도 없는 분이었다. 한 세월이 지난 후에야 그것이 차별이 아니고 사랑이었다는 것을 알게 되었다. 미웠던 선생님이 그리워졌다. 철없던 제자 몇이서 선생님을 원망하던 마음의 때를 씻기 위하여 묘지에 표석을 세운다. 마음의 때를 씻어 준 것은 오직 세월뿐이었다. 땟국이 줄줄 흐르는 시절에 낀 마음의 때를 오랜 시간이 지난 뒤에야 닦아낼 수가 있었다. 겉으로는 때가 없는 지금, 부글부글 끓는 속마음에는 무슨 때가 또 끼어 있을까. 때까치선생님한데 때 검사를 받아야 할까보다.

고운 비, 미운 비

밤비가 왔다. 창밖에 빗소리가 고운님 목소리 같았다. 타는 목숨에 생명수를 뿌렸다. 아침 아파트 단지를 돌아보니 묵은 먼지가 씻겨나가 산뜻하다. 공원 산책길이 여인의 입술처럼 촉촉하고 누렇게 메말라가던 잔디 풀도 빗물 맛을 봐 제법 싱싱하게 생기가 넘친다. 참 오랜만에 내린 비다. 가뭄에 단비는 무엇과도 바꿀 수 없는 충만함이다. 학수고대하던 모두의 얼굴이 해반드레 웃음꽃이 핀다. 비도 품위가 있다. 생물들이 목마를 때 알맞게 내려주는 은혜로운 고운 비가 있는가 하면. 어린 풀싹들이 죽어가도 모르는 척하다가 거만을 떨고 뒤늦게 쓸데없이 퍼붓는 원망스러운 미운 비도 있다.

비는 생명이 있는 모든 만물에게 절대로 필요한 수분을 공급해 주기 때문에 생명의 물이다. 생명이 없으면 비를 기다리지 않는다. 죽은 자와 산 자의 차이다. 비가 생명의 갈등이요 삶의 고민이며 사람의 운명을 가름한다. 순리대로 내려주는 비는 낭만도 있다. 비 오는 날이면 게으른 사람은 낮잠 자기 좋은 날이고, 술 좋아하는 술꾼들에겐 술이 그리워지는 날이기도 하다. 부지런한 사람은 맑은 날보다 더 분주하게 움직이게 하는 것도 비다. 하늘이 화가 나서 한동안 비를 주지 않으면 마른땅에 뿌리박은 생명들의 목숨을 부지할 방법이 없다. 죽음의 소리가 들린다. 농작물이 잎과 뿌리가 마르고 타들어가는 것을 보는 농부는 자신의 가슴이 타는 것처럼 쓰리고 아파 한숨만 푹푹 내쉴 뿐이다.

찔레꽃이 비에 젖으면 비렁뱅이도 도승지 부럽지 않다고 했다. 찔레꽃이 피는 시기가 오월 말이다. 모내기 할 시기라 물이 최고로 필요한 때다. 이 시기가 우리의 지형 기류의 특성으로 비가 오지 않는 시기다. 민족의 숙명이고 애환이다. 온 세상이 메말라 애를 태우는데 가시덤불 찔레나무만 극성을 떨고 혼자만 잘났다고 너울져 하얗게 꽃을 피우니 얼마나 눈꼴이 사나운가. 달밤에 흰 무더기 꽃을 보면 꼭 처녀귀신 같다. 밤이면 찔레꽃이 놀아나 비를 막는다고 민초들은 믿어 원망과 저주의 꽃이 되었다. 함초롬히 비를 맞으면 곱디고운 꽃이지만 가뭄도 마다않고 피는 꽃이라 농부들은 찔레꽃을 보고 한풀이를 했다. 젊은 날 나도 무던히도 찔레꽃을 미워했다. 6,70년대 찔레꽃이 웅크리고 있는 지독한 가뭄 속에서 농사를 지을 때 그랬다.

가뭄이 들면 농부는 물을 찾는다. 우물물을 떠올리는 것은 두레박이고 논물을 푸는 것은 타래박이다. 함석으로 만들어 네 귀퉁이에 새끼줄을 느려 얕은 곳에서 높은 곳으로 물을 퍼 올리는 기구다. 물자가 얼마나 없었으면 나무판대기로도 만들기도 했다. 타래박질은 두 사람이 힘과 호흡이 잘 맞아야 한다. 힘과 균형이 안 맞으면 서로를 탓하여 싸움이 반이다. 힘이 보통 드는 것이 아니다. 지금의 헬스클럽 바벨 들어 올리는 것보다 열배는 더 힘이 든다. 아내와 온종일 물을 퍼 올려 마냥모를 심었다. 지금 생각하면 참 심난하고 눈물겨운 일이지만 당시로썬 최선이었다. TV화면에 아프리카 사람들 물 찾는 모습을 보면 나도 저랬지, 눈시울이 뜨거워진다. 어두움을 밟고 집에 돌아오면 녹초가 된다. 아내는 부서지는 몸으로 어두운 부엌에 들어가 저녁밥을 끓인다. 여자가 남자보다 강하다는 것을 그때 알았다.

개울바닥을 홀딱 뒤집어 한 모금의 물을 찾는 것은 가뭄이 농부에게 주는 시련이다. 끓는 태양은 애끓은 마지막 눈물마저도 말렸다. 흙먼지 바람이 눈을 못 뜨게 하면 하늘도 염치가 있는지 장맛비가 오기 시작한다. 이앙할 모가 늙어 허옇게 노처녀가 된 6월 말이다. 가뭄은 끈질기고 장마는 심술궂다. 굵은 빗줄기가 마치 하늘에 구멍이 뻥 뚫린 듯 장대비가 쏟아진다. 천둥 번개의 굉음과 불꽃이 번쩍번쩍 섬광을 내고 소란을 피우면 하늘이 무서워 자신을 돌아보게 된다. 가뭄에 어리석은 나는 개울둑을 헤집어 놓은 우를 범했다. 짚동처럼 밀려오는 북정물을 예비하지 못해 둑으로 범람하여 토사가 밀려들어 왔다. 패착을 둔 것이다. 토사를 걷어 내기에 청춘을 바쳤다. 가뭄 끝은 있어도 홍수가 쓸고 가면 절망뿐이다. 장마라면 지금도 지긋지긋하다. 잊을 수 없는 미운 비다.

장맛비는 사랑이라고는 눈곱만큼도 없는 비다. 저 혼자 잘났다고 날뛰는 미운 비. 토라진 여인이라야 쫓아가서 토닥거려주기라도 하지 쇠귀신처럼 제 고집만 부리는 장맛비 눈살 찌푸리게 하여 두 번 다시 보기 싫은 비다. 이 여름도 궂은비를 수없이 맞고 다닐 것이다. 파릇하게 손짓하는 봄비는 얼마나 사랑스러운가? 버선발로 사뿐사뿐 걸어오는 여인의 발걸음 같은 봄비는 참으로 사랑스럽다. 아련한 비도 있다. 가을에 붉은 낙엽 밟고 첫사랑을 떠내 보내던 비. 단풍나무 밑에서 훌쩍거리며 우산 없이도 기다리고 싶은 비가, 가을비다. 어쩔 수 없이 맞는 비가 기억이 오래 간다.

비가 안 오면 기우제祈雨祭를 지내고 억수장마가 지면 기청제祈晴祭를 지내는 것이 사람의 인지상정이다. 하늘의 마음은 어떨까? 하늘 세상도 만사가 그리 편편하지만 않을 것이다. 내려다보면 뭇 생명들이 목말라 할딱거리고 홍수에 떠밀려 집을 잃은 딱한 사정을 왜 모르겠나. 분명 하늘에도 무슨 사정이 있어 고운 비도 주었다가 미운 비도 주고 하는 것일 게다. 가뭄과 장마는 피할 수 없는 숙명이다. 어느 구름에서 비를 뿌릴지 모르는 것이 천심이고, 속절없이 기다리는 것이 인심이다. 어젯밤에 온 비는 참 예뻤다.

과객

강릉에 있는 선교장에서 하룻밤 유숙을 했다. 고풍스러운 아흔아홉 칸
짜리 한옥으로 규모와 뛰어난 풍광에 놀라 여름밤이 짧았다. 쪽박을 엎어 놓은
것처럼 봉긋한 뒷산에 붉은 소나무 기둥이 빽빽하다. 탁 트인 눈길로는 경포호반
이 보이는 자리다. 풍수를 모르는 사람도 과연 이곳이 명당이구나! 짐작하게 하
는 집터다. 강릉을 몇 번 지나다니면서도 살피지 못하고 먼발치로 스치고만 다녔
다. 해외여행을 할 때 말고는 집을 나와 남의 집에서 묵는 일이 요즈음은 거의 없
어 아주 오랜만의 객지 잠을 잔다. 옛날 옛적 과객들의 뒤태를 보는 느낌이 든다.
타임머신을 타고 200년 전으로 돌아가 당시의 과객의 흉내를 내보는 기분에 젖
어 본다.

이 지역 어느 낭만적인 부자가 그림이나 의술 같은 좋은 재주를 지니고 방방곡
곡을 유람하는 나그네들을 불러들이려고 지은 집이라고 한다. 바깥세상과 소통을
하고 싶었던 것이다. 지금으로 말하면 네트워크가 필요했나보다. 마당 초입에는
집채와는 다르게 작은 일각 대문에 누구를 막론하고 들어와 이야기하고 가라는
현판을 달았고, 옥호도 뜨겁게 이야기하라는 의미로 열화당으로 지었다. 당시 사
회정서로는 과객들이 돌아다니면서 세상소문을 전해주는 하나의 전령 역할을 했
다고 한다. 지역에 좀 넉넉하게 사는 집이라면 과객을 반가이 맞아주고 유익한 세
상정보를 받아들이는 인심이었다. 과객들이 그 매체의 역할을 한 것이다.

어릴 적에 과객 이야기를 많이 듣고 동경을 했다. 전쟁 때 피난을 나와 수복 후

에도 돌아가지 못하고 학교 선생님이 된 분이 우리 마을에 살았다. 여름 날 별을 헤는 밤이면 옛날이야기를 잘하는 분으로 과객 이야기를 많이 했다. 그분 말로는 몸으로 하는 공부든 머리로 하는 공부든 수십 년을 한 가지에 몰두를 하면 도통하여 도사가 된다고 한다. 시쳇말로 달인이 되는 것이다. 도사가 되기 위해 세상을 섭렵하려고 다니는 사람들이 과객질을 했다. 지혜도 총명하고 학덕이 높아 세상을 꿰뚫어 볼 줄도 알고, 닥쳐올 일을 예견도 하여 대처하는 능력이 있어야 풍류객이 될 수 있는 것이다. 김삿갓 김병연이가 대표적인 과객 꾼이다.

보부상 같은 장사꾼들은 주막에서 밥을 사 먹고, 거지는 밥을 공짜로 얻어먹지만, 과객은 무엇으로든 자기의 능력과 재주를 제공하고 밥을 받아먹는 길 위에 사나이들이다. 근심 걱정이 없는 맑은 얼굴 표정이 기본이고 호랑이를 만나도 겁먹지 않는 뱃심이 있어야만 과객이 되는 조건이다. 일 뜸, 이 침, 삼 약 어느 것 하나라도 갖추고 병을 치료해 주므로 밥값을 했다. 글씨나 그림을 남기고 다닌 것이 민중예술이 된 것이다. 그런 재능이 그들의 살아가는 수단이고 방법이었으며 과객의 공로다.

유세 떠는 집안 간에 혼담도 성사시켜 주고, 풍수로 묘 자리나 집터를 잡아주기도 하고, 특히 선견지명으로 관상을 잘 보아 될성부른 아이를 만나면 무엇이 될 것이라고 가슴에 남는 예언도 하고 지도해줄 사부도 연결하여 주었다. 과객들의 순간의 판단이 바탕이 되었고 자신들의 부단한 노력으로 훌륭하게 성장하여 역사에 남은 인물도 많다. 과객은 자기만의 특별한 재능 하나는 반드시 지니고 다녔다. 공통적으로는 당시 중앙정치사회의 고관대작들의 정보나 지방 토호들의 고급정보를 가지고 다녔다.

과객을 바라보는 세상인심도 달랐다. 흥부와 놀부전을 보면 놀부의 악행이 단계별로 나열이 되어 있다. 자라는 애호박에 말뚝 박기로 시작하여, 물동이 이고 가는 여자 귀 잡고 입 맞추기 등 등, 마지막이 지나가는 과객을 붙잡고 하룻밤 재워 줄 것같이 하여 온갖 세상 돌아가는 이야기를 다 듣고는, 해질 무렵 저녁 먹을 때쯤이면 시비 걸어 내쫓는 짓이 가장 패륜적인 행동으로 꼽았다. 그만큼 과객을 홀대하고 무시하지 않는 분위기이었다.

능력도 정보도 없으면서 나는 과객 노릇을 하려고 호기를 부린다. 온돌방의 온기가 초여름 밤인데도 참 따뜻하다. 멋지고 새로운 것을 추구하는 집 주인이 지금 당장 내 앞에 나타나서 나의 재주를 내어놓아 보라고 하면 무슨 이야기를 할 수 있을까. 유익한 이야기를 기다리는 집에 아무 소용도 없는 불청객이 술기운으로 뒤척이는 느낌이 든다. 으스름 달빛이 비치는 열화당 앞마당에는 연수 온 기업체 젊은이들이 손에 손을 맞잡고 합창하는 노랫소리가 나를 대신한다. 은은히 퍼지는 밤 노래 소리를 주인이 듣는다면 기다렸다는 듯이 흐뭇해 덩실덩실 춤이라도 출 것 같은 노랫소리다.

사람 사는 세상 이야기를 듣고 깨닫고 배우며 함께 어울리고 소통하는 것이 행복이라고 가르쳐주는 집이다. 긴 세월 동안 이 집에 담겨있는 이야기는 얼마나 많을까? 어떤 이야기는 모두가 기뻐서 가슴을 활짝 펴고 흥분하던 이야기도 있었을 것이고, 또 다른 이야기는 울분했던 분한 마음이 하늘을 찌를 듯이 솟구쳐 오르던 이야기도 있었을 것이다. 그 모든 이야기를 주인이 마다 않고 듣고는 차곡차곡 쌓아놓아 오늘에는 이 집을 찾아 온 사람들에게 다시 뱉어내고 있다. 선교장 여름밤이 푸르다.

그림자 없는 대화

아침 일찍 전화벨이 울린다. 놀란 토끼눈으로 누구의 전화인가 번호를 확인하니 고향 근처에 와서 전원생활을 하는 친구의 번호다. 해도 안 떴는데 뭔 전화여, 퉁명을 떨어본다. 한나절이다. 오늘 대학병원에 약 받으러 가는데 연말도 되고 하니 만나서 술이나 한 잔 하자고 한다. 오랜만에 나오는 행차라며 설레는지 으쓱거린다. 종종은 아니지만 가끔은 얼굴을 봐왔는데 생각해보니 한동안 꽤나 적조했다. 영양가 없는 객쩍은 수다가 그리운 사람이다. 아무 생각 없이 베잠방이에 방귀 새나가듯 그러자고 약속을 한다.

친구는 어릴 때부터 총명하여 사회생활도 성공을 했다. 기업에 임원도 했고 부인도 교사로 평생 훈장 짓만 하여 세상 사는 근심, 걱정을 모르는 사람이다. 아들 하나도 미국으로 유학을 가서 그 곳에서 교수가 되고 결혼을 하고는 정착을 해버려 얼굴도 못보고 사는 외톨이다. 그 친구가 항상 부러워 보이지 않는 곳으로 멀리 떨어져 살라고 했는데 뭔 심술로 턱밑에 와 산다. 수준이 다르고 생각이 달라 두 내외와 애기를 하면 공자님과 시장잡배의 대화 같다. 잘근잘근 씹어서 하는 그들의 말과 무식하게 육두문자로 경우 없이 들이대는 나의 말은 툭툭 끊어져도 타박 않고 그러려니 하는 사이다. 우리의 대화를 옆에서 처음 듣는 사람은 사사건건 시비로 싸우는 줄로만 안다. 내가 그를 시샘하는 버릇이 굳어졌는지 이유 없이 호각을 세운다.

공통점이 있다면 술 좋아하는 것과 앉은자리 밑이 질긴 것이다. 둘이 만나면 소문난 음식점도 입맛 당기는 안주도 필요 없다. 오로지 온종일 앉아 있어도 가라고 채근하지 않는 집이면 그만이다. 만나서 그럴싸한 집을 찾아들어 갔다. 예의는 있어 우선은 양해를 구한다. 예의 바른 거짓말로 오래 있어도 되는지를 주인에게 물으면 친정 오라비 온 것처럼 반긴다. 술 몇 잔 들어가야 입이 열리는 것도 둘이 똑 같다. 맨 정신으로는 말을 못하는 빙신들이다. 술 몇 잔 들어가고 나서야 입술에 꽃이 핀다. 왕년에 하던 가락이 있어 주인을 옆에 앉히고 말참견하게 하는 것도 그 친구가 나보다 한 수 위다. 뱃속에 구렁이가 몇 마리 들어 있어 능청을 떨면 누구도 당해낼 재간이 없다.

설밑이라 그런지 안부가 물어진다. "마나님 기체는 어떠신가?" 종합병원이여, 오늘도 그 사람 약 타간다. 아들한테서는 소식은 자주 오고 뭘 자주 와 어쩌다 오는 전화도 사무적이지. 정착했으면 고맙지 뭘 더 바라. 그래, 아들은 나한테 효도 다 했어. 손자들도 많이 컸을걸. 그럼, 지난 여름방학 때 잠깐 다녀갔어. 딸아이가 중학교에 들어갔고 손자도 몰라보게 컸더구먼. 그런데 문제야. 우리말을 다듬다듬 하고 할머니 할아버지한테 곁을 주지 않아. 동네슈퍼 꼬맹이만큼도 반가워하지를 않아. 잠시 있다 가서 그렇지. 정이 붙기는커녕 서로가 거북하기가 짝이 없어. 내 원 참! 그래도 너 죽으면 젤로 설게 울 사람들이야. 메꿎게 굴지 말고 전화도 자주하고 늙은이가 정을 담뿍 주어야지 별수 있어. 정만 주냐? 간도 빼주는데도 소용없어. "자식도 부대끼며 살아야지 떨어져 살면 남이죠. 죽어서 우는 것이 무슨 소용이 있어요. 우는 것도 제 설움이지요." 주모의 말참견이 야무지다.

너는 자식들을 옆에 끼고 살아 못마땅하면 야단이라도 칠 수 있으니 좋겠다. 얼굴 못보고 사는 것은 똑같아. 언젠간 전화가 오길래 집에 좀 들러라, 했지. 그러니깐 바쁜데요, 하데. 이놈아, 바빠도 애비 얼굴은 보고 살아야지 부모 얼굴도 안

보고 사나? 요즘 놈들은 제 자식 가르치는 것이 우선이야. 선행 학습이 뭔지 쓸데 없는 짓들을 해. 대학 나오면 쇠고기 사 먹는지? 우리 때는 야간 학교 나와도 될 놈은 다 되었잖아. 지금은 야간 학교도 없어졌나봐. 한발 앞서서 가르치면 세상 다 얻는다면 선행학습도 필요하겠지. 초등학교만 나온 놈도 감옥에 갔다 오면 공자, 맹자, 칸트 다 알아. 에끼. 남의 애기라고 그따위로 비꼬면 써. 남과 비교하는 사회병리현상 때문이야. 우리 세대는 못 고쳐, 죽어야 안 보지.

나 죽으면 네가 장례위원장 좀 해야겠다. 그건 목에 힘들어간 놈들이 하는 거여. 동창회장 보고 하라고 해. 신문 보니깐 동창회장들이 그 일은 도맡아서 하더구먼. 동창회 안 나간 지 한참이다. 정치한다며 도와달라는 꼴 보기 싫어 안 나갔어. 아이고, 이 친구야 그때 줄만 잘 섰으면 지금 하마평에라도 오를지. 지금 내가 그런 것이 뭔 소용이 있어. 지난번에 아들이 와서 한 애기가 목에 가시처럼 걸려. 장례를 치르자면 칠일장도 모자란데. 미국에선 자식이 먼 곳에 사는 노인은 살아서 자기의 장례 계획서를 자기가 만들어 놓는다는구면. 지인의 연락처, 묘지 계약서, 진행 절차와 비용 모두를 계약해 놓으면 업체가 그대로 이행을 해주고 자식은 나중에 와서 점검만 한데. 여기도 그런 회사가 생길 거라며. 저는 한국에 나와 살 일도 만무하고 남은 것을 처리할 능력도 없으니 땅도 다 팔아 간단하게 정리하라는 눈치야.

그런 회사가 생기기 전에는 네가 좀 해 주어야지 어쩌겠니? 너도 걱정하는 일이 다 있구나. 내가 평생에 줄반장도 안하는 사람인데 그런 완장을 왜 차. 죽은 뒤에 무덤에 찾아가 목에 힘은 다 뺐냐고? 그거는 한 번 물어볼 거다. 그따위 쓸데없는 소리 말고 네 일처럼 야무지게 잘 해. "아이고, 장례위원장 할 사람 아무도 없으니 우리 집에나 자주 오시라고요." 주인이 판을 쓸어 덮는다. 어두움이 내려

앉았다. 해는 지고 달은 아직 뜨지 않았다. 그림자 없이 헤어지는 무영無影의 뒷모습, 깔깔대는 여주인의 웃음소리만 남는다.

결꾼

문자 메시지가 왔다. 생각지도 않던 문화재단에서 예술인 자기개발 프로젝트에 참여하라는 안내다. 더욱 신기한 것은 수강료를 내는 것이 아니라 오히려 수강료를 준다고 한다. 청소년 기술교육도 아니고 인문학 강의에 돈을 준다? 삼천갑자 동방석이도 못 들어 본 말일 것이다. 전화를 걸어 확인을 해보니 사실이다. 통장사본까지 첨부된 몇 가지 구비서류를 제출하라고 한다. 뭘까? 하는 의구심에 준비를 해서 구경 가는 심정으로 신청을 했다.

첫날 신청인들이 모였다. 20여명이 넘는 인원 중에 행위예술 쪽이 태반이고 서예와 문학은 각 2명씩이다. 한 때 동인지를 함께 했던 동료도 와 있다. 만나면 악다구니로 싸우던 사이지만 반가웠다. 담당자 말이 최고은이라는 방송작가가 지하 단칸방에서 굶어죽는 사건이 발생하여 예술인 안전망 장치로 정부가 하는 구호사업이라며. 모두가 대상이 아니고 한국예술인복지재단에서 예술인 인증을 받아야 하므로 다음 주까지 받아오라고 한다.

집에 돌아와 알려준 주소에 접속을 했다. 컴퓨터가 미숙해 주위의 도움을 받아 겨우 인증을 신청했다. 신청 구비서류에 예술인 실적이 중요하다며 가능한 제3자가 봤을 때 충분히 납득이 가도록 공연 팸플릿 같은 실적 사진을 많이 찍어 신청을 하라고 한다. 나는 엄연한 등단작가다. 무슨 실적이 필요한가? 신청서만 작성 제출하고는 배를 통통 두드리고 큰 소리를 쳤다.

첫 수업시간이다. 중간에 담당자가 들어와 나를 호명한다. 복지재단에서 나 한 사람만 인증을 받지 못 해 수강을 계속할 수가 없다고 한다. 따라 나와 담당자 컴퓨터로 확인을 해보았다. 문학 분야 등단은 개나 소나 다하는 실정이라 등인지 활동 정도로는 예술인으로 인정할 수가 없고 바코드가 있는 개인 문집이 있거나 신춘문학 같은 공인된 기관에서 수상한 경력이 있어야만 인정한다는 거절 사유다.

담당자에게 몽니를 부려본다. 왜 나에게 문자를 보냈으며 애초에 검증을 할 것이지 중간에 망신을 주냐고? 자기는 문화재단에 기록된 문인 전화번호를 무작위로 문자를 보낸 것이라 적법했으며 오히려 내가 대응을 잘못한 것이라고 책망을 한다. 담당자를 이길 재간이 없다. 서예하는 사람은 조그맣게 개인 부채 전을 한 팸플릿으로도 인증을 받았다는데 기분이 땡감 씹은 맛이다. 돌아와 준비물을 정리하고 나오려는 데 여러 사람들의 질시하고 냉소하는 눈빛이 비수 같다. 참을 수 없는 모멸감이다. 친하다는 동료의 마지막 멘트 "작가라고 하더니 개뿔" 아프게 다가와 등에 꽂힌다.

집으로 곧장 갈 기분이 아니다. 근처에 나만의 장소, 2층 옥상이 있어 초겨울 볕 바래기를 하며 강소주를 마신다. 울화가 치민다. 낙방도 아니고 퇴출이라니. 나는 맹목적으로 쫓아만 다니는 들러리 곁꾼이었다. 술 취기가 오르는 만큼 울분이 치솟는다. 내가 나를 생각해도 한심하다. 그 동안 나는 과연 무엇을 했고 무슨 성과를 올렸단 말인가. 슬프도록 처량하다.

눈을 감고 망상을 하는데 직원한테서 다시 전화가 왔다. 사설 문학단체가 아니고 공공기관의 상을 받은 적이 있냐고? 사람이 엽엽하면 몇 년도에 무슨 상을 받았다고 기억하련만 맹추라서 까맣게 잊었다. 경기문화재단, 경기도시공사, 불교신문이 아니고 월보에 쪽지 글이 한번 뽑힌 적이 있다고 말해주었다. 직원은 기관에 자기가 조회를 하면 나의 족적을 찾을 수가 있을 거라고 기다려 보라고 한다.

다음 수업 날 아침 직원의 전화다. 인증을 받아 놓았으니 교육에 참석을 하라고, 컴퓨터를 열어보니 예술인으로 인증한다는 메일이 와있다. 몇 년 전 있었던 일을 본인마저도 잊어버린 흔적을 오롯이 찾아낸다. 얼마나 신기한 일인가? 우리 사회의 시스템에 황공한 마음으로 감사를 한다. 밉던 여직원이 천사처럼 예뻐 보인다.

동료들에게 컴퓨터가 서툴러서 그랬다고 하얗게 거짓말을 하고 다시 합류를 한다. 예술기획을 공부한 처녀선생님이 매주 바뀌어 발상의 전환을 시도하는 교육이다. 온갖 것을 몸으로 행동으로 체험하게 한다. 앞으로는 구경꾼 노릇을 하지 말고 적극적으로 주체가 되자고 다짐도 한다. 함께하는 동료를 반장으로 만들어 놓았더니 반장 질을 어찌나 잘하던지. 리더의 내공은 달랐다.

생각에 자극을 주는 체험으로 새 맘을 다잡아 본다. 그러나 돈 몇 푼에 눈이 멀어서 가당치도 않은 사람이 달려들어 씻을 수 없는 망신을 한 것은 평생에 지울 수 없는 흉터로 남았다. 홧김에 기생집 간다고 나도 책을 펴내고 싶다. 더욱이 직원의 적극적인 권유로 문화재단 책 발간 지원금을 신청하여 받았다. 하지만 책이 만들어지면 이 부실한 내 글을 누구 보고 읽어 달라고 한단 말인가. 철저히 준비를 할 걸. 또 한 걱정이 생긴다.

아랫목에서 하시던 할머니 말씀이 생각난다. 사내는 흥하든 망하든 노름꾼이 될망정 곁에서 개평 뜯는 곁꾼, 들러리는 되지 말아야 한다고. 장기판 옆에서 훈수 하는 사람이 제일 푼수라고. 우리 집 남정네들은 할머니 눈에 모두가 곁꾼으로 보였나보다. 일본 문화는 본방문화다. 핵심에 있는 사람을 본방이라 한다. 모임이나 조직에 본방이 누구냐를 대단히 무섭게 따지는 문화다. 여줄가리는 힘이 없다. 우리사회도 곁꾼은 인정을 못 받는다. 평생 줄반장 한번 못해본 나에게는 시련의 겨울이었다.

색깔도 **말**을 한다

늦더위가 끝날 기미를 보이지 않는다. 몇 안 남은 어릴 적 친구들이 더위를 이기자고 끝 복날 만났다. 흰머리가 젊을 때부터 나기 시작한 은발의 친구가 있다. 너무 일찍 늙은이 행세를 한다고 면박을 주고는 애영감이라고 놀려왔던 친구다. 염색을 하지 않는 겉모습 때문인지 생각하는 거나 행동이 제일 보수적이다. 그 친구가 난데없이 하얀 백바지에 새빨간 티셔츠를 입고 나타났다. 모두들 휘둥그레진 눈으로 바라보고 벌린 입을 다물지를 못한다. "마누라 시집살이 때문이지 뭐" 하고 피식 웃는다. 젊게 살자는 아내의 성화에 못 이겨 혁명적으로 옷을 입었다고 한다. 모두들 위아래 앞뒤로 훑어보고는 그런대로 괜찮다고 고개를 끄떡인다. 은발하고 제법 잘 어울린다고 수긍들을 하는 눈치다. 옷이 날개라고 위장한 빛깔이 새로운 모습을 만들어 새사람이 되었다.

살아오면서 먹는 걱정도 많이 했지만 옷 입는 걱정이 제일 컸다. 색깔 걱정은 지금도 한다. 이 색의 옷을 입으면 어떨까, 저 옷 빛깔은? 자기 취향에 맞고 남의 눈에 거슬리지 않게 옷을 입는 것도 어려운 일이다. 다양한 빛깔의 옷을 자유롭게 입고 자란 세대들이 아니라 색상에 거부감이 심한 편이다. 백의민족 후예답게 윗옷은 흰옷을 많이 입었다. 학생 때 여름 하복은 대게가 하얀 옷을 입었다. 그러고는 밝은 색 옷은 입어 본 적이 없다. 새빨간 옷을 입는다는 것은 금지된 영역이었다. 이유는 빨간색은 빨갱이라고 쇠뇌가 되어 붉은 옷을 입는 것은 상상도 못했다. 감히 그런 마음을 먹을 수조차도 없었다. 요즈음 와서 가끔 등산할 때 빨간 점퍼를 입는 것도 하늘이 놀랄 일이다. 얄궂게 옷을 입고 온 친구를 보고, 마누라 시집살이가 심하긴 심한가보다고 동정을 하면서도 내심은 모두 다 부러워하는 마음으로 대취하는 하루였다.

사람은 누구나 제 나름대로 좋아하고 즐기는 색이 있다. 나는 메뚜기 속 날개 빛을 마음속으로 좋아한다. 좋아하면서도 그런 빛깔의 옷을 입어 보지는 못했다. 그 빛깔로 움터 돋아나는 새싹을 제대로 한번 그려보지도 못 했다. 상상 뿐이다. 기호에 맞는 색감도 어릴 때부터 길들여져야 한다. 크레용이 옛날에는 열두 색, 그 다음으로는 스물네 가지 색이 나왔다. 여러 가지 색을 써보지도 못하고 겨우 삼원색만을 쓴 것이 나의 색깔의 이력이다. 연둣빛이나 감성어린 잔잔한 연보라 색으로는 색칠을 해보지를 못했다. 좋아하는 색상을 용기 있게 표현하지 못하였다. 나머지 색들은 서랍 속에서 굴러다녔다. 유언 못하고 죽은 영혼처럼 지금도 눈에 선하게 보인다. 고운 색으로 꽃그림을 그려 나의 숨은 마음을 찾아냈어야 했는데 시기를 놓쳤다. 색 감정을 찾지 못하여 지금도 색의 의미를 모른다.

별로 탐탁하지 않은 외국여행을 가자고 아내가 조른다. 그 나라 말 한 마디 할 줄도 모르고 목줄 매어 끌려 다니는 기분이라 즐겁지가 않아 싫다고 강짜를 놓아도 소용없다. 바람결에 한 바퀴 휙 돌고 돌아와 봤자 몇 달만 지나면 만화책 한 권 읽은 것만도 못하게 기억에 없다. 삶의 재충전은커녕 남은 것이라고는 아무것도 없는 것이 나의 여행 이후다. 남들 가는데 못 가면 한이 될까 싶어 가방 들어다 준다 생각하고 따라가긴 한다. 이번에는 잘사는 나라를 가는데 어떻게 입던 옷을 입고 가느냐고 새 옷을 한 벌 사왔다. 단풍의 계절이라고 울긋불긋 괴상망측한 옷을 사다놓고 입어보라고 한다. 첫눈에 거부감으로 소름이 끼친다. 별별 핑계를 대고 입어 보지도 않고 지니고만 다녔다. 여행 내내 싸움만 하고는 도로

가지고 왔다. 주인을 잘못 만나 옷의 운명에 미안스럽기 짝이 없다. 아무도 안 보는 밤에 잠옷으로나 입어야 할까보다. 관념에 찌들어 새 빛깔을 받아들일 줄 모르는 내 자신이 밉다. 어찌 이리 색 감정이 이다지도 가난한지.

돌아올 때 아이들에게 줄 선물로 유명하다는 할인매장에서 옷을 고른다. 소문대로 진열해놓은 물량이 엄청나고 종류와 빛깔이 참으로 다양하여 눈을 홀린다. 옷의 품질은 뒷전이고 색상에만 우선하게 된다. 많은 것 중에서 하나를 고르는 것, 두 사람의 의견이 일치하는 것을 찾는 것도 어려운 일이다. 의견이 맞지를 않아 또 티격태격한다. 내가 참견할 일이 아닌데 주어진 시간만을 허비했다. 허둥지둥 몇 가지를 들고 나왔다. 집에 돌아와 펼쳐놓으니 호랑이 껍질 같고 경박스럽기가 짝이 없다. 받아든 아이들도 단박에 비호감이다. 남의 나라 말을 못 알아듣듯 그 나라 문화의 빛깔을 받아들이지 못한 것이다. 빛깔 하나가 사람의 마음을 흔든다. 색으로 만족을 얻지 못해도 후회스러운 것이 사람의 마음이다. 내가 좋아하는 색을 쉽게 찾지 못하는 이유는 색과 친하지 않은 때문이다.

자연의 빛깔도 계절에 따라 그지없이 변한다. 아침 햇빛과 저녁노을이 다르고 봄 여름 가을 겨울 하늘빛이 다르다. 빛의 변화가 시간의 흐름이다. 바야흐로 단풍의 계절이다. 나뭇잎들은 일 년 동안 비축해온 힘을 다 끌어모아 화려하게 몸을 만든다. 한 해를 살아온 삶의 결산이다. 나뭇잎들의 끝맺음은 환상적인 빛으로 현란하다. 왜 사람들은 죽음을 어둡고 검은 빛이라고 생각했을까? 사람도 마지막 죽음의 빛깔이 단풍잎처럼 오색찬란하게 변신을 하여 마치면 슬픔이 덜할 텐데. 가을단풍 고운 빛을 닮은 마음을 만들어 단풍처럼 곱게 말하고 싶은 가을이다.

천상 농부

길거리 대형 매장에서 유행하는 노래가 흘러나온다. '내 나이가 어때서' 멜로디도 좋고 가사의 의미가 가슴을 찌른다. 좋은 노래다. 곱씹어 생각해보면 나이 먹은 사람이 아직은 청춘이라고 억지를 부리는 느낌이 들어 뒷맛이 개운치 않다. 얄궂은 여운이 남는 노래다. 하기야 누구나 자기 마음에 청춘이면 청춘이지 남이 판단할 일이 아니다. 나이 칠십이면 옛날 같으면 동네 큰 노인 소리를 듣는 나이다. 하지만 장수시대인 오늘날은 어정쩡한 나이다. 노인이라고도 할 수 없고 그렇다고 젊은 나이도 아니다. 낀 세대 같다. 더욱 난감한 것은 아무것도 할 것이 없다는 현실이다.

하는 일 없이 밥만 먹는 처지는 숨 막히는 일이다. 편하게 가만히 있는 것도 확실한 이유가 있어야 한다. 몸이 아프거나 피곤하여 잠시 쉴 때처럼 핑계가 있어야 한다. 이유 없이 어정거리는 것은 본인도 못마땅하고 남 보기에도 꼴사납다. 옛날 노인들은 아기라도 업고 다녀 애 보는 일이라도 했다. 요즈음은 노인들이 애 보는 시대도 아니다. 아무짝에 쓸 데도 없고 아무것도 할 수 없는 신세. 여자로 태어났으면 좋았을 텐데 하고 부러워하기도 한다. 할머니들은 아무 일 않고 집안에 있어도 보기에 그렇게 흉하지도 않고 거추장스럽지도 않다. 남자 노인들이 문제다.

공자님 말씀에 사람은 죽을 때까지 배우고 익히는 것이 젤로 즐거움이라 했다. 그래 나도 늦었다고 한탄만 말고 무엇이라도 배워보자고 작심을 한다. 장수시대라서 정부기관 및 각 대학에서 평생학습 과정이 다양하다. 호기심을 갖고 여기저기 기웃거려 봤다. 대개가 다 운동하고 노래하며 봉사하는 몸으로 하는 강좌가 대부분이다. 모태 몸치이고 음치라서 다가갈 수가 없는 분야다. 늙은이들이 지켜야 할 새로운 생활수칙만 얻어 듣고 왔다. 일, 십, 백, 천, 만 규칙이다. 하루 착한 일을 한번하고, 열 번 파안대소 크게 웃고, 백자 이상 글을 쓰고, 천자 이상 글을 읽으며 만보를 걷자는 규칙이다.

몇 가지는 지킬 것 같은데 몇 가지는 자신이 없다. 착한 일 하는 것과 글쓰기다. 착한 일이야 나쁜 짓 안하는 것으로 대체를 한다지만 매일매일 글을 백 자 이상 쓴다는 것이 문제다. 서예를 해 볼까 하다 그 또한 소질도 없고 준비과정도 번거로울 것 같다. 입버릇처럼 지껄이고 다닌 말이 있다. 내가 살아온 과거 사연을 책으로 쓰면 소설책 한 권도 넘는다는 말이다. 가슴에 응어리진 이야기들을 뱉어내고 싶다.

생각을 체계적으로 모아 글로 표현한다는 것이 쉬운 일이 아니다. 되든 않든 말로 하는 것은 그래도 쉬운데 앞뒤를 짜 맞추고 문법에 맞는 문장으로 표현하기는 매우 어려운 일이다. 책상 앞에 쭈그리고 앉아보아도 한 줄의 글도 써지지를 않는다. 글은 좋은 생각과 문장력이 있어야만 가능하다는 것을 깨달았다. 글쓰기 강좌를 쫓아다닌다. 글을 쓰는 것은 그 사람 정신세계에 내재된 마음을 일으키는 것이다.

처음에는 간단한 시詩를 써보고 싶었다. 유행가 가사처럼 문학적이지 않으면 어떠랴. 내 가슴을 절절이 풀어내고 눈 감고 읊다보면 속이 후련해지는 시 한 편 말이다. 하다 보니 그 또한 가당치 않은 욕심이었다. 걷지도 못하면서 뛰겠다는 것이다. 시는 한마디로 축약하는 문학이다. 주절주절 수다로 풀어 쓰지도 못하면서 압축한다는 것은 실력도 수준도 아니었다. 머리만 긁적거리다가 다른 방향을 찾는다.

수필이라는 장르가 눈에 띄었다. 일정한 형식도 구애 받지 않고 내가 느낀 감정이나 생각을 자유롭게 쓸 수 있을 것 같았다. 산문을 쓰기로 했다. 붓 가는 대로 마음 가는 대로 쓰는 줄 알았는데 막상 접해보니 그것도 그렇지가 않았다. 에세이도 글이고 문학이다. 기승전결이 있어야 하고 읽는 사람에게 무엇인가 의미도 부여하고 감동도 전달해야 한다. 짧은 문장이지만 글의 맛도 내야 한다. 갈수록 태산이라 갈 길이 아니지 싶어 수없이 뒤돌아봤다. 꾹 참고 몇 꼭지 쓰다 보니 묘하게 끌리는 맛을 느꼈다.

수필은 내가 보고 듣고 살아 온 삶을 쓰는 것이다. 내 삶은 개구리를 닮았다. 햇살이 달팽이 침마저도 말리는 봄날, 바작바작 말라가는 물이 싫어서 갇힌 올챙이 앞다리 쏙, 뒷다리 쏙 내밀고 꼬리 잘라버리고 개구리 되어 뭍으로 나왔다. 더는 올챙이 적 생각을 말자고 탈바꿈하기 전 과거를 바람에 띄워버렸다. 팔짝팔짝 뛰어 언덕을 넘고 들을 지나 산에서 여름을 산다.

가을바람 차게 불 때, 개구리는 침 뱉어버린 물웅덩이로 다시 찾아와 동면을 하고 또다시 올챙이 알을 낳는다. 개구리 두꺼운 눈꺼풀로는 넓은 세상도, 높은 하늘도, 화려한 서울도 보지를 못했다. 산에서 먹이가 없이 가시에 찔리고 굴러 떨어지던 아픈 상처는 기억하지도 않고 지워버리고 감추어 버린다. 오로지 개구리의 추억은 미완의 아름다웠던 올챙이 때 버리고 간 추억만 떠오른다. 개구리가 참 구차하다. 나도 개구리다.

글을 맛깔나게 쓰고 싶었다. 나의 정신세계에 자리 잡고 있는 생각들은 나 역시 올챙이 때 감정뿐이다. 다시 찾고 싶지 않아도 찾아가는 고향과 지긋지긋하게 가난했던 농촌, 슬픈 영혼의 어머니와 안쓰러운 아내 가족뿐이다. 열 번을 뒤척이어도 뭍에서 살았던 개구리의 이야기는 없다. 창피하고 남부끄러운가 보다. 농사 짓고 살던 일들만 생각이 난다. 개구리가 올챙이 생각하듯 나는 천상 농부다. 글도 그때 이야기만 써진다.

풍자와 해학의
깊은 언술에 빠지다

지연희 | 시인, 한국문인협회 수필분과회장

풍자와 해학의
깊은 언술에 빠지다

지연희 (한국문인협회 수필분과 회장, 시인)

곽영호 수필가는 10년 전부터 한국수필문단의 큰 재목材木이 될 것이라는 생각을 했다. 동시에 숨은 광맥을 발견하는 광부처럼 좋은 수필을 만나는 기쁨을 느낄 수 있었다. 이 작가의 작품을 보면 문장의 흐름 속에서 독자의 시선을 멈추게 하는 남다른 표현 방법에 미소를 짓곤 했다. 평상시의 대화를 보면 불현듯 툭툭 불 아궁이에 넣는 불쏘시개를 끊어내듯 앞뒤가 생략된 종결어를 들려주곤 해서다. 한참을 생각하며 누구를 겨냥한 말씀인가를 가늠하며 저 말씀은 내게 주신 것 같은데 하는 간접어법에 당황하기도 했었다. 그러나 한 편 한 편의 수필을 만나며 글과 사람이 두루 진국으로 우려낸 진솔한 삶의 향기를 지니고 있다는 이해와 믿음을 지니게 되었다. 또한 넘치는 풍자와 해학적 언술로 수필문학의 진수를 유감없이 보여주어 감사하곤 했다. 이같은 풍자와 해학적 언술은 곽영호수필의 절대 강점이며 곽영호 수필을 대하大河로 흐르게 하는 중심축이다. 연륜의 깊이에 흐르는 관조의 비춤이 번쩍번쩍 빛을 비춰내기도 하고, 박장대소를 지르게 하는 즐거움으로 독자를 작품 속으로 끌어당기는 힘을 보여주곤 했다.

곽영호 수필가는 2007년 6월호 계간 문파문학 제1회 신인문학상 수필부문에 「어머니와 먹감나무」, 「남편수업」이 당선되어 문단활동을 시작하고 그 역량을 튼실히 보여준 작가이다. 무엇보다 문파문학의 발행인으로 문파문학 출신 수필가의 훌륭한 역량은 기쁨이 아닐 수 없다. 오늘 비로소 10여 년의 수필문학 이력을 결산하여 한 권으로 응집된 수필집을 상재하게 되었지만 실은 한참이나 일찍 작품집을 묶어 낼 수 있을 만큼 소장하고 있는 원고뭉치가 상당량이다. 무엇보다 첫 수필집 「나팔꽃 부부젤라」는 수원시 문화재단의 문학기금을 수혜 받아 출간하는 책이어서 더욱 값진 작품집이라 생각된다. 고희를 넘기고 아름다운 황혼에 보여주는 삶의 진중한 이야기들은 도식화된 현대문명이 갉아 내는 칼날처럼 날카로운 정서 순화에 일익을 담당하리라는 기대를 갖게 한다.

부엌 문틀 위에 말간 물로 가득 채워진 투명한 유리컵에 양파 하나를 올려놓았다. 햇볕이 가난한 곳이다. 뭔 객쩍은 놀이를 하냐고 핀잔을 준다. 겨울이 지루해서 자기 나름대로 봄을 부르는 봄의 여신상을 세우는 거라고 한다. 베란다 한쪽 구석 붉은 망태 속에서 흙냄새 풍길 때는 보잘것없던 양파가 옷을 벗으니 제단에 올라선 하얀 천사 같고, 신선이 머무는 계곡물에 목욕하는 선녀의 모습이다. 모든 것은 환경에 따라 변하고 달라진다. 양파의 표정에는 무엇을 이루려고 갈구하는 빛이 보인다. 깊은 잠에서 깨어나 새 생명을 부르는 기지개를 켜는 몸짓이다.

식물이 꽃을 피우려는 이유는 무엇일까? 자신의 유전자를 널리 퍼뜨리기 위해서다. 식물이나 동물이나 생명의 목적은 존속 번영이다. 인간도 마찬가지다. 사람도 결국은 자신의 유전자를 퍼뜨리기 위하여 각고의 노력으로 삶을 이어 간다. 자식을 공부시켜 경쟁에서 이기게 하려는 것이나 식물이 화려하게 꽃을 피워 벌 나비를 불러들여 열매 맺는 것이나 매한가지다. 살 수 없는 곳에서 양파를 속여 찬란한 생명을 요구한 것은 크게 죄를 지은 일이다. 양파는 더는 삶을 잇지 못하고 시들고 있다. 양파한테 받은 기쁨보다 아픔이 더 크다. 꿈을 이루지 못하면 뒷모습이 저렇게 후줄근해지는 법이지.

수필 「저 찬란한 몸짓」 중에서

마당 끝에 서있는 먹감나무는 오늘도 하얀 낮달을 동무 삼아 빈집을 지키고 있다. 속은 새카맣게 탔다. 속이 텅 빈 강정 같다. 손바닥만 하게 붙어 있는 껍질에 의지하고 가을나무 흉내를 내고 있다. 떨어지는 붉은 잎 하나하나가 옛이야기를 한다. 어머니가 시집오실 때 감나무는 가지가 푸르게 힘차 지붕을 덮고 온 동네를 넘겨다보는 젊은 나무였다고 한다. 청상에 홀로되신 어머니는 감나무와 반백년을 함께 살아오셨다. 휘영청 달 밝은 밤이면 감나무로부터 위안을 받고, 해 뜨는 아침이면 앙다문 입술로 삶의 의지를 불태우게 하던 나무다. 그런 나무가. 어머니 저세상으로 가실 때 삭정이 꺾여 나무비녀를 만들었고, 우듬지 잘려 나의 상장 막대기가 되어 주었다. 늙은 감나무가 이젠 가슴속에 응어리진 어머니의 모습으로 보인다.

　어머니가 먼 세상으로 가시고 나니, 혼자 남은 감나무도 어머니에 대한 그리움이 쌓이는지 아니면 외로움 때문인지 나무 기둥밑동이 바스러졌다. 눈물로 젖은 어머니 가슴 같은 땅, 북두갈고리 같은 손으로 세워놓은 집, 어머니의 삶을 간직한 감나무가 서 있는 마당에 고층 아파트를 세우려고 사람들이 땅을 파고 들어온다. 곧 쓰러질 감나무를 보니 평생 감나무 진만 빼먹고 살아온 것 같아 볼 면목이 없다. 돌이켜 세월을 본다. 감나무와 함께한 어머니 오십 년, 나 오십 년. 그 중에서 옥비녀를 받고 아버지와 함께한 몇 년이 가장 아름다웠을 것 같아 세월이 야속하고 저주스럽다. 어머니가 그립다. 감나무가 베어져 흔적도 없어진다면, 혹여 어머니 영혼이 집 찾아오실 때 잘 찾아오실까 염려스럽다. 감나무 잎이 부르는 손짓 없으면 얼마나 섭섭하실까? 가슴이 저며 온다.

수필 「먹감나무와 어머니」 중에서

　수필 「저 찬란한 몸짓」은 아내가 부엌 문틀 위 투명한 유리컵에 양파 하나를 올려놓고 봄을 기다리고 있다. 이를 발견한 화자의 시선은 '객쩍은 놀이'라고 핀잔을 주지만 며칠이 지나 겨울이 지루해서 봄을 부르는 이 객쩍은 놀이는 햇볕이 가난한 빛이 잘 들지 않는 곳임에도 불구하고 생명탄생의 경이를 보여주는 양파의 의지를 발견하게 된다. 하얀 생명의 뿌리가 자라고 있었던 것이다. 무엇보다 정돈된 문장의 흐름이 돋보이는 이 수필은 양파의 「저 찬란한 몸짓」을 통하여 생명의 궁극적인 존재의미는 살고자하는 의지이며 종족 번식의 의무를 다하는 것임을 말한다. '식물이 꽃을 피우려는 이유는 무엇일까? 자신의 유전자를 널리 퍼뜨리기 위해서다. 식물이나 동물이나 생명의 목적은 존속 번영이다. 인간도 마찬가지다. 사람도 결국은 자신의 유전자를 퍼뜨리기 위하여 각고의 노력으로 삶을 이어 간다.'는 것이다. 저 찬란한 생명의 움틈은 살아 있는 모든 존재가 솟구치는 의지로 보여주는 삶의 표명인 것이다. 생명은 살고 싶은 의지로 집약된 욕망덩어리임을 이 수필은 말하고 있다.

　수필 「먹감나무와 어머니」는 곽영호 수필가의 등단 작품이다. 일제에 나라를 빼앗기고 어린아이에서 성장하여 강제징용이 된 아버지의 생을 기억하고, 새색시 적부터 시간이 흘러 세상의 끈을 놓으시기까지의 어머니 삶을 지켜왔던 먹감나무의 이야기이다. 또한 화자의 추억이 시대의 변천에 따른 삶의 질곡으로 회억되는 이 수필은 결국 어머니를 중심으로 엮어나간다. '나를 배 속에 지니시고 징용 가시는 아버지를 배웅한 아버지의 모습이 어머니에게는 남편에 대한 마지막 기억이다.' 그 배 속에 잉태되어 세상에 탄생되어진 유복자가 화자이면서 곽영호 수필가이다. 때문에 어머니는 남편을 잃은 청상의 몸으로 자식들 돌보는 데 먹감나무에 의지한다. 어느 해는 잘 익은 감 열매로 재봉틀을 살 수 있게 하고, 어느 해는 송아지를 사서 힘겨운 삶을 이어가는 용기를 주었다. '기울어진 가세를 새살 돋는 나뭇가지처럼 힘차게 뻗어나가게 해주었다.'는 것이다. 질곡의 어머니의 삶과 동행한 그 먹감나무가 동네 재개발 바람에 휩쓸려 어머니의 추억을 잘라버리듯 밑둥을 잘라내는 아픔이 이 수필이 던져주는 메시지이다.

　　작정하고 심은 꽃은 아니다. 아무리 복불복이라지만 복분이 좋은 것인지 견디어 내기 어려운 역경의 처지에 와 있는 것인지 분간을 할 수가 없다. 악조건의 들풀들에게도 살아가려는 꿈이 있고 희망이 있을 것이다. 실낱같이 가느다란 여린 줄기에 살 오른 몇 잎의 잎사귀가 달린다. 절단 내어 뽑아버릴까 생각하다가 마음이 움칫해진다. 오히려 여법하게 자리를 잡아주고 싶은 마음이 든다. 무관심하던 나의 마음이 여린 잎에게 매료가 됐나보다. 매혹적인 연한 연둣 빛에 홀딱 반해 처단할 용기를 잃는다. 며칠 만에 화초 키보다 두 뼘은 넘게 자라올랐다. 의지할 곳이 없는데도 악착같이 머리를 쳐들고는 무엇을 잡으려고 안간힘을 쓰고 곤댓짓을 한다.

　　정열적으로 빨간 두 송이의 꽃이다. 몇 송이의 꽃을 더 피우려는지 꽃망울도 몇 개 더 마련하고 있다. 곤혹을 치르고 살아온 지난날을 다 잊으려는지 빨간 꽃 빛깔로 시치미를 떼듯 과거를 감춘다. 너나 내나, 무엇인들 지나온 과거가 보석 처럼 반짝이고 아침 이슬처럼 영롱하겠냐고 위로를 해준다. 가슴 아팠던 일들을 다 잊고 지난날을 감사하게 추억으로 받아들이라고, 오늘을 화려하게 즐기라고 토닥여준다.

　　연약한 싹이 꽃이 필 것이라고는 감히 생각지도 않았는데. 나팔꽃이 피었다. 하늘나라 어느 천사가 보내 준 꽃다발을 받은 기분이다. 집안 분위기가 모처럼 환해졌다. 아침이면 나팔꽃은 햇살

이야기도 하고 바람 부는 소리, 비 오는 소리를 전해준다. "이리 가져와, 밥 먹자, 자자." 단 세 마디로 사는 우리 부부에게 여름 이야기를 만들어 준다. 남아공 월드컵 축구장에 부부젤라는 세계 평화를 위하여 나팔을 불었다. 우리 집 나팔꽃은 우리 부부의 행복한 웃음을 위하여 나팔을 불어 준다. 땡큐.

수필 「나팔꽃 부부젤라」 중에서

어머니는 비가 와도 비를 맞아가면서 일을 하셨다. 파밭을 매고 밭 고랑이 보이지 않도록 무성하게 자란 풀을 뽑았다. "뜨거울 때보다 낫다, 구중중해도 서늘해서 좋다"고. 풀벌레마저도 피하는 비를 맞고 일을 하셨다. 빗물에 손발이 허옇게 퉁퉁 불었다. 고생스럽고 비참하며 혹독하고 잔인한 삶의 흔적이었다. 어두워진 다음에야 돌아오셨다. 비에 젖고 땀으로 범벅이 되어 흙이 덕지덕지 묻은 옷을 벗어놓으면 어머니 냄새가 밤꽃 향기마냥 진하게 풍겼다. 풍겨져 나오는 냄새에는 후회도 불평도 없는 오로지 만족만이 충만한 냄새였다. 그 냄새가 나의 냄새인데 초록 비가 얄밉게 지워버린다.

어두움 속에서도 어머니는 흙 묻어 냄새나는 옷을 빤다. 햇빛도 없는 추녀 끝에 널어놓았다가 다음날이면 다 마르지도 않아 축축한 옷을 또 입고 밭으로 나가셨다. 땀에 절어서 나는 시큼한 쉰내는 빨고 말려도 없어지지 않았다. 아직도 네 몸에 남아 있는 냄새라고 지적질을 하듯이 빗줄기가 빗금으로 때리고 간다. 뜨거운 땀을 씻어 주던 빗물은 어머니를 기억하나보다. 어머니는 언제나 땀에 젖어 칙칙한 냄새만 나는 것은 아니었다. 수수깡 울타리에 매달려 아침햇살을 받는 애호박을 똑 따가지고 부엌으로 들어가는 잰 발걸음엔 파란 풋과일 냄새가 났다.

비를 맞아 머리에서 빗물이 흐른다. 기왕 맞았으니 맞고 가자고 아내의 팔을 잡는다. 촉촉이 맞고 집으로 돌아왔다. 갓 씻고 나온 아내의 몸에서는 여자냄새가 난다. 사랑의 냄새다. 투박한 밤꽃 향기보다, 파릇한 비 냄새보다, 아내의 냄새가 내 마음을 더 흔들어 놓는다. 잠시 보듬던 어머니 냄새는 감쪽같이 사라졌다. 나의 본디를 놓친다. 이런 주책이 있나? 삼라만상이 다 변해도 어머니 살냄새만은 변하지 않는다는 진리를 까맣게 잊고, 나 잘났다고 히죽거린다

수필 「그, 냄새」 중에서

나팔꽃 부부젤라 ● 곽영호 수필

수필 「나팔꽃 부부젤라」는 군자란 화분에 돋아난 초록 새싹에 애정을 지니고 몇 번 뽑아 버릴까 고뇌하다 지켜본 나팔꽃 씨앗의 성장과정을 그렸다. 마침내 흥미와 관심으로 관상할 수 있는 꽃의 선물이 나팔꽃 부부젤라이다. 보통 남의 화분에 허락도 없이 이주해 싹을 틔우는 씨앗들이 본래의 화초를 잠식하는 경우도 눈에 띄게 되는데 나팔꽃 씨앗의 푸른 싹은 화분 주인의 관용에 성장의 기회를 얻게 된다. 그 싹이 한 여름의 무력한 부부에게 이야기를 만들고 행복을 선사한다. '연약한 싹이 꽃이 필 것이라고는 감히 생각지도 않았는데. 나팔꽃이 피었다. 하늘나라 어느 천사가 보내 준 꽃다발을 받은 기분이다. 집안 분위기가 모처럼 환해졌다. 아침이면 나팔꽃은 햇살 이야기도 하고 바람 부는 소리, 비 오는 소리를 전해준다. "이리 가져와, 밥 먹자, 자자." 단 세 마디로 사는 우리 부부에게 여름 이야기를 만들어 준다. 남아공 월드컵 축구장에 부부젤라는 세계 평화를 위하여 나팔을 불었다. 우리 집 나팔꽃은 우리 부부의 행복한 웃음을 위하여 나 팔을 불어준다.' 고 한다. 작은 존재 하나가 일상의 중심에 들어와 의미를 만드는 예를 흥미롭게 그려준 수필이다.

수필 「그, 냄새」는 아내가 손 이끌어 시작한 산행 중에 코끝에 닿아오는 향기를 흐르는 시간과 공간을 지나며 화자는 취하고 있다. 오솔길에 접어들어 남자의 냄새라고 하는 밤꽃향기를 마시는 부분이 그 첫 번째 향기이다. 첫사랑을 만난 듯이 가슴이 울렁거린다고 하는 화자를 확인하게 되는데, 이어서 야트막한 능선에 이르러 마른 땅을 적시기 시작하는 비바람 속 흙냄새를 맡게 된다. '흙냄새가 난다. 나만 알고 나만 느끼는 묘한 나의 태생의 냄새다.'라고 한다. 대 이은 농사꾼의 후계자인 화자가 놓칠 수 없는 고유한 냄새인 것이다. 이 흙내는 수필가의 이름을 지니고 활동하던 문단이력을 배제하고 약력 란에 '농사꾼'이라고만 명기하기를 고집한 곽영호 수필가의 내력을 이해하게 되는 부분이다. 이 흙냄새는 어머니의 삼베적삼에서 풍겨나는 땀 냄새처럼 코끝이 시큼하다고 한다. 쾨쾨하다 못해 한참을 맡으면 퀴퀴해지는 어머니의 살내를 그리움으로 상기시키는 나이 든 아들의 모습이 보인다. 산행 후 귀가하여 마지막으로 맡게 되는 냄새 하나가 있는데 아내의 냄새이다. '갓 씻고 나온 아내의 몸에서는 여자냄새가 난다. 사랑의 냄새다. 투박한 밤꽃 향기보다, 파릇한 비 냄새보다, 아내의 냄새가 내 마음을 더 흔들어 놓는다.'는 것이다. 산행

중 모든 냄새의 근원을 어머니와 고리를 꿰어 놓던 화자가 잠시 보듬던 어머니 냄새는 감쪽같이 지워버린다. 삼라만상이 다 변해도 어머니 살냄새만은 변하지 않는다는 진리를 까맣게 잊고 잘난 체한다는 스스로의 괴변은 곽영호 수필이 보여주는 호탕함이 아닌가 싶다. 깊은 그리움을, 이룰 수 없는 그리움의 아픔을 씻는 묘수이지 싶다.

정월보름이라고 생태로 찌개를 하고 오곡밥을 했다. 모처럼 만에 식구들이 다 모였다. 찌개를 떠주는데 흰 살이 먹음직하게 많이 붙은 가운데 토막은 아이들 차지다. 나는 늙은이라고 대가리나 먹으라고 한다. 그것도 맨 나중에 떠주면서 대가리가 진짜 동태 맛이라고. 그릇에 수북한 대가리 더미가 냄새가 좋아 식욕이 당기는데 무엇인가 서운하게 느껴진다. 오랜 나의 정체성이 무너지는 느낌이다. 내 손 안에 쥐고 있는 것을 빼앗긴 기분이다. 허전함이 밀려온다. 안 먹고 투정할 수가 없어 꾹 참고 먹는다. 손자 놈들은 할아버지 먹는 것을 또 탐을 낸다. 속도 모르면서. 뚝딱 먹고 나서 밖으로 나와 서성거리며 생각에 잠긴다.

아내는 손자들이 성장하고 내 머리에 흰머리가 나고부터 나의 권위를 무참히 무너뜨린다. 손자를 지극정성으로 보살펴 주시던 할머니로 환생을 했나보다. 그렇게 틀에 박힌 권위로만 위계질서를 지켜야 하느냐고. 배고픈 사람이 먼저 먹고 어린이는 부드러운 것을 먹어야 한다고 하면서, 열린사회 평등사회에서는 없어져야 할 구시대적 유물이라고 타박이다. 그런 관습 때문에 호주제도가 폐지되는 것이라고. 신이야 넋이야 한다. 믿는 도끼에 발등을 찍힌다. 여자는 늙으면 가치관이 변하나보다.

시골에서 젖소 목장을 하는 집을 자주 가본다. 젖소는 지능이 별로 높지 않은 미물의 짐승이다. 하지만 사오십 마리의 소들이 한 운동장 같은 축사에서 함께 살면서도 엄연한 위계질서가 있다. 소들의 행동을 보면 깜짝 놀라 감탄을 한다. 축사에 들어가고 나오는 것부터 물 먹는 것도 철저한 순서가 있다. 개나 닭도 매한가지다. 위계질서는 함께 하는 공동체 사회에서는 꼭 필요한 질서다. 나는 아직은 동태대가리를 먹는 것을 거부한다. 호주제도가 없어졌다 해도 나의 위치는 지킬 것이다.

수필 「닭똥집과 동태 대가리」 중에서

태어나서 자라난 고향은 초승달처럼 반동글게 휘어진 동네였다. 봄이 되면 나뭇잎만 한 가난한 초가집 주위에도 꽃 계절이 돌아왔다. 수수깡 울타리 밑에서부터 꽃은 피기 시작했다. 노란 개나리 몇 가지 수줍게 웃고, 키 작고 수줍음 많은 하얀 앵두꽃은 우물가에 살짝 숨어서 피었다. 꽃색 좋은 복숭아꽃은 장소도 가리지 않고 여기저기 지천으로 피어나 온 동네를 꽃동네로 만들고는 했다. 그 중에서 제일 으뜸가는 꽃이 살구꽃이었다. 살구꽃이 분홍빛으로 피어나면 파란 하늘도, 검은 흙바닥도, 그늘진 사람의 얼굴빛도 발갛게 물이 들어 꽃빛이 되고는 했다. 온통 연분홍 세상이 되면 무딘 남정네들도 마음이 울렁거렸다.

동네 한복판에 있는 구장 집 살구나무 연분홍 꽃빛이 제일 화려했다. 높고 깊은 산에도 그 산을 대표하는 어른나무가 있듯이 우리 동네 봄꽃들의 대표는 구장집 살구꽃이었다. 지난날, 읍 면 동에 딸렸던 구의 장, 지금의 통장, 이장을 일제강점기 때부터 내려온 관습으로 어릴 때 우리는 마을 대표를 구장이라 불렀다. 가지가 우람하고 풍성하게 벌어진 구장 집 살구나무는 동네 꽃나무들의 향도 역할을 했다. 감자 캐고 보리타작할 때쯤이면 노란 살구를 제일 많이 떨어뜨리어 우리들을 가웃거리게 하던 나무다.

꽃피는 계절 봄이 돌아오면 어린 싹 돋아나듯 불쑥불쑥 구장님이 기억난다. 흐드러지게 피고 흐드러지게 지는 구장 집 살구꽃, 조금은 우뚝하지만 군림하지 않고 함께 어우러지는 살구나무였다. 잘못은 혹독하게 야단치고 훈계하면서도 용서는 바다같이 넓게 하는 구장님의 아량이 지금까지 가슴에 남아 있다. 곤경에 처했을 때 손 내밀어 잡아 주고도 생색내지 않는 것이 어른의 처사다. 그런 지도자가 조금은 더 차지하고 대접 받는 것을 당연하게 생각하는 사회가 우리 모두가 바라는 사회다.

수필 「구장 집 살구꽃」 중에서

수필 「닭똥집과 동태 대가리」는 제목에서부터 재미를 느낄 만큼 흥미를 이끄는 비유이다. 어린시절 식구들 중 유일한 남자로 할머니의 사랑을 독식하던 화자는 집에서 기르던 닭을 잡아도 모래주머니라고 하는 닭똥집을 차지하게 되었다고 한다. 여자들은 얼씬도 못하게 하고 할머니의 절대적 사랑의 표현으로 닭똥집을 차지했다는 것이다. 그러나 그

절대적 권위도 결혼을 하고 자식을 낳아, 손자들이 생기면서 아내가 예전 할머니가 되어 닭똥집 대신 동태대가리를 수북하게 남편에게 밀어 놓는 일을 감수하고 있다. 완전히 주연에서 조연의 자리로 물러앉은 형상이다. 하지만 화자는 여전히 아내의 구태의연한 유교적 관념이며, 천하에 못쓸 권위주의적인 발상이며, 남존여비 사상의 뿌리 깊은 속물근성이라는 책망에도 불구하고 잃어버린 권위를 찾겠다는 게 이 수필의 고집이다. '찌개를 떠주는데 흰 살이 먹음직하게 많이 붙은 가운데 토막은 아이들 차지다. 나는 늙은이라고 대가리나 먹으라고 한다.' '소들의 행동을 보면 깜짝 놀라 감탄을 한다. 축사에 들어가고 나오는 것부터 물 먹는 것도 철저한 순서가 있다. 개나 닭도 매한가지다. 위계질서는 함께하는 공동체 사회에서 꼭 필요한 질서다. 나는 아직은 동태대가리를 먹는 것을 거부한다. 호주제도가 없어졌다 해도 나의 위치는 지킬 것이다.' 힘없이 밀려난 가장의 위치를 회복할 수 있을지는 모르겠다. 다만 이 시대를 사는 추락하는 가장의 총체적인 모습을 그려내고 있다는 서글픔이 엿보이는 수필이다.

수필 「구장 집 살구꽃」은 집 앞 공원에 흐드러지게 피어난 살구꽃을 바라보다가 어린시절 고향마을 구장 집에 핀 살구꽃을 연상하게 된다. 그리고 봄이면 구장님의 엄하고 자애로운 사랑으로 베풀어 주시던 추억의 공간으로 이 수필은 독자을 안내하고 있다. '가까이 보면 엷고 발그스름한 살구꽃빛이 앳된 처녀의 수줍은 미소로 보는 이의 마음을 홀린다. 암팡스러우면서도 정갈하고 얌전하다. 봄꽃 흐드러지게 피워 가슴에 남아있는 고향마을 꽃 대궐도 덩달아 눈에 어린다.'는 것이다. 구장 집 살구꽃은 동네에서 제일 우람하고 흐드러진 꽃잎을 달고 있다. 가지가 우람하고 풍성하게 벌어져 동네 꽃나무들의 향도 역할을 했다. 또한 감자 캐고 보리타작할 때쯤이면 노란 살구를 제일 많이 떨어뜨리어 우리들을 기웃거리게 하던 나무였다고 한다. 하지만 이 수필은 구장 집 살구꽃만을 말하려는 것은 아니다. 마을의 향도 역할을 하던 살구꽃처럼 구장님이 마을을 위해 헌신하신 일들이며 엄하지만 따사로운 인품으로 봄날이면 생각나는 분이라는 것을 아름다운 마을을 배경으로 보여주고 있다.

준비하던 저녁상을 미루고 잠시 기다리라고 한다. 냉이 나물을 무치고 달래 된장찌개를 바글바

글 끓인다. 달래 냄새가 온 집안에 가득 퍼진다. 너무 익숙하면서도 가까이하지 못했던 향기다. 먹어 치우기엔 아까운 봄의 향내다. 이제 막 쌍갈래로 머리 땋은 상큼한 소녀의 미소 같은 느낌이 든다. 늙은 아들만 사는 집에 봄이 활짝 핀다.

아내는 이상야릇한 말도 한마디 덧붙인다. 봄에는 눈과 귀를 열어놓고 나돌아 다녀야 봄이 어디서 어떻게 오는지 보이는데, 다람쥐 쳇바퀴 돌 듯 집안에만 처박혀 있으니 시도 때도 모르고, 봄이 오는지 가는지 짐작도 못하고 산다고 하소연 같은 푸념을 한다. 그도 봄마중을 하고 싶은가 보다.

오늘 낮에 만났던 할머니와 송아지 이야기를 하였다. 할머니 집에 송아지가 태어나는 것은 참으로 기분 좋게 봄을 맞은 것이다. 할머니가 새 생명을 받는 것은 축복이다. 새 생명을 맞으러 고생하며 캔 나물을 내던져버리고 달려가는 할머니의 마음은 얼마나 두근거리고 설레었을까. 봄에는 새로운 만남이 봄의 참맛이다.

스르르 눈을 감고 주름진 할머니 얼굴과 새로 태어나 겨우겨우 걸음을 떼어 놓을 송아지를 그려본다. 이 봄에는 송아지도 무럭무럭 자라고 꼬부라진 할머니 허리도 펴졌으면 좋겠다. 달래 먹은 입 향기로 기원을 한다. 봄이 따뜻하게 오고 있는 느낌이 든다. "우리가 만난 계절도 봄이었지"하고 아내의 얼굴을 쳐다본다. 그리운 사람을 만나는 봄이, 정녕 웃음과 희망이 피어나는 봄이다. 좋은 사람을 찾아 좋은 친구가 되어 주는 것도 이 봄에 할 일이다. 찌들어 있던 나의 겨울도 봄이 핀다.

수필 「봄이 피다」중에서

봄볕 가득한 마당에 병아리 떼 종종대며 몰고 다니는 정경은 자유롭고 평온한 전형적인 농가의 풍경이다. 위험이라고는 조금도 없는 평화로운 집 마당이지만 어미 닭은 잠시도 긴장을 멈추지 않는다. 무서워 피해 다니던 개나 고양이를 만나면 가느다란 목에 깃털을 세우고 펄쩍펄쩍 뛰어올라 날카로운 발톱으로 경계를 한다. 힘세던 그들도 사나워진 성질 앞에서는 덤벼들지 못하고 슬슬 피해간다. 닭에도 언어가 있다. "이리로 와라, 위험하니 빨리 숨어라." 잘 훈련된 병사처럼 어미 명령에 일사불란하게 움직이는 것을 보면 병아리와 어미 닭은 한 생명이다. 암탉이 병아리를 보살핌에는 희생과 고통이 따라다닌다.

어미 품에서 자라나는 병아리는 세상이 무서운 줄을 모른다. 외양간에 소다리 밑으로 들어가기
도 하고, 좁고 위험한 공간에 갇히기도 하며 풀 속에서 헤어 나오지를 못하기도 한다. 길 찾아 나오
라고 애타게 부르는 어미닭의 목소리는 처절하다. 천방지축이던 나도 어머니 없이도 살 수 있다고
몇 번을 다른 길로 가고는 했다. 그 때마다 어머니는 쇠심줄처럼 질긴 정으로 나를 묶어 놓았다. 철
없고 부질없는 짓을 수도 없이 했다. 헛짓거리를 한곳에 쌓아 놓았다면 산을 이룰 것이다. 이 세상
에 젤로 잘 통하는 사람이 어머니이고 젤로 안 통하는 사람도 어머니인가 보다. 어찌 그리 안 맞고
안 통하였던지. 나는 병아리만도 못 했다.

수필 「암탉, 병아리 품다」 중에서

수필 「봄이 피다」를 감상하며 필자 또한 가슴에 봄볕이 가득 스며오는 따사로움을 느꼈
다. 아니 파릇한 봄나물 향기가 코끝으로 스며나는 싱그러움을 맛보았다. 만물이 깨어
나는 이 봄날의 훈풍이며 햇살이며 꽃향기에 젖을 수 있다는 사실만으로 공연히 꿈이 일
어나고 생기가 솟는 것임에 틀림없다. 수필 「봄이 피다」의 인물은 화자와 나물 파는 할머
니, 아내가 있다. 또한 작품의 공간은 고향마을 도로에 펼쳐진 농촌직판장이다. 농촌 아
낙들이 직접 재배한 농작물을 들고 나와 팔거나 직접 들에 나가 캐어온 나물들이다. 할머
니 한 분이 봄나물을 팔다가 집에서 걸려온 전화를 들려주며 소가 새끼를 낳고 있어 떨이
로 줄 테니 다 가져가라는 다급함을 보인다. 난데없이 팔을 잡는 바람에 섬뜩하기는 했으
나 송아지를 낳는 일이야말로 이 봄날 할머니의 기쁨을 짐작할 수 있어 냉이며 달래를 떨
이해 온다. 그러나 화자의 시선은 할머니의 주름진 얼굴과 굵은 손마디에 머문다. '어머
니의 주름진 얼굴과 굵은 손마디가 보여서다. 사정하고 애원하는 어머니의 목소리다. 겨
울을 놓지 못하는 찬바람이 흙 묻은 치맛자락으로 나의 옆구리를 때린다. 흥정 없이 하라
는 대로 다 샀다.' 주섬주섬 싸주는 할머니의 손길을 기억하고, 튼실한 송아지 출생이 할
머니의 봄을 따듯하게 피워 주기를 기원하며 집으로 돌아온다.
  수필 「암탉, 병아리 품다」를 감상하면 곽영호 수필가의 가슴 깊은 울림 하나와 만날 수
있다. 영원히 풀리지 않는 그리움의 망울이다. 징용으로 끌려가신 아버지는 평생 한 번

도 생면하지 못한 낯모르는 부자지간이다. 어머니의 배 속에서 태어나기 이전 아버지는 다시 돌아오지 못한 길을 떠나 단장을 찢는 이별이 되고 말았다. 홀어머니는 이처럼 깊은 아픔을 치유하기 위한 그림을 사진 하나로 남긴다. 어머니 흰 무명 옷자락에 안겨 있는 어린 아이의 사진이다. 마치 어미닭이 병아리를 품고 있는 듯한 이 사진은 이제 희미하게 빛바랜 추억을 안고 있을 뿐이다. 어미닭의 병아리 사랑은 어떤 고통 어떤 아픔으로도 비견할 수 없는 희생적 사랑이다. 수필 「암탉, 병아리 품다」는 암탉의 모성을 그려낸 질긴 어머니의 자식사랑이다. 어떤 사랑도 따를 수 없는 가없는 아름다움을 말한다.

곽영호 수필의 총체적인 그림은 농촌풍경을 배경으로 한 추억 속 인물들과 만난다. 유복자인 귀한 손자를 유난히 사랑하시던 할머니가 보이고, 삼베적삼에 땀 흘리시며 농사일 하시던 어머니를 만날 수 있다. 때문에 이 수필집 속 대개의 정서는 농촌의 산과 들이다. 스스로 농사꾼이라 자청하는 수필가의 유일한 이력에 많은 독자들은 주목하게 될 것이지만 이해가 되는 부분이다. 아직도 고향근처를 근접하여 삶의 터를 잡고 있는 곽영호 수필의 모티브는 '농사꾼'의 뿌리에서 찾을 수 있다는 것이다. 구수하고 인정이 넘치는 대상들과 함께 한다. 그러므로 곽영호수필은 농경사회를 기조로 두었던 한국인의 민족의 얼이 살아 숨쉰다. 10여년이 넘는 시간을 깊은 연륜의 나이임에도 참으로 성실하고 꾸준하게 문학수업에 투신하여 훌륭한 문학인의 면모를 보여주신 오늘의 이 결실은 눈부실 만큼 아름답다. 이는 수록된 작품에서 우러나는 감동의 크기로 확인할 수 있는 부분이다. 수필문학뿐 아니라 시문학의 경계도 일정수준의 경지에 이르는 곽영호 문학의 큰 발전을 기대한다.

곽영호 에세이

나팔꽃
부부 젤라